UNIVERSALE
ECONOMICA
FELTRINELLI

Doris Lessing (1919-2013) è nata a Kermanshah, in Iran, e ha vissuto fino a trent'anni in Zimbabwe (allora Rhodesia). Nel 1949 si è definitivamente trasferita in Inghilterra. Feltrinelli ha pubblicato anche: *L'abitudine di amare* (1959), *Il taccuino d'oro* (1964), *Il diario di Jane Somers* (1986), *La brava terrorista* (1987), *Se gioventù sapesse* (1988), *Il quinto figlio* (1988), *Racconti africani* (1989), *L'altra donna* (1991), *Martha Quest* (1991), *Un matrimonio per bene* (1992), *Echi della tempesta* (1994), *Sorriso africano. Quattro visite nello Zimbabwe* (1994), *Amare, ancora* (1996), *Ben nel mondo* (2000), *Il sogno più dolce* (2002), *Le nonne* (2004), *Alfred e Emily* (2008), *Gatti molto speciali* (2008; edizione illustrata 2017), la sua autobiografia *Sotto la pelle* (2019) e, nella collana digitale Zoom, *Passerotti* (2011). In Italia sono stati inoltre pubblicati i romanzi fantastici *Pianeta 8* (Lucarini, 1989), *Discesa all'inferno* (Tropea, 1996; Fanucci, 2009), *Mara e Dann* (Fanucci, 2004), *La storia del generale Dann, della figlia di Mara, di Griot e del cane delle nevi* (Fanucci, 2005), *Una comunità perduta* (Fanucci, 2008), *Un luogo senza tempo* (Fanucci, 2008) e *Un pacifico matrimonio* (Fanucci, 2009). Ha vinto il premio internazionale Grinzane Cavour "Una vita per la letteratura" nel 2001 e il premio Nobel per la letteratura nel 2007.

DORIS LESSING

Racconti londinesi

Traduzione di Grazia Gatti

Titolo dell'opera originale
LONDON OBSERVED: STORIES AND SKETCHES

Traduzione dall'inglese di
GRAZIA GATTI

GIOIA D'INFANTE di William Blake, a pagina 85, è tratta
da CANTI DELL'INNOCENZA E DELL'ESPERIENZA,
a cura di Gerlad Parks, Edizioni Studio Tesi,
Pordenone 1984, per gentile concessione dell'editore

Prima edizione ne "I Narratori" gennaio 1993
Prima edizione nell'"Universale Economica" febbraio 1995
Nona edizione ottobre 2019

Stampa Nuovo Istituto Italiano d'Arti Grafiche - BG

ISBN 978-88-07-89294-3

DEBBIE E JULIE

La ragazza grassa nel cappotto azzurro tornò ancora una volta davanti allo specchio. Non riusciva a starne lontana. Perché gli altri non dicevano niente delle sue guance arrossate come quando aveva avuto il morbillo, e del sudore che le appiattiva i capelli sulla testa? Eppure non la notavano, le sembrava non la vedessero. Era per via di Debbie, che la proteggeva, quindi notarla non sarebbe servito a niente.

Sapeva che fuori faceva freddo perché aveva aperto la finestra per controllare. L'appartamento era caldo, così le pareva, anche se il riscaldamento del palazzo funzionava in modo incostante, soprattutto quando c'era brutto tempo, e allora si tiravano fuori le stufette elettriche e Debbie imprecava, si lamentava e diceva che avrebbe cambiato casa. Ma Julie sapeva che non si sarebbe trasferita. Non poteva: aveva lottato perché quell'appartamento diventasse suo e persone (uomini) di ogni provenienza – gente che veniva "da tutto il mondo", si diceva con orgoglio Julie – sapevano che Debbie stava lì. E poi, una volta tornata a casa, Julie avrebbe avuto bisogno di pensarla in quelle stanze: ricordare quel posto chiassoso e vivace con un viavai di gente, a volte persone che facevano paura, ma nessuno che la minacciasse, perché c'era Debbie a badare a lei.

Era così bagnata che aveva paura di fare un lago. E se avesse inzuppato il cappotto? Tornò in bagno e se lo tolse. Il vestito – di Debbie, come il cappotto che un tempo era stato elegante – da giallo era diventato arancione tanto era fradicio. Julie sapeva che a un certo punto ci sarebbe stato un sacco d'acqua perché così diceva il tascabile che Debbie le aveva comprato, ma non capiva se per il momento fosse soltanto sudore. Sul libro era tutto così preciso e regolare, e lei aveva ripassato una decina di volte gli stadi che doveva aspettarsi. Ora però stava lì, in mezzo ai vasetti dei sali da bagno e delle lozioni disposti sulla mensola che girava tutto intorno al bagno, con le gambe divaricate e i piedi lontani uno dall'altro su un tappetino soffice come il mantello di un terrier, e si sentiva la fronte imperlata di sudore freddo e le gambe bagnate di acqua calda. Le sembrava di aver male dappertutto, ma non riusciva a ricollegare quello che provava a quanto aveva letto sul libro.

Si rimise il cappotto azzurro. Per fortuna le andava ancora grande, perché Debbie era una ragazza robusta, mentre lei era minuta. Tornò di nuovo davanti al lungo specchio in camera di Debbie e quello che vide sulla propria faccia, un'ansiosa espressione di dolore, le fece decidere che era venuto il momento di andare. Avrebbe tanto voluto che ci fosse Debbie, dopo tutto forse sarebbe arrivata. Non sopportava di andarsene senza rivederla... *glielo aveva promesso*! Ma doveva andare, adesso, subito, e su un foglio di carta che aveva tenuto pronto per l'evenienza scrisse: "Vado. Grazie di tutto. Grazie, grazie, grazie. Con tutto il mio affetto, Julie". Poi il suo indirizzo di casa. Infilò la lettera, chiusa in una sobria busta bianca, sotto la cornice dello specchio e passò in soggiorno, dove un sacco di persone se ne stavano buttate qua e là a guardare la TV. No, non proprio un sacco, in quattro affollavano la piccola stanza. Non la videro nemmeno. Poi l'uomo che le metteva paura e che aveva cercato di "farsela" si rese conto che era lì in piedi, con un sorriso sciocco, enorme nel suo cappotto azzurro, e la guardò come la guardava sempre, come a dire che non capiva perché Debbie si occupasse di lei, e comunque non gliene importava. Era un uomo intelligente e scaltro, si sarebbe potuto dire bello, pensava Julie, di una bellezza araba vistosa. Era libanese e bisognava tener conto del fatto che là c'era la guerra. Al suo fianco sul divano sedeva la ragazza che l'uomo usava per consegnare la droga. Era sveglia e intelligente, come lui, ma aveva i capelli biondi e un aspetto appariscente, e sembrava una modella per vestiti da quattro soldi. Una modella era quello che diceva di essere, ma Julie sapeva che non era vero. E poi c'erano due ragazze che non aveva mai visto e immaginava fossero innocenti, come lo era stata lei. Avevano l'aria tutta risatine, desiderosa di piacere, e aspettavano. Aspettavano Debbie?

Senza far rumore Julie attraversò la stanza, uscì sul pianerottolo e si fermò ad aspettare l'ascensore. Controllò la borsa di plastica, che teneva pronta ormai da un mese, infilata sotto il letto. Dentro c'erano una torcia elettrica, dello spago avvolto in un pezzo di plastica, due paia di slip, un cardigan, un asciugamano pesante con una vecchia camicetta di Debbie che aveva tagliato in modo da potercela stendere sopra, come una fodera morbida e liscia, e infine degli assorbenti igienici. Gli assorbenti erano di Debbie. Ogni mese perdeva sempre un sacco di sangue. Arrivò l'ascensore, ma Julie era tornata nell'appartamento, in preda all'ansia e alla preoccupazione. Si sentiva malpreparata, le serviva più... ma più cosa? Quello che provava non le diceva nulla, se non che quanto stava per succedere sarebbe stato incontrollabile, mentre fino a quel momento si era sentita padrona della situazione, persino fiduciosa. Quasi a caso, prese dalle mensole del bagno qualche asciugamanino che ficcò nella borsa di plastica. Si disse che stava rubando alla sua amica, ma sapeva che Debbie non se la sarebbe presa. Non se la prendeva mai, diceva solo: "Se lo vuoi prendilo, tesoro". Poi magari rideva e aggiungeva: "Prendi quello che vuoi e *non* pagare!" Che era il suo motto nella vita, come proclamava appena ne aveva l'occasione. Julie non si lasciava ingannare. Poteva ripeterlo quanto voleva, ma quello che lei, Julie, aveva imparato da Debbie era proprio questo: il prezzo da pagare, il valore di ogni cosa, e delle persone, di quello che fai per loro e di quello che loro fanno per te. Quando era entrata per la prima volta in quell'appartamento, portataci da Debbie che l'aveva vista ferma come una mummia sulla banchina della stazione di Waterloo, a mezzanotte della sera in cui era arrivata da sola a Londra, era ingenua come... come quelle ragazze nella stanza accanto, che aspettavano, ma senza sapere cosa. Era innocente e sciocca, e tutto perché non conosceva il prezzo delle cose. Non sapeva quanto bisognava pagare. Era questo che aveva imparato da Debbie, anche se Debbie non le aveva mai lasciato pagare niente, mai.

Dal momento in cui era comparsa sulla banchina, cinque mesi prima, in una sera d'agosto soffocante e piovigginosa, non aveva fatto altro che scoprire la propria ignoranza. Tanto per cominciare, non era stata soltanto Debbie a vederla; erano in molti, di vedetta in varie parti della stazione, pronti a piombarle addosso come squali se Debbie non fosse arrivata per prima. Alcuni erano cattivi, altri buoni, ma quelli di buon cuore l'avrebbero rispedita dritta a casa.

Per la seconda volta attraversò il soggiorno senza che nessuno la guardasse. Il libanese sorrideva e parlava alle due ragazze nuove con aria da fratello maggiore. Be', avrebbero fatto meglio a stare attente.

Per la seconda volta chiamò l'ascensore. Sembrava che i dolori la lacerassero. Erano peggiorati? Sì.

Nel cupo buio della strada, in cui brillavano le luci dei lampioni e i fari delle macchine che passavano veloci, salì faticosamente su un autobus. Tre fermate, e arrivata dove era diretta si rese conto di avercela fatta appena in tempo. Scese dall'autobus vicino a un lampione, sotto una pioggia di nevischio, e vide il cappotto azzurro bagnarsi e scurirsi. Adesso aveva tutt'altro che caldo, avrebbe potuto tremare scossa dai brividi, ma non riusciva a capire se questo fosse causato dal panico. Nel suo piano era sembrato tutto così semplice, una cosa dopo l'altra, solo non aveva previsto di trovarsi a una fermata dell'autobus, con la paura di allontanarsi dalla luce, incapace di comprendere le sensazioni che le straziavano il corpo. Aveva caldo? Freddo? Aveva la nausea? Aveva fame? Per fortuna faceva un tempaccio tale che non c'era in giro nessuno. Si incamminò arditamente sotto il nevischio, svoltando in un vicolo stretto e buio, dove affrettò il passo perché c'era puzza e aveva paura, quindi sbucò in un cortile pieno di macerie e cassonetti arrugginiti. In fondo c'era una baracca abbandonata. Quella era la sua destinazione, era stata lì soltanto tre giorni prima per accertarsi che la baracca fosse ancora in piedi, che non fosse stata abbattuta, e che fosse possibile entrarvi. Adesso però si trovava davanti qualcosa che non aveva previsto. Sulla porta c'era un grosso cane, un bestione nero e minaccioso, e ringhiava. Julie vedeva lo scintillio dei denti e degli occhi dell'animale. Ma sapeva di dover entrare nella baracca, e in fretta. Altra acqua le si riversò calda giù per le gambe. Le girava la testa. Lame incandescenti le scavavano la schiena. Trovò un mezzo mattone e lo tirò contro il muro vicino al cane, che scomparve ringhiando all'interno della baracca. Era orribile... Julie entrò nella baracca, si chiuse la porta alle spalle, con difficoltà perché pendeva sui cardini rotti, e accese la torcia elettrica. Il cane stava in piedi a ridosso della parete e la guardava, ora però le era chiaro che non le avrebbe fatto del male. Agitava la coda, spazzando il terreno, ed era così magro che sotto il pelo nero, sporco e arruffato, gli si contavano le costole. Aveva gli occhi vividi e disperati. Voleva che fosse buona con lui. Julie disse: "Va tutto bene, sono solo io," e si diresse nell'angolo opposto della baracca, dove aveva steso una coperta piegata. La coperta era lì, ma c'era stato sdraiato il cane. La rivoltò, in modo da avere sopra l'interno pulito. Ora, raggiunto il suo rifugio, non sapeva cosa fare. Si tolse gli slip fradici. Mise la borsa di plastica vicino alla coperta. Temendo che qualcuno potesse vedere il raggio di luce, spense la torcia, assicurandosi prima di sapere dove l'aveva appoggiata. Sentiva il respiro del cane, la sua coda che batteva per terra. Si era sdraiato, non lontano da lei. Sentiva l'odore di pelo bagnato, e ne era grata, era contenta che l'animale fosse lì. Ormai non aveva più dubbi di essere arrivata giusto in tempo: le sembrava che tutto il suo corpo ardesse, bruciato dal dolore, e avrebbe voluto gridare, ma sapeva che non doveva. Tuttavia mugolava, e si sentì chiamare: "Debbie, Debbie, Debbie..." Per tutti quei mesi Debbie le aveva detto: "Non ti preoccupare, quando arriverà il momento farò in modo che vada tutto bene". Ma Debbie se n'era andata a Parigi con il suo nuovo uomo, assicurandole che sarebbe tornata dopo una settimana, e poi aveva telefonato da New York per dire: "Come va, dolcezza? Sarò lì per il weekend". Era stato tre settimane prima. Il "dolcezza" aveva fatto capire a Julie che quest'uomo era diverso dagli altri, non solo perché era americano: Debbie l'aveva chiamata sempre e solo Julie, non si sarebbe mai sognata di cambiare comportamento per nessun uomo, eppure quel "dolcezza" non era stato per lei, bensì per l'americano che ascoltava la conversazione. "Non la biasimo," borbottava ora Julie. "Ha sempre detto che voleva un solo uomo, non Tizio, Caio e Sempronio." Ma mentre si obbligava a pensare: non la biasimo, gemeva: "Oh, Debbie, Debbie, perché te ne sei andata?"

Debbie l'aveva lasciata a cavarsela da sola, dopo averle fornito tutto: un tetto, da mangiare, le visite mediche, i vestiti e il cappotto azzurro che l'aveva nascosta così bene che nessuno si era accorto di niente. Lei e Debbie scherzavano su quanto poco la gente vede. "Faresti meglio a stare attenta a quello che mangi," le aveva detto il libanese. "Non lasciarti rimpinzare tutto il tempo" – intendendo da Debbie.

Julie era carponi sulla coperta, con la testa fra le braccia, i pugni serrati, e piangeva. Il dolore era atroce, ma non era il peggio. Era lì sola, e si sentiva terribilmente sola. Le venne in mente che stare con il sedere per aria probabilmente non era la cosa giusta da fare. Si accovacciò, la schiena appoggiata contro una fredda parete di mattoni, continuando a sudare e a gemere. Sentiva il cane che guaiva, per solidarietà, pensò. Perse un fiotto d'acqua, o era sangue? Aveva paura di accendere la torcia per guardare. Il cane si avvicinò ad annusarle la faccia e il collo, ma si allontanò di nuovo. Julie non vedeva assolutamente nulla tanto era buio. Poi sentì qualcosa che usciva dal suo corpo, come se le si stessero riversando fuori le viscere, e si disse: perché il libro non diceva che ci sarebbe stata sempre tutta quest'acqua? Poi pensò: ma è il bambino. Allungò la mano e sotto di lei, sulla coperta, trovò una massa bagnata e scivolosa. Cercò a tastoni la torcia e l'accese. Il neonato era grigiastro, coperto di sangue, e boccheggiava. Adesso Julie era in preda al panico. Prima aveva deciso che avrebbe dovuto aspettare per tagliare il cordone ombelicale, il libro diceva che non c'era fretta, ma adesso voleva disperatamente reciderlo, temendo che il bambino potesse morire. Trovò l'attaccatura del cordone, una spessa fune di carne ritorta, piena di vita, calda e pulsante sotto la sua mano. Trovò le forbici. Trovò lo spago. Tagliò il cordone ombelicale con le forbici e tremò di paura. Sangue dappertutto; il cane si era fatto avanti e le stava seduto così vicino che avrebbe potuto toccarlo. I suoi occhi dicevano: ti prego, ti prego... Deglutiva e si leccava le labbra davanti a tutto quel sangue, mentre lui aveva tanta fame.

"Aspetta un attimo," disse alla povera bestia. Legò il cordone con lo spago che aveva fatto bollire a lungo nella casseruola. Era preoccupata perché aveva l'impressione di sbagliare qualcosa, ma non ricordava cosa. Quanto al far bollire lo spago, che senso aveva con la sporcizia che c'era in quella baracca? L'avevano usata i barboni. Il cane... e anche altri cani, probabilmente. Per quanto ne sapeva, ci potevano aver partorito anche altre ragazze. La maggior parte delle baracche erano ripostigli per gli attrezzi da giardino, pieni di piante nei vasi e chiuse a chiave. Lo sapeva perché ne aveva ispezionate tante. Non erano molti i posti in cui una ragazza poteva dare alla luce un bambino in tutta tranquillità – o in cui un cane randagio poteva trovare un rifugio asciutto, al riparo dalla pioggia... Le veniva da ridere come una sciocca, sentiva che stava perdendo il controllo. Intanto il bambino giaceva in una pozza di acqua e sangue e apriva la bocca, facendo smorfie, e c'era qualcosa che lei avrebbe dovuto fare. Il bambino non doveva piangere? Era così scivoloso. Il libro non diceva che sarebbe stato sporco e bagnato, e così viscido che aveva paura a sollevarlo. Tirò fuori dalla borsa di plastica l'asciugamano arrotolato e lo stese, con la soffice stoffa rosa della camicetta di Debbie verso l'alto. Con entrambe le mani strinse il centro del corpo del bambino e lo sentì contorcersi, probabilmente perché le sue mani erano tanto fredde. Provò meraviglia e piacere per la forza con cui si dimenava, per il suo calore, per la vita di cui pulsava. Si sentì inaspettatamente compiaciuta e piena di orgoglio. Il bambino è perfetto, pensò, guardandogli le mani, i piedi alla luce della torcia... cos'altro doveva controllare? Oh, sì, era una femmina. Era deforme? La bambina aveva una vulva enorme, una lunga fenditura grinzosa. Era normale? Perché il libro non lo diceva?

L'avvolse stretta nell'asciugamano, ripiegandole bene l'orlo sui piedi e lasciandole fuori solo la faccia. Poi la prese in braccio. La bambina cominciò a ruggire in brevi spasmi rabbiosi. Di nuovo Julie fu presa dal panico. Non aveva pensato che avrebbe pianto così forte... poteva arrivare qualcuno... cosa doveva fare... ma non poteva lasciare la baracca perché c'era ancora una cosa chiamata placenta. Appena le venne questo pensiero, sentì un altro fiotto di liquido che le bagnava le gambe, e sputò fuori una massa simile a fegato, da cui spuntava l'estremità di uno spesso cordone rosso.

Ora sapeva cosa fare. Si tirò su da dov'era accovacciata, tenendo la bambina con un braccio e aiutandosi con l'altra mano ad alzarsi da terra. Si mise in piedi tremante accanto alla coperta sporca di sangue e poi si allontanò di qualche passo, con la bambina sollevata ben in alto e stretta a sé. Subito il cane si fece avanti guardingo, lanciandole un'occhiata disperata che diceva: non metterti in mezzo. Divorò la placenta in rapidi bocconi. Leccò speranzoso il sangue sulla coperta e per un attimo sollevò il muso a guardarla, agitando la lunga coda sporca. Poi tornò al suo posto e si mise seduto con la schiena verso il muro, a osservare. Intanto la bambina emetteva brevi grida rabbiose e scalciava energicamente contro l'asciugamano che l'avvolgeva come un bozzolo. Julie pensò: e se la lasciassi qui e scappassi? No, il cane... Ma mentre lo pensava, la bambina smise di piangere e rimase a fissarla in silenzio. Be', lei non avrebbe ricambiato lo sguardo, non l'avrebbe amata.

Doveva andarsene, ma era fradicia di sangue, acqua, Dio solo sapeva cosa.

Diede una cauta occhiata. Il sangue le gocciolava lungo le gambe. E lei aveva davvero creduto che un paio di tamponi sarebbero bastati? Appoggiò la bambina su un punto pulito della coperta, senza perdere di vista il cane. Gli occhi dell'animale scintillavano alla luce della torcia elettrica. Si infilò un paio di slip puliti e li riempì di assorbenti igienici. Cercò di legarsi gli asciugamanini intorno alla vita come imbottitura supplementare, ma erano troppo rigidi. Poi riprese la bambina, che sembrava proprio un neonato indiano e si guardava intorno con i suoi occhietti annebbiati. Afferrò la borsa di plastica e la torcia. Disse al cane: "Povero cane, mi dispiace," e uscì, badando a lasciargli la porta aperta. Spense la torcia, nonostante il terreno fosse accidentato e pieno di mattoni e pezzi di legno. Riusciva a vederci quanto bastava: le finestre ai piani alti dall'altra parte della strada avevano le luci accese. Continuava a scendere nevischio. Stava già tremando. E la bambina era avvolta soltanto in un asciugamano... Si mise il fagotto sotto il lembo del cappotto, che ora le andava largo, e attraversò in fretta il cortile dal terreno sconnesso fino al vicolo, poi percorse quella stradina puzzolente, arrivò sul marciapiede, proseguì fino a una cabina del telefono che si era accertata fosse abbastanza vicina mentre cercava la baracca o un altro luogo sicuro. Intorno alla cabina non c'era nessuno, non c'era nessuno in giro. Lasciò la bambina sul pavimento e si incamminò verso le luci brillanti del pub all'angolo. Non si voltò a guardarla. Il pub era affollato, nel locale faceva caldo e c'era molto rumore. Ora quello che temeva era di puzzare così tanto di sangue che qualcuno l'avrebbe notata. Riuscì a malapena ad arrivare ai gabinetti. Lì si tolse gli slip con l'imbottitura di assorbenti, già inzuppati. Usò uno degli asciugamanini per lavarsi. Continuava a bagnarlo nell'acqua calda, a strizzarlo e poi a pulirsi, osservando come il sangue ricominciava subito a colarle sulla bianca pelle pulita delle cosce. Ma non poteva restare lì per sempre a lavarsi. Si passò lo stesso asciugamano, sciacquato nell'acqua calda e ben strizzato, sulla testa sudata. Si pettinò i capelli piatti. Be', non sarebbero rimasti a lungo così: erano naturalmente ricci e presto avrebbero ripreso la loro forma. Debbie diceva che erano deliziosi, come i riccioli di una bambina. Si foderò gli slip di assorbenti puliti, mise quelli sporchi nel contenitore e tornò nel pub. Dal jukebox proveniva una musica martellante, e il rimbombo la attraversava dalla testa ai piedi, vibrando e facendole venire la nausea. Avrebbe tanto voluto allontanarsi dalla musica, invece ordinò un bicchiere di birra e gassosa, allungandosi a prenderlo oltre le spalle di alcuni uomini che discutevano di calcio. Inosservata, si andò a mettere in piedi accanto a una piccola finestra da cui si vedeva la cabina telefonica. Sul pavimento riusciva a scorgere il fagotto, un piccolo involto patetico, come giornali piegati o un golf caduto a terra. Prima aveva trovato la baracca, poi aveva cercato la cabina del telefono, e infine aveva sperato che ci fosse una finestra nelle vicinanze, e così era stato.

Rimase lì non più di cinque minuti. Dopo di che un giovane e una ragazza entrarono nella cabina. Attraverso il vetro bagnato dal nevischio, vide la ragazza raccogliere il fagotto da terra, mentre il giovane telefonava. Avrebbe dovuto andarsene... non doveva stare lì... ma rimase, a osservare, mentre il rumore del pub pulsava intorno a lei. L'ambulanza arrivò immediatamente. Due infermieri. La ragazza uscì dalla cabina con il fagotto, il giovane era alle sue spalle. Gli infermieri presero il fagotto, prima uno, poi l'altro, quindi lo porsero di nuovo alla ragazza che salì sull'ambulanza. Il giovane era fermo sul marciapiede, e quando lei da dentro gli fece un cenno salì insieme a loro. Così la bambina era in salvo. Era fatta. Ce l'aveva fatta. Uscita sotto la pioggia mista a nevischio, Julie vide le luci dell'ambulanza che svanivano e il suo cuore sprofondò nel dolore della perdita, lasciandosi prendere da un senso di vuoto e di amarezza, come si era ripromessa che non sarebbe successo. "Debbie," sussurrò, mentre le lacrime le scorrevano sul viso. "Dove sei, Debbie?" Non necessariamente a New York. E magari nemmeno negli Stati Uniti. Canada... Messico... Costa Brava... Sud America... Quelli che andavano e venivano dal suo appartamento erano sempre in partenza, o appena tornati. Rio... San Francisco, c'era solo l'imbarazzo della scelta. E Debbie le aveva detto: "Un giorno toccherà a te". Ma adesso toccava a Debbie. Perché avrebbe dovuto tornare? Voleva avere "un solo cliente regolare". Una volta, per sbaglio, aveva detto: "Un solo uomo". Julie l'aveva sentita, ma non aveva commentato. Debbie poteva fare la dura e la spiritosa quanto voleva, ma non poteva ingannare Julie, che sapeva di essere l'unica a capirla veramente.

Camminava verso la metropolitana, il più in fretta possibile. Le tremavano le gambe, ma si sentiva bene. Voleva soltanto arrivare a casa. Non aveva potuto tornare a casa, e nemmeno pensare troppo a quella casa da cui suo padre (ne era certa) l'avrebbe semplicemente buttata fuori. Adesso però era solo questione di qualche fermata di metropolitana e poi il treno. Un'ora e mezza al massimo.

La metropolitana era piena di gente. Erano stati a cena fuori dopo il lavoro, oppure al pub. Come lei! Continuava a guardare tutte quelle facce e a pensare: cosa direste se sapeste? Alla stazione di Waterloo si sedette su una panchina di fianco a un vecchio con una faccia da alcolizzato, un barbone. Gli diede una sterlina, ma pensava al cane. Il treno non si fece attendere a lungo. Non era affollato. Avrebbe certo dovuto sentirsi stanca, star male o qualcosa del genere... Più che altro aveva fame. Un bel piatto con bistecca e uova, ecco di cosa aveva bisogno. E la compagnia di Debbie, che mangiava seduta davanti a lei.

Una ragazza grassottella, acqua e sapone, con indosso un cappotto azzurro, bagnato, sedeva eretta tra gli altri passeggeri che tornavano a casa; teneva in mano una borsa di plastica su cui era scritto, in rosso su sfondo nero, LA MODA DI SUSIE! Gli occhi le luccicavano. I capelli chiari le circondavano la testa di ricci dandole un'aria giovane e fresca. Vibrava di fiducia, di segreti.

Alla stazione dovette decidere se prendere un autobus o andare a casa a piedi. L'autobus no: quasi certamente ci avrebbe incontrato qualcuno che conosceva, magari addirittura qualcuno della sua scuola. Non voleva ancora farsi vedere. Il nevischio si era trasformato in una pioggia fredda che cadeva a raffiche, con la morsa del gelo, eppure non era fastidiosa, più come uno spruzzo pungente che di tanto in tanto le batteva in faccia e la rinvigoriva. Però sarebbe arrivata a casa tutta bagnata, con un aspetto patetico, e non era certo quello che aveva programmato.

Quando imboccò la via in cui abitava, le luci erano tutte accese dietro le tende che coprivano le finestre. Erano tutti in casa. Cosa ne avrebbe fatto di quel cappotto, completamente fradicio e, ancor peggio, che le pendeva addosso informe? Sua madre avrebbe notato tutto quello spazio lì sotto e si sarebbe fatta delle domande. Arrivata a tre porte di distanza da casa, si guardò intorno per essere sicura che non la vedesse nessuno, si tolse il cappotto con un unico, rapido movimento e lo gettò in un cestino. Nonostante la penombra, rischiarata dalla debole luce proveniente da una finestra, vide le macchie di sangue sulla fodera. E il vestito? L'abito giallo era floscio e sudicio, ma il cardigan era lungo e lo nascondeva quasi completamente. D'accordo, quella sarebbe stata la parte pericolosa, solo la fortuna poteva aiutarla. Salì gli scalini e suonò il campanello, sorridendo e stringendosi addosso la borsa di plastica in modo da nascondere la pancia, ancora molle e grassa là dove aveva contenuto il bambino.

Passi pesanti. Suo padre. La porta si aprì lentamente, mentre lui armeggiava con le serrature e Julie continuava a sorridere, con il cuore che le batteva forte. Poi se lo vide davanti, grande e scuro con la luce alle spalle, tanto che si sentì il cuore farsi piccolo e debole... ma poi lui si voltò e Julie vedendolo in faccia pensò: non può essere lui, quello non può essere mio *padre* – era rimpicciolito ed era diventato grigio e comune, e... *di che cosa cavolo aveva avuto paura*? Le sembrava di sentire quello che Debbie avrebbe detto di lui! Non era nessuno. Con voce secca e acuta chiamò: "Anne, Anne, è tornata". Mentre aspettava che sua moglie arrivasse a prendere il controllo, percorreva il corridoio incespicando e piangendo. La madre di Julie le andò incontro in fretta. Era già in lacrime, quindi non avrebbe potuto vederci un granché. L'abbracciò e singhiozzando disse: "Oh, Julie, Julie, perché non...? Ma vieni dentro, cosa c'è, sei fradicia". La spinse e la tirò verso il soggiorno e poi dentro la stanza, dove il vecchio (come Julie lo vedeva ora, con occhi nuovi) stava seduto chino nella sua poltrona, il volto rigato di pianto.

"Sta bene, Len," disse Anne. La madre di Julie. Lasciò andare la figlia e si sedette composta sulla sua poltrona, con le ginocchia una accanto all'altra, i piedi vicini, picchiettandosi gli zigomi e indirizzando a Len uno sguardo il cui significato era: visto, te l'avevo detto.

"Falle una tazza di tè, Anne," disse Len. E poi, rivolto alla figlia ma senza guardarla, fissando la moglie in un modo pesante, orribile, che fece capire a Julie quanto erano state piene di angustia le discussioni che avevano avuto su di lei: "Siediti, non ti mangiamo".

Julie si sedette sul bordo di una poltrona, ma cautamente, perché le faceva male. Era come se l'emergenza l'avesse anestetizzata, ma adesso che era al sicuro i dolori e l'indolenzimento potevano farsi sentire. Guardò i suoi genitori che piangevano, i loro volti amareggiati erano pieni di disperazione. Vide come stavano seduti, ognuno sulla sua poltrona, ben distanti, senza consolarsi a vicenda, senza stringerla, senza desiderio di abbracciarsi o di abbracciarla.

"Oh, Julie," disse sua madre, "oh, *Julie*."

"Mamma, mi faresti un panino?"

"Ma certo. Noi abbiamo già cenato. Ti farò..."

Julie sorrise, non poté farne a meno, e fu un sorrisetto acido. Sapeva che la cena servita a tavola era stata calcolata con precisione, non un pisello o un pezzo di patata in più. Il prossimo vero pasto (il pranzo dell'indomani) era già su un piatto coperto dalla pellicola trasparente e riposto in frigorifero, pronto per essere cucinato. Sua madre andò in cucina a cercare di mettere insieme qualcosa da darle da mangiare, lasciandola sola con il padre, il che non andava bene.

"Non devi pensare che ti faremo domande imbarazzanti," disse lui, sempre senza guardarla, e Julie capì che sua madre aveva detto: "Non dobbiamo farle domande imbarazzanti. Dobbiamo aspettare che sia lei a raccontare".

Altroché se dovreste farmi delle maledette domande, pensò Julie, sentendo già ricomparire prepotente la rauca, rabbiosa irritazione che i suoi genitori sempre le suscitavano. In quel momento era un pericolo.

Dunque si erano aspettati che tornasse? Perché lei si era resa le cose più facili ripetendosi: a loro non importa che non ci sia! Probabilmente non se ne accorgeranno nemmeno! Ora vedeva quanto avevano sofferto per lei. Come avrebbe fatto a lasciare la stanza per andare in bagno? Se solo avesse potuto lavarsi! A questo punto ricomparve sua madre con una tazza di tè. Julie prese il tè, lo bevve tutto d'un fiato, nonostante fosse troppo caldo, e le restituì la tazza. Vide che sua madre si era resa conto che faceva sul serio: aveva bisogno di mangiare, aveva fame, avrebbe potuto bere sei tazze di tè una dietro l'altra. "Ti dispiace se faccio un bagno, mamma? Ci metterò un minuto. La strada era tutta scivolosa e sono caduta. Veniva giù nevischio."

Era già arrivata alla porta, stringendosi al grembo il sacchetto di plastica.

"Non ti sarai fatta male?" chiese suo padre.

"No, sono soltanto scivolata, mi sono sporcata tutta."

"Corri a fare un bagno, piccola," disse sua madre. "Così avrò tempo di far bollire un uovo per i tramezzini."

Julie salì in fretta di sopra. Presto, presto, non doveva dar troppa importanza a quel bagno, non doveva restarci dentro troppo a lungo. La sua camera era tutta a posto, tutta rosa e carina, con il grande panda seduto sul cuscino. Si tolse in fretta e furia i vestiti da cui si levarono zaffate di un disgustoso odore acre. Li cacciò nella borsa di plastica e afferrò dall'armadio la vestaglia a fiori rosa. Cosa avrebbe detto Debbie? si chiese, e le venne voglia di ridere al pensiero dell'amica in quella stanza, buttata sul suo letto con il panda. Sul fondo di un cassetto trovò un pigiama di taglio infantile. Cosa poteva usare come imbottitura? Aveva gli slip macchiati di sangue e questo significava che gli assorbenti non sarebbero bastati. Trovò delle vecchie mutandine e se le portò in bagno. La vasca si riempì in fretta, emanando effluvi di vapore. Attenta, non doveva svenire e si sentiva stordita. Entrò nell'acqua e immerse la testa. Presto, presto... Si insaponò e si sfregò, sbarazzandosi della nascita, della baracca sporca, dell'odore di cane bagnato, del sangue, tutto quel sangue. Sgorgava ancora lento, non molto ma abbastanza da farle prestare attenzione quando venne il momento di asciugarsi con le soffici salviette rosa che sua madre cambiava tre volte alla settimana. Si mise gli slip e li imbottì con le mutandine vecchie. Si infilò il pigiama, la vestaglia rosa. Si pettinò i capelli.

Ecco. Era tutto passato. Le sarebbe venuto il latte, l'aveva letto sul libro, ma si sarebbe messa un reggiseno stretto, imbottito di bambagia. Ce l'avrebbe fatta. In questa casa, casa sua, non ci si mostrava nudi. Da anni sua madre non entrava in bagno mentre lei era nella vasca e bussava sempre prima di aprire la porta di camera sua. Nell'appartamento di Debbie si girava nudi o mezzi nudi, e a volte Debbie andava ad aprire la porta con indosso soltanto un body, con quei suoi grandi seni che le ballonzolavano. Entrava spesso in bagno mentre Julie era nella vasca e si sedeva sul water a chiacchierare... Gli occhi di Julie si riempirono di lacrime. Oh, no, non doveva proprio piangere.

Spinse ben sotto il letto il sacchetto di plastica con gli assorbenti insanguinati e i vestiti sporchi. Se ne sarebbe sbarazzata la mattina dopo, molto presto, prima che i suoi genitori si svegliassero, alle sette.

Scese al piano di sotto, una brava bambina lavata e pettinata, pronta per andare a letto.

In soggiorno i suoi genitori erano silenziosi, seduti uno lontano dall'altra sulle loro poltrone ben distanziate. Avevano pianto ancora. Suo padre fu sollevato da quello che vide quando le lanciò una cauta occhiata (come se guardarla prima fosse stato troppo doloroso) e disse: "È bello riaverti a casa, Julie". La sua voce si incrinò.

Sua madre disse: "Ti ho preparato un buon spuntino".

Quattro fette di pan carré formavano due tramezzini, tagliati in diagonale, mostrando all'interno il bel giallo dell'uovo, con mazzetti di prezzemolo disposti qua e là. La fame si scantenò come una tigre in Julie, e la ragazza divorò voracemente quello che aveva davanti, guardando il viso compassionevole e imbarazzato della madre. Certo, pensa che mi sia mancato da mangiare. Be', meglio così, la metterà su una pista falsa.

Sua madre andò a preparare qualcos'altro. Doveva lessare un altro uovo?

"Va bene qualsiasi cosa, mamma. Marmellata... un po' di pane tostato con la marmellata andrà benissimo."

Aveva finito i tramezzini e bevuto tutto il tè molto prima che sua madre tornasse portando un vassoio con mezza forma di pane, burro, marmellata di fragole, altro tè.

"Non mi piace pensare che ti sia mancato da mangiare," disse.

"Ma non mi è mancato niente, davvero," rispose Julie, ricordando tutti i banchetti che aveva fatto insieme a Debbie, le pizze che arrivavano a tutte le ore del giorno e della notte da un negozio vicinissimo, le scorpacciate speciali di bistecche quando a Debbie veniva fame, il che succedeva spesso. Nel cucinino c'era un piatto, che veniva dal Marocco, sempre colmo di frutta. "Hai bisogno di vitamine," continuava a dire Debbie, e portava altra uva, altre mele e pere, per non parlare dei frutti di cui Julie non aveva mai sentito parlare, come melograni e papaie, che Debbie aveva imparato ad apprezzare in uno dei suoi viaggi chissà dove.

"Non ti tormenteremo con gli interrogatori," disse sua madre.

"Ho abitato da un'amica. Si chiama Debbie. È stata gentile con me. Sono stata bene," rispose Julie, guardando la madre e poi il padre. *Ecco, non fate altre domande.*

"Un'amica?" ripeté gravemente suo padre. Continuava a tenere gli occhi lontani da Julie, perché quando la guardava tornavano le lacrime.

"Be', non sono stata con un ragazzo," riprese Julie, e non poté fare a meno di ridere di quell'idea ridicola.

Ridevano tutti di sollievo, di incredulità... pensano che sia scappata con un ragazzo! Che cosa si immaginavano? Julie rifletté su quello che era successo con Billy Jayson nei bagni della scuola, che per quanto incredibile potesse sembrare, aveva condotto alla scena nella baracca con il cane. Scherzando insieme a Debbie aveva detto che sarebbe stato il parto di una vergine. "Quasi non l'ha neanche messo dentro," aveva raccontato. "Credevo non fosse successo niente."

Probabilmente Billy si era dimenticato tutto. A meno che non avesse collegato la sua scomparsa da scuola e la sua fuga da casa con quell'episodio nei bagni... Ma perché avrebbe dovuto? Se ne era andata quattro mesi dopo che avevano fatto la lotta, spintonandosi e ridendo, con lei che diceva: "No, no," e lui che diceva: "E dai, su".

"Tornerai a scuola?" chiese sua madre cautamente. "Il poliziotto che è venuto la settimana scorsa ha detto che sei ancora in tempo. Ci sono ancora due trimestri. E ti sei sempre comportata bene, prima di questa storia."

"Sì, tornerò a scuola," disse Julie. Sette mesi - poteva farcela. Si sarebbe annoiata, ma non importava. E poi... Quello era il momento in cui avrebbe dovuto dire qualcosa di più, spiegare, inventarsi qualche bugia, perché stavano tutti e due seduti a guardarla, sui loro volti c'era tutto quello che avevano provato nei lunghi cinque mesi in cui lei era stata via. Sapeva che li stava trattando male rifiutandosi di parlare. Be', avrebbe parlato, ma non ora, tutto a un tratto era letteralmente sfinita. Sazia di cibo e tè caldo, sentì che si stava lasciando andare, si lasciava scivolare... Cominciò a sbadigliare, senza riuscire a trattenersi. Loro però non le suggerirono di andare a letto, perché proprio non potevano credere che non le avrebbero cavato altro.

Ma non c'era altro che lei potesse dire. Guardò il padre, quell'uomo prudente, ingrigito, anziano, pesantemente seduto sulla sua poltrona. Guardò la madre, che sembrava quasi una bambinetta per come stava lì impettita nel suo grazioso vestito azzurro pallido, con il bel colletto e i bottoncini a perla sul davanti. I suoi riccioli grigi erano briosi e i suoi occhi azzurri pieni di un'innocenza ferita e incapace di comprendere. Julie pensò: vorrei solo potermi rannicchiare in braccio alla mamma, addormentarmi mentre mi stringe. Di certo doveva essere successo quando era piccola, ma non se ne ricordava. In quella famiglia non si toccavano.

Con la lucidità che le veniva dalla spossatezza e grazie a quello che aveva imparato negli ultimi mesi, vedeva i suoi genitori e capiva che... si annullavano a vicenda. Debbie avrebbe detto che c'era qualcosa di sbagliato nella loro alchimia. Non erano mai in disaccordo. Non alzavano mai la voce, non litigavano. Ogni giorno era un percorso di tazze di tè, pasti, tazze di caffè e biscotti, sempre esattamente alla stessa ora, con il letto per destinazione. Era come se si fossero spenti.

Erano vecchi quando l'avevano avuta, era questo il problema?

A casa di Debbie si gridava, ci si baciava, ci si abbracciava, si discuteva, si litigava, si minacciava, si piangeva e si urlava.

L'appartamento aveva due camere da letto. Debbie le aveva

dato quella piccola tutta per sé. Julie doveva stare alla larga quando lei tornava con un uomo, uno nuovo, ma non quando c'era Derek, il suo ragazzo. Derek scherzava sempre e si rivolgeva a Julie dandole ordini. Perché non mi fai una tazza di tè, non mi prendi qualcosa da bere, non mi cucini uova e pancetta, come ti sei conciata, perché non provi una nuova pettinatura, un vestito nuovo? Julie gli piaceva, anche se a lei Derek non andava molto. Sapeva che Debbie meritava di meglio.

Presto se ne sarebbe sbarazzata. Come aveva fatto con l'uomo che un tempo possedeva l'appartamento e prendeva una percentuale su quello che lei guadagnava. Ma Debbie aveva scoperto qualcosa di sporco sul suo conto, l'aveva messo alle strette, si era tenuta la casa e adesso lavorava da sola. Julie aveva visto quell'uomo una volta sola e le era venuta la pelle d'oca. "Il mio primo amore," aveva commentato Debbie con una battuta e aveva riso forte davanti alla smorfia di Julie. Derek non le faceva venire la pelle d'oca, era una nullità! Un tipo qualunque. Noioso. L'uomo con cui Debbie era andata a New York, invece, era un produttore televisivo. Lavorava a una serie di cui nessuno aveva sentito parlare in Inghilterra, perché non era abbastanza buona da essere venduta anche lì, aveva detto lui. Quest'uomo andava già meglio, ma Julie pensava che Debbie si sarebbe sbarazzata anche di lui quando si fosse presentato qualcosa di più interessante.

Questi pensieri, questi giudizi, tanto diversi da tutto quello che si diceva o si pensava a casa sua, si susseguivano nella mente di Julie in modo più che naturale, sebbene nel suo caso non valessero. Debbie aveva dovuto diventare così, perché aveva avuto una vita dura. Il che comprendeva una brutta storia di cui non parlava mai, ma era il motivo per cui era stata tanto buona con lei. Probabilmente, proprio come Julie, Debbie si era trovata di sera tardi in una stazione ferroviaria, incinta, la testa piena di stupidaggini su come si sarebbe trovata un lavoro, avrebbe avuto il bambino, lo avrebbe cresciuto e avrebbe trovato un uomo che li amasse tutti e due. O forse era stato qualcos'altro che aveva a che fare con l'essere incinta e sola. Non era stata lei, Julie, a conquistarsi per cinque mesi l'amore e la protezione di Debbie, era stata la ragazza incinta, indifesa e sola.

Oh, sì, Debbie le voleva un gran bene.

A volte passava la notte insieme a lei nel letto grande, perché Debbie non sopportava di dormire sola. Le veniva paura, diceva. Non riusciva a credere che Julie non avesse paura del buio. Debbie si addormentava sempre di sasso, anche quando non aveva bevuto. Allora Julie si sollevava con cautela sul gomito e si chinava su di lei per esaminarla, per cercare di scoprire... Debbie era una bella ragazza robusta. Aveva la pelle candida, capelli dritti, neri e lucidi, e si truccava le labbra in modo che apparissero sottili, rosso acceso, due linee curve, proprio giuste per la lingua affilata e sferzante che nascondevano. Mentre dormiva, il suo viso era liscio e impenetrabile, la sua bocca una bocca qualsiasi, un po' patetica pensava Julie, e gli occhi erano segnati. Quel volto non lasciava trasparire nulla del motivo per cui, a chi entrava nell'appartamento e magari notava Julie con le intenzioni sbagliate, Debbie diceva: "Sta alla larga, mi hai sentito? Alla larga, altrimenti..." e le sue labbra scarlatte e i suoi occhi neri diventavano cattivi, facevano paura.

Ma se si svegliava di notte, capitava che si voltasse verso Julie e l'attirasse in un abbraccio che le faceva capire quanto poco ne sapesse lei dell'amore, della tenerezza. Allora Julie restava stesa con gli occhi aperti, sbalordita dai segreti che quel grande corpo caldo e vellutato le rivelava e continuava a rivelarle anche quando Debbie si era riaddormentata. Non le aveva mai "fatto" niente. Julie si era persino aspettata che succedesse "qualcosa". Non era mai successo niente. Solo una volta Debbie aveva allungato la mano a toccarle la pancia tondeggiante, ma l'aveva tolta subito. Julie giaceva abbarbicata a Debbie, erano come due gatti che dopo essersi lavati a vicenda si addormentano, così lei aveva capito di cosa era stata terribilmente privata a casa e come erano vuoti e tristi i suoi genitori. E se ora avesse detto: mamma, lasciami venire nel tuo letto stanotte, ho paura, mi sei mancata... Si vedeva davanti la faccia imbarazzata e timida di sua madre. "Ma Julie, ormai sei grande."

Anne e Len dormivano in letti gemelli, uno di fianco all'altro, con in mezzo il comodino.

Senza rendersene conto, Julie si ritrovò con le lacrime agli occhi, ma poi se ne accorse e guardò svelta la madre e il padre: non dovevano capire che avrebbe dato qualsiasi cosa pur di piangere, piangere ed essere consolata, stretta... Ma loro non la guardavano, guardavano soltanto la televisione. L'avevano accesa senza che Julie lo notasse e ora stavano tutti e tre seduti a fissare il video.

Dallo schermo un'annunciatrice fece quel sorriso speciale riservato ai membri della famiglia reale, agli animali e ai bambini, e disse: "Questa sera alle otto, in una cabina telefonica di Islington, è stata trovata una bimba appena nata. Sana e del peso di tre chili e nove etti, la piccola era ben coperta. Le infermiere l'hanno chiamata Rosie". Julie si sentì percorrere da caldi fremiti di gelosia quando ebbe davanti l'infermiera che sorrideva al visino che lei aveva appena intravisto alla luce della torcia elettrica e poi di nuovo sotto il nevischio, fuori dalla baracca. "La madre è invitata a presentarsi in ospedale, poiché potrebbe avere urgentemente bisogno di assistenza medica."

Era il telegiornale della notte.

Avrebbero capito? Ma perché avrebbero dovuto? Era già abbastanza difficile per lei credere di poter essere lì seduta nella sua graziosa vestaglietta, profumata di talco, dopo aver partorito da sola in una baracca sporca, con l'unica compagnia di un cane. Soltanto quattro ore prima!

"Perché non prendiamo un cane, mamma?" chiese Julie, sapendo cosa si sarebbe sentita rispondere.

"I cani sono una tale noia, Julie. E chi lo porterà a spasso?"

"Io, mamma."

"Ma tu finirai la scuola a luglio e io non voglio questa seccatura, e sono sicura che non la vuole neanche Len."

Suo padre non disse niente. Si sporse a spegnere il televisore. Lo schermo si oscurò.

"Spesso mi chiedo cosa pensi Jessie," osservò poi, "quando vede cose del genere alla televisione, intendo."

"Oh, lascia perdere, Len," lo ammonì Anne.

Sulle prime Julie non ci fece caso, ma poi registrò: le sue orecchie si aprirono e lei capì che stava per succedere qualcosa di straordinario.

"È per questo che eravamo tanto preoccupati per te," riprese suo padre in tono grave, tormentato dalla pena, carico di rimproveri. "Non ci vuole niente, come facevamo a sapere che non eri..."

"Len, eravamo d'accordo che non avremmo mai..."

"Cosa c'entra la zia Jessie?" chiese Julie, cercando di afferrare. Silenzio. "Allora, cosa c'entra, papà? Non puoi lasciare la cosa a metà."

"Len," disse Anne disperatamente.

"Tua zia Jessie si è fatta mettere incinta," rispose il padre, deciso a dirlo, ignorando la faccia della moglie, la sua angoscia. Sul suo volto si leggeva: perché dovremmo risparmiarglielo, quando lei ci ha fatto passare momenti così brutti? "Non era molto più grande di te." Finalmente guardava Julie dritta in faccia, esprimeva tutto il suo biasimo, e dagli occhi le lacrime gli scendevano sulla faccia e fin sulla cravatta. "Basta poco perché succeda, no?"

"Ma allora... e cosa ne è stato del bambino? È nato?"

"Tua cugina Freda," rispose Len, sempre amaro e ostinato, lo sguardo accusatore fisso sulla figlia.

"Vuoi dire che Freda è... vuoi dire... La mamma e il papà di zia Jessie non si sono opposti?"

"Altroché se si sono opposti," intervenne Anne. "Mi ricordo tutto molto bene. Volevano che la bambina fosse adottata, ma Jessie ha insistito e l'ha avuta vinta, e alla fine loro hanno ceduto. Io continuo a pensare che avessero ragione loro e che Jessie avesse torto. Aveva solo diciassette anni. Non ha mai voluto dire chi fosse il padre. Era inchiodata in casa con la figlia piccola, mentre avrebbe dovuto essere in giro a divertirsi e a imparare le cose della vita. Si è sposata che era anche lei soltanto una bambina."

Ormai Julie si era più o meno ripresa, nonostante si sentisse come appena scesa da un ottovolante. Soprattutto pensava: devo farmi raccontare tutto adesso, perché li conosco, si cuciranno di nuovo la bocca e non ne parleranno più.

"E lo zio Bob non ha avuto niente da ridire?" chiese.

"Non abbastanza da non sposarla, l'ha sposata, no? E Jessie aveva un figlio dell'amore di cui lui ha dovuto farsi carico," ribatté il padre, pieno di rabbia e recriminazioni.

"Un figlio dell'amore," ripeté Julie con ironia, incapace di trattenersi. Ma i suoi genitori non ci badarono.

"È così che li chiamano, credo," rispose suo padre, in tono pesante e sarcastico. "Be', sono cose che succedono, Julie; tu sei sempre stata una ragazza con la testa a posto e questo non ha fatto che peggiorare le cose." E ora, per quanto incredibile, il padre che Julie aveva temuto tanto da fuggire di casa, singhiozzava, seduto davanti a lei, coprendosi la faccia con le mani.

La madre piangeva, gli occhi lucidi, le guance arrossate.

Di lì a poco, anche Julie si sarebbe messa a singhiozzare.

"Vado a letto," annunciò Julie alzandosi. "Oh, mi dispiace mamma, mi dispiace papà, mi dispiace..."

"Va bene, Julie," disse sua madre.

Uscì dalla stanza, salì le scale e andò in camera sua; camminava con cautela ora, perché le faceva così male. Si sentiva stordita e confusa per via di zia Jessie e di sua cugina Freda. Allora anche lei, Julie, avrebbe potuto... adesso avrebbe potuto essere lì seduta con la piccola Rosie, non l'avrebbero cacciata via.

Non sapeva cosa pensare, né cosa provare... Si sentiva... voleva... "Oh, Debbie," pianse, ma in silenzio, nel suo lettino con le coperte rimboccate, abbracciata al panda. "Oh, Debbie, cosa devo fare?"

Pensò: in luglio finisco la scuola e torno indietro, scappo, andrò a Londra e mi troverò un lavoro, e potrò riavere la mia bambina. Per qualche minuto si convinse che a parlare non era la sciocca adolescente che era scappata di casa, ma la ragazza istruita da Debbie, quella che conosceva il prezzo delle cose. Poi si disse: smettila, smettila, lo sai che non è così.

Pensò alla casa di zia Jessie. Ci si era sempre divertita. Per la prima volta le venne in mente che l'appartamento di Debbie e la casa di zia Jessie avevano parecchio in comune: erano posti rumorosi, che inquietavano, eccitavano. E questo era il motivo per cui ai suoi genitori non piaceva molto andarci. Ma qui, un bambino, qui, Rosie con la sua lunga vulva grinzosa, qui... Sbottò nella sua risata roca e sprezzante, eppure infelice: aveva capito che Rosie, sua figlia, non avrebbe potuto abitare in quella casa perché lei, Julie, non poteva sopportarlo.

Porterò Rosie da Debbie, a Londra, si disse in un ultimo, futile tentativo.

Ma Debbie aveva accolto la Julie incinta. *Quello era stato il prezzo.*

Se Julie avesse portato dai suoi la piccola Rosie, poi avrebbe dovuto restarci. Finché non si fosse sposata. Come zia Jessie. Pensò allo zio Bob. Ora si rendeva conto di averlo sempre considerato l'ombra di zia Jessie, non un granché. Si era chiesta perché lei lo avesse sposato. Adesso lo sapeva.

Devo andarmene da qui, pensò, assolutamente. A luglio me ne vado. Avrò il mio diploma. Non sarà difficile. Mi metterò sotto e darò i miei cinque esami. Andrò a Londra. Adesso so come stanno le cose. Ho abitato da Debbie e non ho permesso a nessuno di farmi del male. Sono stata furba, nessuno sapeva che ero incinta, solo Debbie. Ho partorito Rosie da sola in quella baracca, c'era soltanto un cane ad aiutarmi, e poi l'ho messa in un posto sicuro e adesso sta bene, e io sono tornata a casa, e sono stata così brava che non hanno immaginato niente. Sono in gamba.

Con le braccia intorno al panda Julie pensò: posso fare tutto quello che voglio, l'ho dimostrato.

E scivolò nel sonno.

PASSEROTTI

Aveva smesso di piovere da venti minuti quando nel giardino del caffè arrivarono i primi clienti. Erano due donne anziane con un labrador sorridente, e dovevano proprio sentirsi a loro agio perché si diressero subito verso un certo tavolo sul fondo e senza bisogno di ordini il cane si mise al suo posto sulla striscia d'erba. Le donne raddrizzarono le sedie che erano state inclinate in avanti e appoggiate contro il tavolo per via della pioggia. Una delle due appese l'ombrello allo schienale e si mise a sedere, tirando fuori da una borsa i pacchetti di uno spuntino. L'altra entrò nell'edificio e ne emerse con un piccolo bricco di caffè e due tazze. Assicurandosi a vicenda che una caffettiera sarebbe stata più che sufficiente per tutte e due, mangiarono i panini con un'aria contemplativa e distaccata, che disdegnava ogni senso di colpa.

In tutto il nord di Londra la gente stava dicendo: "Ha smesso di piovere, andiamo all'Heath".* Passeggiavano già lungo il sentiero da cui si vede, in basso, il laghetto di Kenwood, si sistemavano sulle panchine, nel caso uscisse finalmente il sole, e scendevano le scale che portavano verso il caffè. Ma il sole dov'era? Si nascondeva imbronciato dietro cumuli di nubi nere verso il cui bordo scivolava per pochi minuti alla volta, macchiando prato e alberi di un promettente giallo caldo, per poi ritrarsi.

Alcuni ragazzi sbucarono in gruppo fuori dall'edificio, portando in equilibrio sulle braccia vassoi carichi di bibite gasate,

* Hampstead Heath, uno dei più grandi parchi di Londra nel quartiere residenziale di Hampstead, nel nord della città [*N.d.T.*].

caffè, fette di torta. Spinsero due tavolini uno contro l'altro e si sedettero scompostamente. Vestiti eleganti ed eccessivi, una profusione di capelli multicolori, diedero vita a un'atmosfera festosa. L'insoddisfatta indolenza che era il loro stile spinse le due frugali spettatrici a sollevare le sopracciglia e mormorare: "C'è chi non sa quanto è fortunato, non trovi, cara?"

Sulla porta della cucina comparve un giovane con i capelli color paglia, alto e pallido, come un ballerino di danza classica. Era tutto sonno e sbadigli, ma si stava sistemando un grembiule a strisce blu e bianche che lo trasformò nel ritratto di un cameriere volenteroso. Ispezionò il suo campo d'azione, riflettendo se raddrizzare le sedie intorno ai tavoli, su cui c'erano piccole pozze d'acqua, o addirittura asciugare i tavoli. Ma diede un'occhiata al cielo minaccioso e decise di lasciar perdere.

Le due signore buttavano pezzetti di pane ai passerotti che si radunavano intorno ai loro piedi, affollavano le spalliere delle sedie e si avventuravano persino sul tavolo. In fondo al giardino, non troppo in evidenza, c'era un cartello che diceva: AVVISO SANITARIO – NELL'INTERESSE DELL'IGIENE SI PREGA DI NON DAR DA MANGIARE AI VOLATILI. Il cameriere scrollò le spalle e scomparve.

Dall'interno emersero tre persone, quasi del tutto nascoste dietro vassoi stracolmi che, una volta appoggiati, rivelarono tre giapponesi: una giovane coppia in eleganti tute di seta nera e la madre dell'uno o dell'altra. Anche il suo abbigliamento era esagerato per quel posto – capi neri "firmati", gioielli e tutto il resto. Per appoggiare tutto il loro carico più quanto stava sul vassoio portato da un altro cameriere, accostarono un tavolo a quello a cui avevano deciso di sedersi, nel mezzo della scena. E dato che questo buffet non era sufficiente, un secondo tavolo fu avvicinato e coperto di cibo. Si apprestavano a consumare una completa colazione all'inglese, fette di torta alla crema, *scones** con burro e marmellata, varie altre torte, piatti di pollo e insalata, e ancora caffè, Coca-cola, succo di frutta.

Il cameriere, che veniva da un paese mediterraneo, un bel giovane scuro e flessuoso, contemplò quel desco con ammirata incredulità. "Giapponesi? Buon appetito!" Indugiò, sollevò le sopracciglia in un commento privato, e poi se ne andò. I passeri, esauriti gli intrattenimenti delle due pensionate, arrivarono in stormo a

* Tipici dolci da tè inglesi [*N.d.T.*].

esaminare le nuove possibilità. La madre giapponese emise grida di irata indignazione, e mentre con una mano si riempiva la bocca fino a gonfiare le guance pesantemente truccate, imbruttite dal malumore e dall'ingordigia, con l'altra tentava invano di scacciare i volatili, come fossero stati mosche.

I ragazzi evidentemente giudicarono troppo ravvicinata la distanza da cui erano costretti ad assistere a questo spettacolo, quindi con grazia si alzarono e si trasferirono più in là. Non si preoccuparono di portarsi dietro tutto e lasciarono sparse sul tavolo abbandonato patatine e noccioline. I passeri calarono su questa abbondanza dagli alberi, dal tetto – da ogni parte. La matrona giapponese commentò il fatto a voce alta, ma i suoi figli la ignorarono, intenti a mangiare come fossero rimasti a digiuno per settimane.

Le due signore anziane osservavano la scena. Sembrava non riuscissero a distogliere lo sguardo. La loro disapprovazione nei confronti dei ragazzi era stata di rito, persino indulgente, ma questo – diceva la loro espressione – era un altro paio di maniche! Una di loro abbassò la mano tremante ad accarezzare la testa del grosso cane.

"Sì, così, bravo," disse con voce infelice. Un passerotto si posò troppo vicino alla matrona giapponese, che lanciò un urlo. Un ennesimo cameriere comparve sulla porta della cucina ed esaminò la scena come un generale. Era un giovane competente, basso e tarchiato, con i capelli spazzolati all'insù, tutto lindo e pulito, chiaramente destinato, nel giro di cinque anni al massimo, a gestire la propria ditta o almeno a diventare direttore di reparto. Si mise a camminare su e giù con passo deciso e a disperdere nubi di passeri allargando energicamente le braccia, come se stesse facendo ginnastica. Sorrise con un cenno del capo ai giapponesi e rientrò in cucina. I passeri fecero ritorno.

Arrivò una coppia di mezza età, raggiante di salute e crema abbronzante, entrambi con un'austera tazza di caffè in mano. Era chiaro che erano appena tornati da una vacanza nella beatitudine del sole e ora potevano permettersi di sorridere al cumulo nero che lo nascondeva e copriva metà del cielo. Appoggiarono le tazze sulle sponde opposte di un piccolo lago di pioggia sul loro tavolo e si sedettero sull'orlo delle sedie, annunciando così a tutti che stavano per macinare le distanze del parco a un trotto zelante.

La coppia di mezza età che comparve a quel punto non avrebbe potuto essere più diversa da loro. Salirono con cautela i gradini e vennero avanti, badando a dove appoggiavano le scarpe ben lucidate. Reggevano entrambi un vassoio con tè, un unico *scone* e una porzione di burro. Scelsero un tavolo sul fondo, vicino alla piccola striscia di prato.

Dietro di loro c'era l'alto muro di mattoni con la sua misteriosa porta sempre chiusa, come quella del Giardino Segreto. Mescolando il suo tè, la donna sorrise al labrador, poi sulla destra agli alberi e ai cespugli digradanti in tutte le tonalità di un verde intenso e rigoglioso, alle fronde che spuntavano oltre la staccionata sulla sinistra, e infine guardò con approvazione dritto davanti a sé, verso l'edificio lungo e proporzionato, un'ala della Kenwood House che un tempo ospitava la rimessa delle carrozze e gli alloggi della servitù e ora andava rapidamente riempiendosi di gente che faceva colazione, prendeva il tè o pranzava. Le finestre aperte al piano superiore lasciavano intravedere al loro interno il trascorrere di esistenze appagate e interessanti, mentre sul tetto lungo e basso uccelli di tutti i tipi, ma per lo più passeri e piccioni, badavano ai propri affari, non meno degni di interesse. La donna considerava con particolare piacere i passeri che affollavano un albero proprio dietro di loro, osservandoli in attesa di vedere cosa sarebbe accaduto. Il marito era già chino a consumare il suo *scone* con la pedanteria e la foga di chi si occupa sempre del compito che gli viene messo davanti, lo porta a termine e poi si chiede il perché di tanta fretta.

Un passerotto scese dall'albero e le si posò accanto, sullo schienale della sedia ancora appoggiata contro il tavolo. Lei cautamente gli spinse vicino qualche briciola.

"Hilda, cosa fai!" protestò il marito a voce bassa, con tono insistente e petulante. "È proibito, no?" E allungò il collo per voltarsi a constatare che il cartello fosse ancora lì al sicuro.

"Oh, be', ma quelle sono sciocchezze," rispose lei serena, e sorrise al passerotto. Il marito la fulminò con lo sguardo, immobilizzandosi con in mano un pezzo di *scone* e l'aria frustrata di chi sente di non aver più alcuna autorità. Poi, quando il passero svolazzò sfacciatamente verso la sua mano, fece sparire il dolce in un boccone, lo inghiottì e disse: "Ti ruberebbero il cibo di bocca".

Hilda dolcemente raddrizzò una sedia e poi l'altra. Subito i passeri scesero a posarsi sugli schienali. Lei mise una briciola non molto lontano da sé e rimase ad aspettare. Un passero di consumata esperienza, un magro uccello cacciatore che aveva visto molte estati, grigio a chiazze nere e color cioccolato, arrivò come una freccia, prelevò la briciola e volò via sul tetto della rimessa, inseguito da altri due.

Sulla spalliera della sedia più vicina a lei si erano fermati uno accanto all'altro tre passerotti.

"Guarda, Alfred," disse, "sono i piccoli: guarda, spalancano ancora il becco."

Avevano gli angoli del becco gialli. Erano tutti e tre teneri e soffici. Giovani giovani. Le loro piume grigio-brune luccicavano. L'uomo li fissava con un'inquietudine eccessiva date le circostanze.

Da lontano sembrava più giovane di quanto fosse, un brioso signore di mezza età, pulito, spazzolato, ordinato, ma da vicino si vedevano briciole fresche sul suo cardigan e sulla cravatta c'era una nuova macchia di tè. Aveva un aspetto ingrigito, prostrato. Sua moglie era una donna grande e prosperosa, gli sedeva accanto con il busto ben eretto. Tutto in lei diceva che manteneva il controllo della situazione, le mani curate e capaci, i capelli ben acconciati, i vestiti a posto. Se anche non era molto più giovane di lui, lo sembrava.

Mise un mucchietto di briciole vicino ai tre uccelli e il più audace esitò, poi si lanciò e volò via portandosene dietro una. Il secondo lottò contro se stesso, si sollevò dallo schienale della sedia ma a metà strada verso le briciole, il suo obiettivo, fu preso dal panico e con una piroetta e uno sbatter d'ali si voltò e tornò al suo posto.

"Avanti, un po' di coraggio," lo ammonì lei. Di nuovo l'uccellino esitante si alzò in volo, a mezz'aria ripeté lo scarto e il battere d'ali, librandosi per qualche secondo, e tornò indietro. Ma infine riuscì a superare la paura e a resistere al bisogno di fare dietrofront a metà strada, raggiunse le briciole e dimostrò che lo aspettava un fulgido futuro perché ne raccolse parecchie, molto rapidamente, e volò via con il becco pieno a godersele.

L'ultimo passerotto rimase lì, da solo. Era molto giovane, questo piccolo, qua e là si vedeva ancora qualche traccia delle prime piume. Il suo becco aveva gli angoli di un giallo brillante. Aveva osservato quelli che erano stati i suoi compagni di infanzia con negli occhi tondi l'aria calma e distaccata di un bambino nella carrozzina.

"Avanti, fallo anche tu," disse lei. Ma l'uccellino rimaneva lì a guardare, per nulla coinvolto.

Poi un altro passero si posò sul tavolino tra le briciole e cominciò a beccare il più in fretta possibile. Era un uccello più vecchio, le sue piume non erano più fresche e giovani. E in quel momento il passerottino saltò sul tavolo, si rannicchiò, arruffò il piumaggio in modo da trasformarsi in una palla soffice e aprì il becco.

"Cos'ha?" domandò l'uomo, come preso dal panico. "Sta male."

"No, no," lo tranquillizzò la moglie. "Guarda."

Alla vista del piccolo che si rannicchiava e si arruffava, l'uccello più vecchio reagì immediatamente riempiendogli di briciole il becco spalancato. La cosa andò avanti, con l'uccellino che chiedeva, come fosse stato ancora nel nido, e il genitore che lo nutriva. Ma poi arrivò in picchiata un passero masnadiero. Il genitore lo beccò e i due uccelli in lite spiccarono insieme il volo verso il tetto. Il passerottino, abbandonato, smise di raggomitolarsi e gonfiare le penne. Chiuse il becco, tornò sullo schienale della sedia e riassunse la sua mite posa di piccolo.

"Ma è cresciuto," disse l'uomo, pieno di risentimento. "È cresciuto e pretende che i suoi genitori gli diano da mangiare."

"Probabilmente ancora ieri era nel nido," rispose lei. "Probabilmente questo è il suo primo giorno nel mondo crudele."

"E allora perché non si cerca da solo da mangiare? Se i suoi genitori l'hanno cacciato dal nido, vuol dire che deve cavarsela da solo."

Lei voltò la testa a lanciare al marito un'occhiata diffidente, poi, come se temesse la sua reazione, sospese quell'esame clinico e rimase seduta, con un pezzo di *scone* in mano, a guardare lo stormo di passeri che saccheggiavano i piatti e i vassoi ormai vuoti del terzetto giapponese. La matrona nipponica si lagnava ad alta voce degli uccelli. I suoi figli la calmarono e fecero un cenno all'indolente cameriere dalla zazzera paglierina, il quale si avvicinò con comodo, impilò i vassoi e se li portò via, privando i passeri del loro banchetto. Gli uccelli si sollevarono in aria in un turbinio e il passerotto andò con loro.

Il piccolo giardino del caffè andava riempiendosi. Il sole si era di nuovo avvicinato al bordo delle nuvole e il cielo era per metà azzurro terso. La coppia atletica partì con passo efficiente. Il giovane giapponese rientrò nell'edificio. Possibile che fosse pronto ad affrontare altro cibo? Le due signore anziane erano ancora sedute, nonostante il cameriere avesse portato via il bricco del caffè e i due piatti vuoti.

Il cane stava sdraiato con il muso sull'erba e guardava un passero che saltellava a pochi centimetri da lui.

L'uccellino andò di nuovo a posarsi da solo sullo schienale della sedia.

"Guarda, è tornato," disse lei, piena di tenerezza. "È il piccolo."

"Come fai a sapere che è lo stesso?"

"Non lo vedi?"

"Per me si somigliano tutti."

Lei non disse niente, e cominciò invece il suo gioco, spingendogli cautamente le briciole sempre più vicine, in modo da tentarlo senza fargli paura.

Giunse la lamentela che la donna con il suo atteggiamento vigile ma prudente mostrava di aver previsto: "Starà aspettando che arrivi il padre a portargli da mangiare".

"O magari addirittura la madre," ribatté lei, secca, ironica – ma non appena pronunciate queste parole si pentì del tono che aveva usato, perché lui sbottò ad alta voce: "Lì seduti, se ne stanno ad aspettare che noi..."

"Sta a sentire, papà," riprese lei scrupolosamente, "te l'ho detto stamattina: se non vuoi non sei obbligato a farlo."

"Tu non smetteresti più di rinfacciarmelo, non è vero?"

Lei non rispose, ma si chinò delicatamente a spingere una briciola più vicina all'uccellino.

"E poi se non accetto, scommetto che tornerà a casa, pretendendo che noi la si serva, le si compri da mangiare..."

La donna contò fino a dieci prima di parlare. "È per questo che vuole andarsene a stare per conto suo."

"A spese nostre."

"I soldi sono lì in banca a far niente."

"Ma supponiamo che li volessimo usare per qualcos'altro. Qualche lavoro alla casa... la macchina sta diventando vecchia..."

Lei sospirò, senza volerlo. "Ho detto: se la pensi così, allora lascia perdere. Ma sono solo 10.000 sterline. Non è molto da investire per cominciare a rendersi indipendente. È un ottimo affare, l'hai ammesso anche tu. Avrà qualcosa di sua proprietà, anche se è solo una quota della casa."

"Non mi sembra che abbiamo scelta. O ce la teniamo e la manteniamo, insieme a tutti i suoi amici e compagnia bella, o paghiamo per farla andar via."

"Ha ventun'anni," riprese la madre, tutto a un tratto sfinita dalla rabbia, con voce bassa e tesa. "È arrivato il momento di fare qualcosa per lei."

Lui sentì quel tono, e stava per ritirarsi, ma prima disse: "Legalmente è maggiorenne, giusto? È una persona adulta, non è più una bambina".

Lei non rispose.

Il giovane giapponese comparve nel giardino con l'ennesimo vassoio. Altri dolci coperti di panna e marmellata, altro caffè. Appena ebbe appoggiato il tutto davanti alla moglie (la fidanzata? la sorella?) e alla madre (di chi?), i tre si chinarono e si misero a mangiare come se stessero partecipando a una gara.

"L'appetito non gli manca," borbottò lui.

Quella petulante voce da vecchio: erano i confini della senilità. Presto lei sarebbe diventata la sua infermiera. Stava probabilmente pensando qualcosa del genere mentre sorrideva, sorrideva, all'uccellino.

"Avanti," sussurrò, "non è difficile."

E allora... il passerotto con un saltello scese sul tavolo, tenendo gli occhi tondi fissi su di lei, goffamente prese una briciola, la inghiottì.

"Dev'essere la prima volta che lo fa," sussurrò la donna, e gli occhi le si riempirono di lacrime. "Piccolino..."

Il passerotto beccava con fare incerto. Poi acquistò sicurezza e presto divenne vorace come i suoi genitori, mentre lei gli spingeva vicino le briciole. In breve aveva ripulito il tavolino e spiccò il volo – da adulto.

"Splendido," disse lei. "Meraviglioso. Soltanto questa mattina era ancora nel nido e adesso..." E rise, con le lacrime agli occhi.

Lui la guardava. Per la prima volta da quando si erano seduti lì era libero dalla sua prigione d'egoismo e la vedeva veramente.

La vedeva non come era adesso, ma come era stata in un momento del passato. Un ricordo...

"È un bell'uccellino," disse, e quando lei udì quella voce del passato, non un piagnucolio da vecchio semisvanito, si girò e gli rivolse un sorriso pieno.

"Oh, è così meraviglioso," disse, vibrante di felicità. "Amo questo posto. Amo..." E infatti era uscito il sole a riempire d'estate il giardino verde, a far splendere e sorridere le facce della gente.

LA MADRE DELLA BAMBINA IN QUESTIONE

Dall'alto di un passaggio che collegava due palazzi, Stephen Bentley, assistente sociale, si fermò a osservare il panorama. Cemento, ovunque guardasse. Massicce costruzioni grigie si innalzavano verso il cielo, e giù in basso si stendevano acri grigi in cui una sola figura si muoveva tra pozzanghere, lattine di bibite e cartacce bagnate. Era un vecchio con un bastone e una borsa della spesa. Davanti a Stephen, a dividere orizzontalmente il pesante edificio dal marciapiede alle nuvole basse, c'erano file di tende multicolori dietro cui la gente si nascondeva alla vista. Probabilmente lo stavano guardando, ma lui aveva le sue credenziali, il fascicolo che teneva sotto il braccio. Il passaggio portava al quarto piano. L'ascensore puzzava: qualcuno ci aveva vomitato dentro. Salì le scale grigie, che odoravano di urina, fino all'ottavo piano. Appartamento 15. Nell'attimo stesso in cui suonava il campanello, un sorridente ragazzino scuro gli aprì la porta. Doveva essere Hassan, di dodici anni. I suoi denti candidi, il maglioncino azzurro brillante, il colletto bianco della camicia, tutto abbagliava, e alle sue spalle la piccola stanza stipata di mobili era troppo in ordine per essere abitata da una famiglia, tutto a posto, lucido, splendente. Accurati preparativi erano stati fatti per questa visita. Davanti a un divano di velluto rosso c'era la forma oblunga di un tavolino su cui attendevano tazze, piattini e una zuccheriera piena fino all'orlo, con un cucchiaino scintillante infilato dritto nello zucchero. Hassan si sedette sul divano, sorridendo tenacemente. Nella stanza c'erano anche tre poltrone, coperte di cuscini lucidi. Su una di queste stava Mrs Khan, una graziosa signora grassottella, in uno di quei completi che Stephen identificava come *pyjamas** – calzoni e tunica di seta rosa a fiori. Avevano l'aria di essere i vestiti della festa, e la bambina di dieci anni seduta sull'altra poltrona portava tunica e calzoni azzurri, orecchini, braccialetti e anelli. Madre e figlia avevano una sciarpa velata, rispettivamente rosa e azzurra, che in Pakistan sarebbe stata a portata di mano per essere sollevata pudicamente alla vista di un uomo, ma qui contribuiva all'atmosfera speciale. Stephen prese posto nella poltrona vuota, invitato dal gesto (lo notò bene) perentorio di Mrs Khan. Eppure la donna sorrideva. Hassan continuava a sorridere. La bambina non sembrava aver notato l'ospite, ma sorrideva anche lei. Era carina, come un gattino.

"Dov'è Mr Khan?" chiese Stephen a Mrs Khan, che fece un cenno imperioso al figlio. Immediatamente Hassan disse: "No, non può venire, è al lavoro".

"Ma mi aveva detto che ci sarebbe stato. Gli ho parlato ieri al telefono."

Di nuovo la madre con lo sguardo diede un ordine ad Hassan, e lui ripeté, sorridendo con tutti i suoi denti candidi: "No, non c'è".

Nel fascicolo che portava il nome di Shireen Khan sulla copertina, l'ultima annotazione, con la data di nove mesi prima, diceva: "Il padre è mancato all'appuntamento. La sua presenza è essenziale".

Mrs Khan mormorò qualcosa al figlio, che concesse al proprio sorriso una pausa per il tempo necessario ad andare a prendere dalla credenza un vassoio con una teiera e dei biscotti. Evidentemente erano stati a guardare dalla finestra e avevano preparato il tè quando lo avevano visto laggiù, con il fascicolo sotto il braccio. Tornato a sedersi, Hassan si rimise in faccia il suo sorriso. Mrs Khan versò il tè forte. Il ragazzino porse a Stephen una tazza e il piatto con i biscotti. Mrs Khan appoggiò un'altra tazza davanti alla figlia, mise cinque biscotti su un piatto a parte e glielo sistemò vicino. La bambina sorrideva, assorta – così sembrava – in affascinanti fantasie tutte sue. Mrs Khan fece schioccare la lingua infastidita e le disse qualcosa in urdu. Ma Shireen non ci badò. Scoppiava di un'allegria interiore e in risposta al richiamo della madre cercò di condividere questa gaiezza con il fratello, si sporse

* *Pyjamas* è un completo con casacca e calzoni larghi, in genere di seta, tradizionalmente indossato dalle donne orientali [*N.d.T.*].

a dargli una spintarella maliziosa, ridendo. Hassan non poté impedirsi di rivolgerle un vero sorriso, tenero, caldo, incantato. Ma se ne spogliò subito per riprendere la versione falsa e cortese.

"Cinque," disse Mrs Khan in inglese. "Sa contare. Dì cinque, Shireen." Il suo inglese era stentato, così ripeté l'ordine in urdu.

La bambina sorrise in modo adorabile e cominciò a spezzare i biscotti e a mangiarli.

"Se suo marito acconsentisse, Shireen potrebbe andare alla scuola di cui abbiamo parlato – di cui il mio collega William Smith le ha parlato, quando è venuto l'anno scorso. È una buona scuola. Costerebbe qualcosa, ma non molto. È finanziata dallo stato, però quest'anno c'è una piccola retta da pagare. Purtroppo."

Mrs Khan disse qualcosa in tono brusco e il ragazzo tradusse. (Lui parlava inglese correntemente.) "Non è per i soldi. Mio padre ha i soldi."

"Allora mi dispiace ma non capisco. La scuola farebbe bene a Shireen."

Be', fino a un certo punto. Nel fascicolo c'era un rapporto medico, parte del quale recitava: "La bambina in questione potrebbe beneficiare, in modo limitato, dell'insegnamento speciale".

Mrs Khan ribatté a voce alta, in tono irato. Il suo viso affabile era deturpato dalla rabbia. L'ansia e la rabbia erano diventate l'aria che si respirava in quella piccola stanza troppo piena e troppo pulita, e ora la faccia della bambina era mesta, le labbra le tremavano. Immediatamente Hassan le tese la mano, consolandola con la voce. Mrs Khan cercava nello stesso tempo di sorridere alla figlia e di mantenere un'espressione fredda e formale con il visitatore invadente.

Hassan tradusse: "Mia madre dice che Shireen deve andare alla scuola grande, Beavertree School".

"È la scuola dove vai tu, Hassan?"

"Sì, signore."

"Mi chiamo Stephen, Stephen Bentley."

"Sì, signore."

"Tuo padre dovrebbe essere qui," riprese Stephen, cercando di non sembrare petulante. C'era sotto qualcosa, ma non riusciva a capire cosa. Se non fosse stato che le altre due figlie andavano bene a scuola, Stephen avrebbe pensato che forse Mr Khan era un tipo antiquato e non voleva che Shireen ricevesse un'istruzione. (Le due ragazze erano entrambe più grandi di Hassan, ma essendo femmine non contavano. Spettava al primogenito maschio essere lì a rappresentare il padre.) Non che dare a Shireen "un'istruzione" fosse possibile. Allora cos'era? Effettivamente, il giorno prima al telefono era sembrato sbrigativo quando aveva accettato di farsi trovare l'indomani.

Mrs Khan tirò fuori un libro illustrato che aveva appoggiato di fianco alla poltrona proprio in attesa di quel momento e lo mise davanti a Shireen. Era un libro a colori vivaci, per bambini intorno ai tre anni. Shireen lo guardò con un sorriso vacuo e compiacente. Mrs Khan girava le grandi pagine, accigliandosi e annuendo in modo incoraggiante alla figlia. Poi si obbligò a sorridere. Sorrideva anche il ragazzino, un sorriso da un orecchio all'altro. Sorrideva Shireen, felice.

"Senta," riprese Stephen, a sua volta sorridente ma disperato, "non voglio dire che Shireen imparerà a leggere bene, o cose del genere, ma..."

A questo punto Mrs Khan chiuse di scatto il libro e lo affrontò. Niente più sorrisi. Una donna ostinata, fredda e orgogliosa, con occhi di fiamma, lo demolì in urdu.

Hassan tradusse la lunga invettiva con un: "Mia madre dice che Shireen deve andare alla scuola grande, con tutti noi".

"Ma Mrs Khan, sua figlia non può andare alla scuola grande. Come farebbe?" Dato che Mrs Khan non sembrava aver recepito, Stephen ripeté la domanda ad Hassan. "Come fa ad andare alla scuola grande? Non è possibile!"

Hassan sorrideva debolmente e Stephen avrebbe giurato che aveva le lacrime agli occhi. Ma il ragazzino voltò la faccia.

Un altro fiume di rabbia da Mrs Khan, a cui Hassan non fece da interprete. Stava seduto in silenzio e guardava con aria grave la bambina che ridacchiava felice mentre mescolava con il dito le briciole di biscotti sul piatto. Mrs Khan si alzò, piena di ira imperiosa, tirò su Shireen dalla poltrona e si precipitò fuori dalla stanza, tirandosi dietro per mano la figlia. Stephen la sentiva esclamare, sospirare e muoversi nella stanza accanto, rivolgendosi alla bambina ora con rimproveri ora con tenerezza. Poi scoppiò a piangere forte.

Hassan disse: "Mi scusi, signore, ma devo tornare a scuola. Ho chiesto il permesso di venire a casa e l'insegnante ha detto di sì, ma che dovevo tornare in fretta".

"È stato tuo padre a dirti di farti trovare a casa?"

Hassan esitò. "No, signore. Mia madre ha detto che dovevo esserci."

Per la prima volta Hassan lo guardava veramente. Sembrò persino che fosse sul punto di dire qualcosa, di spiegare... I suoi occhi erano colmi di una supplica. Chiedeva comprensione? C'era orgoglio in quello sguardo, un dolore offeso.

"Grazie per essere rimasto a fare da interprete, Hassan," disse l'assistente sociale. "Vorrei poter parlare con tuo padre..."

"Mi scusi, mi scusi," lo interruppe lui, e uscì di corsa. Stephen lanciò un "Arrivederci Mrs Khan", non ricevette risposta e seguì il ragazzo. Lungo gli squallidi corridoi, sporchi e maleodoranti. Giù per le scale grigie di cemento. Sul passaggio tra i palazzi. Soffiava un vento fresco e forte. Stephen guardò in basso e vide Hassan quattro piani più sotto, una piccola figura frettolosa che correva sul cemento, saltando le pozzanghere, prendendo a calci i pezzi di carta. Arrivò in strada e svanì. Fuggiva da una situazione che odiava: era tutto il suo corpo a gridarlo. Cosa diavolo... Insomma *cos'era* tutta quella storia?

E allora Stephen capì. All'improvviso. Proprio così. Eppure non riusciva a crederci. E invece sì, doveva crederci. No, non era possibile...

Ma nemmeno impossibile. Era vero.

Mrs Khan non sapeva che Shireen era "subnormale", come la definiva il rapporto medico. Non voleva ammetterlo. Nonostante avesse due figli e due figlie normali, che andavano bene a scuola, e sapesse come erano fatti i bambini svegli e intelligenti, si rifiutava di fare il paragone. Per lei, Shireen era come gli altri. Non serviva dire che era impossibile. (Perché Stephen stava borbottando: "No, semplicemente *non può essere*, è una pazzia".) Queste situazioni "impossibili" le trovava comunque ogni giorno nel suo lavoro. Una ricca e varia follia ispirava l'umanità, e si poteva quasi dire che la maggior parte del suo lavoro consistesse nel trattare con questa follia.

Stephen rimase fermo, appoggiato al parapetto, stringendo in mano il fascicolo, perché il vento turbinava rumoroso lungo quel passaggio là in alto. Teneva gli occhi chiusi per esaminare con lo sguardo della memoria l'immagine del viso di Mrs Khan, quella orgogliosa, fredda espressione di rifiuto. Quello doveva essere l'atteggiamento di una moglie a cui il marito gridava: "Stupida donna, non può andare alla scuola grande con gli altri, perché sei tanto testarda? Te lo devo spiegare ancora?" Centinaia di volte doveva aver affrontato il marito con quella espressione e con il silenzio! E così lui non si era presentato all'appuntamento, e neanche agli altri appuntamenti, perché sapeva che non serviva a niente. Non voleva essere costretto a dire a un qualsiasi assistente sociale: "Mia moglie è una donna fantastica, ma ha questa piccola stranezza!" E Hassan non avrebbe detto: "Vede, signore, mia madre ha un piccolo problema".

Con gli occhi ancora chiusi, Stephen continuava a rivedere ciò che aveva trovato in quella stanza: la dolcezza sul viso di Mrs Khan quando guardava la figlia sofferente, il sorriso sul volto del ragazzo, il sorriso vero, caldo e affettuoso indirizzato alla sorella. La bambina era avvolta nella loro tenerezza, la famiglia la adorava; cosa avrebbe potuto imparare alla scuola speciale che fosse meglio di quello che già riceveva in casa?

Stephen si sentì colmare di emozioni che minacciavano di sollevarlo nel vento e farlo volare via verso il cielo come un palloncino. Aveva voglia di ridere, di battere le mani, di cantare per l'allegria. Quella donna, quella *madre*, non avrebbe ammesso che la sua bambina era ritardata. Non l'avrebbe mai riconosciuto! Era una cosa meravigliosa, un miracolo! Buon per lei, Mrs Khan, disse Stephen Bentley aprendo gli occhi e guardando quattro piani più su verso le finestre con le tende dietro le quali, non aveva dubbi, Mrs Khan lo stava osservando, orgogliosa di aver ottenuto l'ennesima vittoria contro quei ficcanaso che volevano classificare la sua Shireen come ritardata.

"Grandioso!" gridò al vento l'assistente sociale. Aprì lì per lì il fascicolo, appoggiandoselo sul ginocchio, e scrisse: "Il padre non è venuto all'incontro fissato. La sua presenza è essenziale". La data. Il suo nome.

PIACERI DEL PARCO

Un uomo anziano stava davanti al recinto dei volatili. Nonostante il suo aspetto tutto giallastro e rinsecchito, come un fungo su un vecchio tronco, la vitalità dell'indignazione gli animava persino la schiena. Nel recinto vivono fenicotteri e gru, ma il suo sguardo era posato su un animale da cortile, un pollo, un gallo simile a un tramonto in esplosione, tutto iridescente di nero, oro e rosso, un gallo fulgido che, appoggiato su un ceppo lucido, sollevava le ali e cantava con un grido trionfale. "Sta zitto," minacciò l'uomo attraverso la rete. Il gallo ribatté: "Chicchirichì" o forse "Coccoricò", e l'uomo disse: "Cos'hai da compiacerti tanto?" – al che: "Craccaracù" fece il gallo, sollevandosi in aria di pochi centimentri per poi tornare a posarsi. "Chiccaruì!" "Sta zitto," ripeté l'uomo. La gente guardava divertita, lo indicava. Lui se ne rese conto e si girò, raddrizzando le spalle e fulminandoli con lo sguardo. Poi si mise in marcia, uno-due, uno-due, in mezzo agli alberi. Il gallo scosse i barbigli scarlatti e scese con grazia dal suo ceppo.

Poco lontano c'è un recinto in cui tengono i cervi e le capre. Davanti a quella rete generazioni di bambini hanno appreso l'atteggiamento dei loro genitori nei confronti di quegli animali. "Brutte bestie cattive, le capre", dice la mamma, dando voce a immagini vecchie di secoli in cui la capra è incarnazione di Lucifero, amica delle streghe, scacciata con il suo carico di peccati, e un bambino ripete: "Brutte capre". Oppure: "Tesoro, guarda com'è adorabile quel cucciolo". Ma tutti amano i cervi.

I cervi e le capre coesistono. Le capre hanno il dominio. Se viene offerto da mangiare, carote, mele, pane, persino i grandi maschi si lasciano spingere da parte da capre tre volte più piccole di loro. Quando le capre sono sazie, lo steccato passa sotto il controllo dei cervi maschi. Poi vengono le femmine, in un ordine stabilito dalla grandezza e dal peso, e forse anche dal carattere. Alle spalle dei cervi ci sono i cuccioli dell'anno scorso, mentre quelli di quest'anno, che hanno ancora la fronte da cerbiatto (Ohhhh, guarda i cerbiatti!), restano sullo sfondo a osservare i grandi che si affollano lì davanti per prendere i bocconcini. Ma l'occupazione preferita dei piccoli è balzare in alto spinti da chissà quale impulso e poi sgambettare follemente per tutto il prato.

Il branco di cervi si dispone in base a regole che noi possiamo solo tentare di immaginare. A volte i due maschi adulti si sdraiano tra i loro sudditi, creature regali, mantenendo intorno a sé atmosfere che risalgono a quando sovrani e corti davano loro la caccia, e ancor prima, a quando gli sciamani erano cervi e tali divenivano in cerimonie vecchie di migliaia di anni, con le corna legate alla fronte. Quando è stato che le fronti su cui spuntano le corna sono diventate simboli scurrili?

A volte i due maschi si riposano da soli, oppure brucano fianco a fianco, con aria sdegnosa o indifferente, mentre le femmine e i cuccioli stanno sdraiati lì intorno o pascolano insieme. A volte, quando i cerbiatti sono appena nati, le madri e i piccoli formano una nursery sotto l'enorme quercia, mentre le femmine ancora troppo giovani per accoppiarsi e i piccoli della stagione precedente restano vicini, ma in disparte. L'anno scorso sono nati sette cerbiatti, e l'anno prima altri sette. Questi bruschi incrementi di popolazione non possono essere accolti, così capita di arrivare allo steccato, in mezzo a tutti i bambini e le bambine a cui sono stati dati bastoncini di carota o che hanno strappato ciuffi d'erba, per scoprire che durante la notte il Fato ha colpito sotto le sembianze di un camioncino e ha portato via cinque o più membri del branco. Dove sono finiti? Pensieri angosciosi, che è meglio non approfondire. Amici speciali - svaniti. La cerva bianca che aveva insegnato al suo cucciolo di quest'anno a fidarsi degli uomini è scomparsa, ma il piccolo è ancora lì. E il cerbiattino che cominciava appena a mettere le corna? E cinque dei piccoli dell'anno scorso? Però succede anche il contrario. L'autunno di due anni fa, da un giorno all'altro i sette piccoli sono diventati dodici, perché chiaramente questo luogo benigno è considerato - dal Fato - una buona nursery. Da qualche parte, in un altro recinto o in un bosco o in uno zoo, madri in lutto cercano i loro cuccioli, che sgambettano qui intorno.

I maschi adulti sono sempre due. Perché due? Qualche tradizione dell'accoppiamento tra cervi deve prevedere due maschi per branco. Nella stagione del calore non sono amici. Mentre scrivo, il secondo cervo è triste, sconsolato, sta in piedi a testa bassa, tutto solo, rifiuta le nostre offerte, e la gente dice: "Oh, povero Rudolph, sei malato?" No, non è malato. Il Signore del Branco sta su una piccola sporgenza e volta da una parte all'altra i suoi grandi palchi di corna, li scuote, li passa come rastrelli tra l'erba, emettendo rochi bramiti e un puzzo di muschio. Il Vassallo viene scacciato a spintoni ogni volta che avvicina una femmina, in ogni istante di questo lungo ottobre gli viene insegnata la sua inferiorità. A volte gli animali emanano depressione, come gli esseri umani.

Presto quei palchi di corna ormai erosi e scheggiati cadranno. I due maschi rimarranno a fronte nuda in mezzo alle loro femmine, distinguibili soltanto per il collo e i muscoli delle spalle. E poi... poi... oh, miracolo, compaiono le nuove corna, germogli vellutati e pulsanti, e in breve diventano come bastoni o manici, soffici come muschio al tatto, si ramificano e crescono in fretta da quelle teste morbide, e in men che non si dica eccoli lì, i nuovi palchi.

Si possono osservare eventi stupefacenti, da interpretare antropomorficamente o meno, a seconda dei gusti. Due estati fa, in luglio, ci è capitato di arrivare alla recinzione mentre una femmina stava partorendo. Dal dietro di una cerva giovane e graziosa è caduta una massa insanguinata; proprio mentre lei si girava ad annusarla, si è avvicinato di corsa il piccolo dell'anno prima, ormai grande quasi come un adulto. Era pazzo di gelosia. Ha buttato a terra il cerbiattino che cercava faticosamente di mettersi in piedi e ha cominciato a inseguire la madre per tutto il grande prato. La povera bestia, sfinita dal parto, con la placenta che spuntava, era incalzata e pressata, e ogni tanto barcollava, lanciando grida disperate. Il cucciolo che era stato soppiantato da quella nascita non le permetteva di riposarsi né di avvicinarsi al nuovo piccolo. La placenta è caduta a terra. Subito i corvi sono planati a far pulizia. Nel frattempo i due maschi adulti, che sdraiati sotto la quercia apparentemente non avevano fatto caso a quello che stava succedendo, si sono alzati. Il Signore, poi il Vassallo, seguiti da cinque o sei femmine, si sono incamminati tranquillamente verso il piccolo che giaceva abbandonato nell'erba. I due cervi imponenti sovrastavano il cerbiattino. Si sono girati a osservare la madre, ancora tormentata dal giovane geloso. Poi il Signore ha abbassato la grande testa e col muso ha spinto in piedi il cerbiattino. Il piccolo ha barcollato. È caduto. Di nuovo il Signore ha messo il muso sotto il cucciolo e l'ha sorretto. Il piccolo è rimasto in piedi, più a lungo questa volta. Poi è crollato. Ma i maschi e le femmine erano soddisfatti. Si sono incamminati verso la recinzione e sono rimasti lì ad accettare pezzetti di questo e quello dagli amici umani. Quando ce ne siamo andati, una mezz'ora dopo, la madre stava ancora cercando di sfuggire al cucciolo dell'anno prima, protestando rocamente, e ogni tanto cadeva a terra.

Il giorno dopo allattava il piccolo appena nato, ma il figlio di un anno che aveva perso il suo posto, il giovane, restava nelle vicinanze, e la madre continuava a muoversi in modo da tenersi tra lui, o lei, e il cerbiatto.

Anche le capre hanno i loro drammi. Quest'anno due sono state fatte coprire, massicce matrone, messe insieme a un maschio in un piccolo recinto ausiliario che ha la sua baracca. Questo ci ha sorpreso, perché le capre sono così grasse, con tutto quel pane e quella verdura, che sembrano costantemente gravide, mentre solo a due era stato dato un compagno. Quando sono ritornate col gruppo, nel prato grande, si sono rapidamente dilatate, come palloncini gonfiabili. Finché – guarda! – ha avuto un capretto. Una di loro aveva partorito un animaletto bianco e nero, impertinente e sfacciato fin dal primo respiro. Saltava sulle radici scoperte della grande quercia e stava lì a pavoneggiarsi: sono il re del castello. Poi correva giù e si presentava a fronte bassa davanti a una grande capra, parecchie volte più grossa di lui, che accettava la sfida e cautamente chinava la testa, lasciando che il capretto caricasse. La madre allarmata osservava il duello, ma presto, incapace di sopportarlo, si metteva in mezzo, mentre il piccolo, tutto insolenza e temerarietà, continuava a fare lo spaccone con quell'avversario e poi con un altro, abbassando la fronte riccia e giocando a caricare sotto lo sguardo sempre attento della mamma preoccupata.

E l'altra femmina? Doveva essere successo qualcosa. Per parecchio tempo è rimasta chiusa nel recinto, le mammelle gonfie come cornamuse; guardava l'altra madre e il suo cucciolo. Infine le mammelle si sono sgonfiate. (Era stata munta? La Natura stava facendo il suo dovere?) Poco tempo dopo, senza piccolo, è tornata con gli altri.

I corvi sono sempre nei dintorni, appollaiati sui grandi alberi o posati a terra, dove si muovono goffamente, dondolandosi, in cerca di quello che potrebbe nascondersi tra lo sterco o di pezzetti di pane dimenticati. I corvi caverebbero gli occhi ai piccoli se le madri non stessero in guardia. Ma mentre mamma capra e mamma cerva tengono ben d'occhio gli uccelli che furtivamente si avvicinano troppo ai loro cuccioli, non è difficile trovare un maschio disteso a riposare tra l'erba con un corvo intento a ripulirlo dalle mosche e dagli altri insetti che infestano cervi e capre nei lunghi mesi caldi. E abbiamo avuto due belle estati, che hanno portato insetti a sciami. Per questo, in Africa, si vedono gli uccelli beccare gli insetti dal mantello degli animali.

Tra una settimana o poco più gli alberi intorno al recinto avranno perso le foglie e i corvi e gli altri uccelli saranno visibili, numerosi, troppo numerosi, perché gli inverni miti hanno fatto proliferare la popolazione dei volatili. La settimana scorsa, mentre lanciavo pezzetti di pane ai corvi, ne ho contati un centinaio, e ancora ne arrivavano in volo da ogni parte. È come se uno di loro fosse stato incaricato – o si fosse autoincaricato – di chiamare a raccolta gli altri, perché c'è un grido caratteristico che sembra dire: "Svelti, c'è da mangiare". Durante l'ultimo inverno rigido, che ha reso la vita così difficile agli uccelli, lasciavo nel mio giardino coperto di ghiaccio pezzetti di frattaglie per i corvi, ma la cosa interessante è che loro preferivano il pane. Prima finivano quello, consumando cinque o sei pagnotte nel giro di cinque minuti, e poi mangiavano la carne. *Dal dizionario = Rapaci: uccelli predatori, tra cui l'aquila, il falco, la poiana, la civetta etc.* Uccelli che, si potrebbe dedurne, imparerebbero a gustare il pane bianco affettato, se venisse loro offerto?

Così, dietro la rete ci sono gli animali selvatici. Dall'altra parte, in libertà, gli esseri umani – e i cani. Ai cervi non piace quando i cani arrivano ad annusare la loro recinzione. A volte vedono cani dove non ce ne sono. Ho una giacca di lana marrone che ogni tanto porto come un fagotto sotto il braccio, e allora i cervi e i corvi mantengono le distanze. Chiaramente vedono un animale marrone e peloso. Se infilo la giacca, riempiendola di una forma umana, va tutto bene.

I cani sono infastiditi dalla rete. Annusano, cercando di ricordare quali sono i loro veri rapporti con le creature il cui odore scatena ricordi ancestrali. "Vieni via," gridano i loro padroni. "Vieni qui, Bonzo! Millie! Trixie!" Tutti i fine settimana i parchi si riempiono di cani, e quelli che popolano questo parco, uno dei più piacevoli, un distaccamento dell'Heath, probabilmente hanno passato una triste settimana chiusi in una casa o addirittura in un appartamento, e ora vengono portati fuori, ma in libertà condizionata, senza guinzaglio per un tempo brevissimo, per concessione. Cani che quasi non vedono un loro simile da quando sono stati sottratti alle mammelle della madre e ai giochi con i fratelli, si trovano in mezzo a cani grandi e piccoli, cani come loro. "Ehi, un momento..." sussurrano loro gli istinti, "non è detto che un cane debba essere l'appendice di un uomo." Vanno l'uno verso l'altro, scodinzolando: si annusano il sedere, fermandosi immobili per lasciarsi fiutare, o muovendosi in cerchio mentre gli altri cercano col naso odori infatuanti - odori che esplodono nel cervello con istruzioni contrarie a tutto ciò che è stato loro insegnato. Un cane si avvicina a un altro portando un bastone o abbaiando un invito: vieni a giocare, vieni a rincorrermi. E subito una decina di cani di tutte le taglie si mettono a scorrazzare, inseguendosi l'un l'altro, e i loro latrati sembrano grida di gioia. Discenderanno forse da generazioni di cani confinati in casa, legati agli uomini, eppure sono già un branco: si distingue il capo e il formarsi di una gerarchia... li si vede come sarebbero, lasciati a se stessi per procurarsi il cibo, cacciare e battersi. E si sentono dentro istinti antichi come i loro, istinti che risalgono a quando l'ululato di un lupo in una famelica notte invernale faceva venire i brividi ai nostri antenati. Ma... arrivano i padroni, gli esseri umani, arrivano di corsa a ristabilire l'ordine. "Vieni qui subito, Bonzo! Gruff! Fifi! Lulu!... Cattivo! Sta vicino!" Il branco si scioglie e i cani tornano sobriamente dai loro padroni. "Bravo. Bravo!" E riprendono il passo dietro a gambe umane, annusando mani umane che danno pacche e carezze e appoggiano in terra scodelle di cibo. Ma mentre si allontanano, voltano la testa a guardare gli altri, i cani proibiti. E questo sguardo non è solo malinconico, ma anche perplesso.

C'è un cane nero, grosso come un orso, che viene al caffè sulla collina, dove io e i miei amici abbiamo passato tante ore felici. Quando si avvicina, a volte ci sono teste che si girano, ci sono sussulti di paura da parte di coloro che non hanno mai visto la bestia. Il colosso si accuccia obbediente accanto a una sedia, mentre la sua famiglia va a prendere caffè e dolci. Con la lingua penzolante simile a una cravatta di plastica rosa sembra sorridere nell'attesa. Eccoli, la sua famiglia! Gli hanno portato un gelato. Apre le fauci come un orso... il gelato scivola dal cono sulla grande lingua rosea, lui delicatamente lo inghiottisce, e il cono fa la stessa fine.

Batte la coda nera e pelosa e si sdraia. Nei giorni di gran caldo dell'estate scorsa, due enormi cani neri sono entrati nel laghetto vicino al ponte e si sono seduti, come orsi in poltrona, leccando le ondine, sorridendo mentre la loro giovane padrona chiamava: "Andiamo Bruno, vieni fuori di lì Baxter!" Ma loro non le badavano, seduti con le zampe posteriori nel fango fresco e quelle anteriori che sguazzavano nell'acqua sotto il mento, avevano un'aria colpevole ma non abbastanza da lasciare quella delizia per tornare nella calura del giorno. "*Fuori*, Bruno, Baxter!" Loro non si muovevano, cani allegramente disubbidienti.

IL REPARTO DELLE DONNE

Otto letti in una grande stanza, quattro per lato, troppo vicini l'uno all'altro. Era un trasandato ospedale vittoriano nel nord di Londra, e probabilmente il locale non era stato progettato come corsia. Ma era dignitoso, con tende rosa a fiori alle finestre e intorno ai letti per i momenti in cui c'era bisogno di privacy. Dato che la stanza era stata riordinata per l'ora delle visite, le lunghe, decorose fasce rosa erano tirate indietro sulle loro guide. Sulle sedie e sui letti c'erano sedute molte persone. Dalle due del pomeriggio era stato un andirivieni di madri e sorelle, fratelli e cugini, amici e figli. Non di mariti: loro sarebbero arrivati più tardi. Un marito però c'era, seduto vicino alla testa di un letto in cui era sdraiata, rivolta verso di lui, una donna graziosa, di circa quarantacinque anni. Lei lo fissava negli occhi, mentre lui le teneva le mani, una in ciascuna delle sue. Aveva mani grandi ed era un uomo di corporatura forte, ben vestito, con giacca grigia di tweed e camicia di un bianco abbagliante, come quelle delle pubblicità. Ma si era tolto la cravatta, che pendeva dallo schienale della sedia, e questo gli dava un'aria informale. L'intensità della sua preoccupazione per la moglie e lo sguardo implorante che lei gli rivolgeva li isolavano come se un sipario si fosse sollevato su una scena in casa loro. Di certo nessuno dei due si era accorto dei visitatori che andavano e venivano.

L'aveva portata lì a mezzogiorno e le era stato seduto accanto per tutto il tempo, da prima che cominciasse l'orario ufficiale delle visite.

Era un reparto di ginecologia o, come dicevano le pazienti

scherzando, il reparto delle donne. Le altre sette ricoverate avevano subìto o aspettavano di subire un'operazione, oppure erano lì per altre cure. Di malate gravi non ce n'erano e si scherzava più che in qualsiasi altro reparto, eppure la depressione era sempre in agguato e le infermiere che entravano e uscivano di continuo tenevano gli occhi aperti, pronte a notare una donna che piangeva o una che restava troppo a lungo in silenzio.

Alle sei venne portata la cena e la maggior parte dei parenti andò a casa. Nessuno aveva appetito, il marito però riuscì pazientemente a convincere la moglie a mangiare, nonostante lei protestasse dicendo che non voleva. Pianse un po', ma smise quando lui la consolò come un padre, e si sedette obbediente con in mano una ciotola di budino mentre il marito la imboccava con un cucchiaio, appoggiandolo di tanto in tanto per asciugarle con un grande, bianchissimo fazzoletto fuori moda le lacrime che lei non riusciva a trattenere per molto. Piangeva come una bambina, a piccoli singhiozzi, tirando su col naso e gonfiando il petto a scatti, e intanto lo fissava con gli occhi azzurri, umidi e spalancati. Occhi azzurri fatti per essere felici, perché il pianto non le donava.

Le altre donne osservavano la scena. Ogni tanto i loro sguardi si incrociavano in un commento. Poi arrivarono i mariti usciti dal lavoro, e per circa un'ora la stanza ospitò coppie immerse in fitte conversazioni pratiche, riguardanti figli e faccende domestiche. I mariti erano quattro. Una donna anziana stava seduta da sola, guardando le altre da dietro la rivista che sfogliava. Un'altra, Miss Cook, non si era mai sposata. Anche lei osservava quello che succedeva, mentre faceva la maglia. La terza donna senza un uomo di fianco leggeva un libro e ascoltava il suo Walkman. Era "la cavallerizza". (Se andasse davvero a cavallo nessuno lo sapeva: ma tutte lo davano per scontato, dato che era dell'alta società.)

Poi per gli uomini venne il momento di andarsene, e se ne andarono: baci, saluti, ci vediamo domani. La donna arrivata quel giorno si avvinghiò al marito e pianse. "Oh, non andare, non andare, Tom, ti prego, non andare." Lui l'abbracciò e le carezzò la schiena, le spalle, i soffici capelli grigi ben acconciati, anche se ora un po' in disordine. Ripeté: "Devo andare, cara. Per favore, smetti di piangere. Mildred, devi controllarti, per favore cara". Ma lei non vedeva motivo di smettere. Sollevò il viso a mostrare una maschera tragica, poi lo riappoggiò contro la spalla del marito e si mise a piangere ancor più forte.

"Mildred, ti prego smettila. Il dottore ha detto che secondo lui non è niente di grave. Ha detto così, no? Io gli ho detto che volevamo essere preparati al peggio, ma lui ha risposto che non c'era nessun peggio. Sarai dimessa in una settimana, ha detto..." Continuava a parlare così, con voce ferma e rassicurante, la accarezzava, faceva piccoli versi preoccupati, e lei scoppiò in singhiozzi ancora più convulsi, gli si aggrappò e scosse il capo per dire che non piangeva per la situazione medica, ma per ragioni che lui conosceva eppure si ostinava a ignorare.

Singhiozzava così forte che un'infermiera comparve sulla porta e si fermò a guardare, senza sapere come comportarsi. Il marito, Tom, la fissò con aria grave. Non era uno sguardo impotente, tutt'altro; diceva piuttosto: io non posso più farci niente, adesso è compito tuo.

"Mildred, io vado." Si svincolò, mettendole giù le braccia che subito volarono a circondargli nuovamente il collo. Infine riuscì a liberarsi, la fece appoggiare ai cuscini, si alzò e disse in tono affabile (non a mo' di scusa – perché era un uomo che non avrebbe facilmente riconosciuto il bisogno di scusarsi –, ma come per dare una spiegazione a cui avevano diritto): "Vedete, da quando ci siamo sposati, venticinque anni fa, io e mia moglie non ci siamo mai separati, nemmeno per una notte". A queste parole Mildred annuì freneticamente, mentre le lacrime le piovevano sul grazioso pigiama rosa. Poi, vedendo che il marito stava lì dritto e si rifiutava di chinarsi di nuovo verso di lei, voltò la faccia e si mise a fissare la parete.

"Io vado, cara," la salutò Tom, e uscì, lanciando all'infermiera un'occhiata che le ordinava silenziosamente di assumere il controllo.

"Allora, Mrs Grant," esordì l'infermiera con l'allegra voce della sua autorità. Era una ragazza di circa vent'anni e aveva l'aria stanca, l'ultima cosa di cui aveva bisogno era una vecchia (per come la vedeva lei) che continuava a lamentarsi. "Sta disturbando tutte le altre, non sia egoista," tentò speranzosa.

L'appello non sortì alcun effetto, come le altre donne avevano previsto a giudicare dalle loro espressioni ironiche. Ma ora Mildred Grant piangeva meno forte. "Le andrebbe una bella tazza di tè?" Nessuna risposta. Solo singhiozzi e piccoli rumori di naso. L'infermiera guardò le pazienti, tutte tanto più vecchie di lei, e uscì.

Le nove. Presto sarebbe stata ora di dormire. Arrivò un carrello con le bevande calde, di quelle che favoriscono il sonno. C'era chi si spazzolava i capelli, chi si metteva i bigodini, chi si spalmava metodicamente la crema sul viso e sul collo. Aleggiava una sensazione di quiete, di tempo scandito: il turno di giorno era andato a casa e stava arrivando il personale notturno.

La donna anziana – quella realmente anziana, che le infermiere chiamavano Nonna – osservò vivacemente: "Mio marito è morto vent'anni fa. Sono vent'anni che vivo sola. Siamo stati felici, eh sì. Ma da quando è morto io sono rimasta sola".

Le lacrime cessarono. Un paio di pazienti si congratularono con l'oratrice indirizzandole sorrisi e smorfie, ma poi la moglie abbandonata scoppiò di nuovo a piangere.

La donna anziana fece un sospiro, scrollò le spalle. "Certa gente non sa quant'è fortunata," disse.

"No, non lo sa," rispose Miss Cook dal letto di fronte. "Io un marito non l'ho mai avuto. Ogni volta che credevo di averne finalmente accalappiato uno, se la svignava!" Rise forte, come spesso aveva fatto dopo quella battuta coraggiosa, e lanciò una rapida occhiata alle altre per assicurarsi di aver sortito il suo effetto. Ridevano. Miss Cook era una macchietta. Probabilmente era stata proprio quella osservazione ironica ad avviarla nella sua carriera, decenni prima. Era una donna sulla settantina, grande e imponente, con la faccia rubizza.

Presto furono tutte lavate, pettinate, in ordine e a letto. L'infermiera di notte, un'altra ragazza giovane e riposata, entrò a controllare che fosse tutto a posto. Informata della paziente difficile dalle colleghe che smontavano di turno, squadrò con un lungo sguardo dubbioso la singhiozzante Mildred Grant e disse: "Buona notte signore, buona notte". Sembrava sul punto di tentare un ammonimento o un consiglio, e invece uscì, spegnendo la luce.

Non era buio nella stanza. Gli alti lampioni che illuminavano il parcheggio dell'ospedale riversavano all'interno la loro luce gialla. Sulle pareti c'erano arabeschi di chiaroscuro e il rosa delle tende risaltava, una nota morbida ma vivace.

Sette donne sdraiate sui loro letti, tese, ascoltavano Mildred Grant.

Il posto che le era stato assegnato era vicino alla porta. Subito di fianco a lei c'erano due matrone che, nel pieno delle forze della mezza età, dominavano su figli, nuore, generi, mariti, parenti di ogni grado, i quali a loro volta passavano di continuo a trovarle con fiori e frutta, dando vita a quella che agli altri sembrava un'interminabile festa di famiglia. Mrs Joan Lee e Mrs Rosemary Stamford esigevano più volte al giorno il telefono portatile per fissare appuntamenti dal dentista e dal dottore, rammentare una cosa o l'altra alla famiglia, chiamare droghieri e fruttivendoli e ordinare provviste per quegli sventati che erano rimasti a casa e inevitabilmente se ne sarebbero dimenticati. Saranno anche state in ospedale con dei problemi da donne, ma il loro spirito non si era mai lasciato ricoverare. Ora invece erano obbligate a essere lì, ad ascoltare. Il quarto letto su quel lato era occupato dal pagliaccio, Miss Cook. Di fronte a lei c'era la donna molto anziana, la vedova. Al suo fianco "la cavallerizza", una bella giovane con la voce acuta, chiara e imperiosa della sua classe sociale, che non era né affabile né scostante, ma con i libri e il Walkman difendeva un'ostinata privacy. Antipatie ataviche avevano portato le altre a trovarsi concordi nel dire (quando lei non era nella stanza) che il suo aborto a carico dell'assistenza sanitaria pubblica era una dimostrazione di egoismo: avrebbe dovuto andare in una clinica privata, perché con quei vestiti e il suo stile generale di certo poteva permetterselo. Accanto a lei una ragazza sposata da poco, che aveva perso un bambino, stava distesa esangue sul letto, come un'affogata, pallida e triste ma coraggiosa. Al suo fianco, di fronte a Mildred Grant, c'era una ballerina non più giovane, così che ora doveva insegnare agli altri a danzare. Era caduta, procurandosi lesioni interne. Era depressa, ma si teneva su. "Sorridi e il mondo ti sorriderà!" esclamava spesso, piena di vivacità. Era il suo motto, insieme a: "La vita è splendida se non ti lasci andare!"

Le donne si rigiravano nel letto. I loro occhi brillavano alla luce dei lampioni del parcheggio... Passò un'ora. L'infermiera di notte sentì il pianto ed entrò nella corsia. Si fermò di fianco al letto e disse: "Mrs Grant, cosa combina? Le mie pazienti devono dormire un po'. E dovrebbe dormire anche lei. Domani mattina avrà una visita. Niente di cui preoccuparsi, ma bisogna che sia riposata".

I singhiozzi continuavano.

"Insomma, non lo so," riprese l'infermiera. "Se tra un po' non la smette suonate il campanello." E uscì.

Mildred Grant ora piangeva più sommessamente. Un singhiozzare mesto e incessante, che ormai dava parecchio sui nervi alle altre. In ognuna di loro c'era una bambina inquieta, con i suoi diritti e le sue pretese, e in quel momento erano costrette a ricordarsi di lei e di quanto a ciascuna era costato domarla. La ragazza pallida che aveva perso il bambino piangeva. Silenziosamente, ma si vedevano le lacrime luccicarle sulle guance. L'impavida ballerina si era rannicchiata in posizione fetale, con il dito in bocca. La "cavallerizza" - che in realtà odiava i cavalli - si era rinfilata gli auricolari del Walkman, ma stava a guardare e probabilmente non poteva impedirsi di ascoltare oltre i suoni, qualsiasi fossero, che aveva scelto per chiudere fuori il pianto. Ciascuna era consapevole della presenza delle altre, si osservavano, temevano che una di loro cedesse veramente e si mettesse addirittura a urlare.

Mrs Rosemary Stamford, una decisa matrona, l'ultima che si sarebbero aspettate di veder crollare, sbottò con voce stizzita ed esasperata: "Dovrebbero spostarla in un'altra corsia. Non è giusto. Vado a reclamare".

Ma prima che potesse muoversi, Miss Cook stava scendendo dal letto. Ci mise un po', essendo non solo robusta e goffa, ma anche piena di reumatismi. Poi, lentamente, si infilò una vestaglia a fiori - imbottita perché diceva che in camera sua faceva freddo e non poteva permettersi il riscaldamento necessario - e si chinò a mettersi le pantofole. Andava a fare appello alle infermiere? In bagno? Comunque fosse, guardarla distolse i loro pensieri da Mildred Grant.

Fu proprio da Mildred Grant che andò. Si sistemò sulla sedia che per tutte quelle ore era stata occupata dal marito e con fermezza le appoggiò una mano sulla spalla.

"Allora, tesoro," disse, o ordinò. "Voglio che mi ascolti. Mi sta ascoltando? Qui siamo tutte sulla stessa barca. Abbiamo tutte i nostri piccoli problemi, ce li abbiamo, tutte. A me devono fare un'isteriettomia..." lo pronunciò così per fare una battuta, perché pur essendo una vera donna del proletariato, vecchio stampo, diversamente da tutte le altre, ad eccezione della vedova, sapeva bene come si pronunciasse quella parola. "Per come la vedo io, non è giusto. Cos'ha mai fatto per me il mio utero?" A questo punto sollevò la testa perché le altre vedessero che stava ammiccando. Sempre pronta a riderci su, ecco come sono fatta, diceva quella strizzatina d'occhio. Poi continuò ad alta voce, per sovrastare i singhiozzi: "Stia a sentire, cara, se ha avuto qualcuno a cui dare la buona notte ogni notte della sua vita, vuol dire che ha avuto più della maggior parte della gente. Non riesce a vederla così?"

Mildred continuava a piangere.

Le altre vedevano la faccia di Miss Cook nella luce che entrava dalla finestra. Era tesa e stanca, nonostante l'aria da allegro pagliaccio.

Mise il braccio intorno alle spalle della donna in lacrime e la scosse delicatamente. "Andiamo, cara," disse, "non pianga così, davvero non deve..."

Ma Mildred si era voltata e le si era aggrappata al collo. "Oh," singhiozzava, "mi dispiace, ma non posso farne a meno. Non ho mai dovuto dormire da sola, mai e poi mai, ho sempre avuto il mio Tom..."

Miss Cook circondò Mildred in un abbraccio, cullando e dondolando la povera bambina abbandonata. Il suo viso era, come si dice, un libro aperto. Sembrava che lottasse con se stessa. Quando infine parlò, la sua voce era dura, rabbiosa persino. "Che ragazza fortunata è lei, non è vero? Ha sempre avuto Tom, sempre eh? Sono sicura che molte di noi vorrebbero poter dire lo stesso." Poi controllò la propria ira e ricominciò in tono consolatorio e monotono. "Poverina, povera piccola, che brutta cosa, è di questo che si tratta allora, oh cielo, poverina..."

Le altre donne stavano pensando che Miss Cook non aveva avuto figli, non era mai stata sposata e viveva sola, e a parte il suo gatto non aveva nessuno da toccare, accarezzare, stringere. Ed eccola lì, con le braccia colme di Mildred Grant, probabilmente la prima volta nel corso di anni che stringeva un'altra persona, uomo o donna che fosse.

Come ci si doveva sentire, obbligati a ricordare quest'altro mondo in cui le persone si abbracciano, si tengono strette, si baciano e si sdraiano vicine di notte, si svegliano da un sogno nel buio per sentirsi circondate in un abbraccio, o possono voltarsi e dire: "Stringimi, stavo sognando?"

Ma la sua voce continuava, gentile, impersonale, decisa. "Poverina. Povera bambina. Che brutta cosa, ma non c'è da preoccuparsi, presto riavrà il suo Tom, non è vero?..."

La cosa andò avanti per un buon quarto d'ora. I singhiozzi si placarono. Miss Cook appoggiò la donna esausta sul cuscino, lasciandole delicatamente ricadere le membra e la testa in una posizione comoda, come si fa con un bambino.

Quando si alzò e guardò la donna addormentata, le emozioni

sul suo viso si leggevano, se possibile, ancor più chiaramente. Tornò al proprio letto, si tolse la vestaglia a fiori e le pantofole, e con cautela si sdraiò.

Le donne comunicavano, senza parole.

Era necessario che qualcuno dicesse qualcosa. Spettò a lei, Miss Cook, parlare. “Be’,” osservò, “non si finisce mai di imparare.”

Poco dopo erano ognuna nel proprio mondo, profondamente addormentate.

PRINCÌPI

Guidavo per una delle strade di Hampstead che, come si sa, non sono state progettate per le automobili e fino a non molto tempo fa erano ancora viottoli percorsi da cavalli e pedoni. Incontrai un intoppo nel traffico. Fatto non certo insolito. Mi fermai. Non potevo fare altrimenti. Davanti a me c'era una Golf, e ancora più avanti una Escort blu, bloccata faccia a faccia con un furgone rosso. Se il furgone fosse arretrato solo di un paio di metri, la Escort avrebbe potuto passare. Ma il furgone rosso non aveva intenzione di muoversi, anche se per lasciarlo passare la donna al volante della Escort – sì, sì, una donna al volante – avrebbe dovuto superare a marcia indietro una macchina parcheggiata e poi con una svolta brusca infilarsi in uno spazio libero ma troppo piccolo, da cui l'auto sarebbe comunque sporta. Se la Escort avesse fatto quella manovra, allora sì, il furgone rosso sarebbe riuscito a passare, ma appena appena. La cosa ragionevole era che il furgone rosso facesse retromarcia.

Era evidente che si trattava di una questione di Principio. Era con un Principio che ci misuravamo. Il furgone rosso si trovava di fronte una donna al volante che non voleva cedergli il passo. La Escort si trovava di fronte un uomo prepotente e irragionevole. La donna sarebbe morta piuttosto di accondiscendere a questa idiozia di tornare indietro e infilarsi in uno stupido parcheggio comunque troppo piccolo, quando al furgone ci sarebbero voluti pochi secondi per fare retromarcia.

Dietro al furgone rosso c'erano altre macchine, una fila che saliva su per tutta la collina.

Suonavano il clacson. Lo suonò anche la Golf davanti a me, per far loro compagnia. Poi il conducente scese e si incamminò verso il finestrino della Escort per parlare alla donna, dopo di che andò al finestrino del furgone rosso.

Si voltò e lentamente tornò indietro. Aveva deciso di considerare la situazione divertente. La sua faccia aveva un'aria di spiritosa, filosofica rassegnazione. Con le braccia lungo i fianchi, scuoteva le mani, a palme in giù, come a dire: "È un bel pasticcio! Comunque, manteniamo la calma". Scrollò le spalle e risalì in macchina. Poi mise fuori la testa e mi fece segno di andare indietro. Poco più in là, sulla sinistra, c'era una via che risaliva la collina, ma una ragazza su una Toyota mi bloccava la strada. Era nei guai con un camion dietro di lei. Il camionista gridava che era tutta colpa della donna là davanti, ma la ragazza della Toyota non era disposta a lasciargliela passare. Non diceva niente, rimaneva seduta sorridendo, un sorrisino teso e arrabbiato. L'uomo balzò giù dal camion, brandì il pugno contro la Toyota, poi contro di me – tanto per ribadire –, e con passo energico superò noi e la Golf e si avvicinò ai due veicoli che stavano faccia a faccia. Dalla cabina del suo camion non aveva potuto vedere che il furgone rosso – maschio – era più in torto della Escort. Inveì un po' contro la donna sulla Escort, solo per salvare le apparenze. Lei si era messa a fumare con tanta furia che il sedile del guidatore sembrava in fiamme. Il camionista non si prese la briga di parlare con il conducente del furgone rosso, particolare da cui si poteva dedurre che sapeva sarebbe stato inutile. Tornò indietro, senza guardare l'uomo sulla Golf, che – ora l'aveva capito – non si sarebbe dimostrato un alleato, anzi probabilmente lo disapprovava; passò di fianco a me e poi alla ragazza sulla Toyota. Si riarrampicò nella sua cabina e si guardò intorno cercando un modo per spostarsi e lasciare uscire la Toyota sulla sinistra. Ma alle sue spalle ormai c'erano diverse macchine. Gridò loro di fare marcia indietro e anche se non riuscivamo a vederle, da come suonavano il clacson era chiaro che erano a loro volta furenti. Infine il camionista riuscì ad arretrare un po'. Allora la donna sulla Toyota cominciò una serie di complicate manovre per infilarsi nella via a sinistra. Quando se ne fu andata e toccò a me fare retromarcia, il camion era già venuto avanti. Questo spinse l'uomo sulla Golf ad attaccarsi freneticamente al clacson. Gridò al camionista di svoltare a sinistra. Ma il camion non aveva intenzione di lasciare la scena, perché per dimostrare di aver ragione uno dei due contendenti avrebbe dovuto cedere il passo, e lui avrebbe aspettato finché si fossero decisi, l'uno o l'altra. Cercò comunque di fare di nuovo marcia indietro per lasciar passare me e la Golf, ma nel frattempo altre macchine strombazzanti premevano in coda a lui. Ci mise un po' di tempo a spingersi indietro pian piano, in modo che io potessi arretrare a mia volta e infilarmi nella strada laterale. L'uomo sulla Golf fece retromarcia appena poté, cominciando ad andare lentamente indietro verso il camion che veniva lentamente in avanti. Lasciai la scena mentre i due gridavano l'uno contro l'altro.

Mi avviai su per la salita. Volendo, si può girare in modo da ritornare sulla via da cui mi ero appena districata. Perché decisi di farlo? Lo spirito d'ostinazione aveva preso anche me. E poi non vedevo perché avrei dovuto fare una deviazione di un chilometro. In breve, no, non ci sono scuse. Tornai a immettermi sulla strada una ventina di metri più avanti, nel punto in cui il furgone rosso fronteggiava testardamente la Escort. Vedevo la faccia, o piuttosto il profilo, dell'autista. Era piuttosto anziano, sovrappeso, e la sua guancia sembrava lavata con l'acqua di bollitura delle barbabietole. Candidato all'infarto. Una nuvola di fumo usciva dal finestrino della Escort. Della guidatrice vedevo solo il viso: i lineamenti forti di una donna pronta a difendere con la vita il buon senso e i propri diritti.

Alle spalle del furgone rosso la lunga fila di automobili bloccate cercava di sciogliersi risalendo la collina a marcia indietro per poi svoltare a destra, nella via parallela a quella da cui ero arrivata io. Questo significava che insieme alle macchine dietro di me, compresa la Golf, dovevo aspettare finché avessero tutte fatto retromarcia e manovra. Alla fila continuavano ad aggiungersi veicoli strombazzanti, e la gente urlava perché nessuno aveva capito la serietà della situazione tra il furgone rosso e la Escort. L'uomo sulla Golf, quello che aveva scosso le mani in un gesto di disillusa tolleranza, non vedeva l'ostacolo che mi bloccava questa volta. Si sporse a gridare e io mi sporsi a rispondergli che c'erano una quindicina di macchine davanti a me che facevano manovra. Infine cedette. Urlò: "Oh Cristo, da non crederci!" e segnalò alle auto alle sue spalle che voleva fare inversione. C'era poco spazio, così entrò sul vialetto privato di una casa il cui padrone uscì a strillare che quello non era suolo pubblico.

Una donna smontò da una delle macchine che facevano manovra dietro il furgone rosso, fermando tutti, e si avvicinò a piedi al furgone e alla Escort. Arrivata lì, osservò la scena e poi disse all'autista dalla faccia paonazza e alla donna avvolta in una nube di fumo: "Be', spero che ve ne venga in tasca qualcosa".

E tornò alla sua macchina.

Finalmente riuscii ad avanzare abbastanza in fretta da inserirmi nel traffico che risaliva la collina prima che l'ennesima auto potesse passarmi davanti. In cima alla salita rallentai per guardarmi intorno; il furgone rosso era ancora lì, la Escort era ancora lì, e nessuno dei due aveva ceduto di un centimetro.

D.H.S.S.*

La giovane donna voltava le spalle alla strada e faceva su e giù lungo il marciapiede, indecisa ma con un aspetto caparbio. Diverse volte sembrò sul punto di avvicinare qualcuno appena emerso dalla metropolitana per incamminarsi lungo la via, ma poi si fermava e indietreggiava. Infine si mosse a sbarrare il passo di una matrona elegantemente vestita, con al guinzaglio un cagnolino che le andò ad annusare le gambe mentre lei diceva in fretta: "Per favore mi dia un po' di soldi. Ne ho assolutamente bisogno. Quelli dell'assistenza sociale sono in sciopero e io devo dar da mangiare ai bambini". Il risentimento la faceva incespicare sulle parole. La donna la squadrò, annuì, prese dalla borsetta una banconota da cinque sterline, poi la mise via e scelse un biglietto da dieci. Glielo tese. La giovane rimase lì con i soldi in mano, guardandoli incredula. Borbottò un riluttante "Grazie", e immediatamente si voltò e attraversò la strada alla cieca, con passo determinato, alzando una mano a fermare il traffico. Era diretta al supermercato di fronte alla stazione della metropolitana, ma sulla soglia si voltò a guardare la matrona che le aveva dato il danaro. Era ferma a osservarla, con il cagnolino che abbaiava e saltellava in fondo al guinzaglio. "Che faccia di merda. Sta a controllare se le ho detto una bugia," mormorò la giovane donna. Ma era appena una ragazza, in realtà. "Roba da ammazzarla. Li ammazzerei tutti..." Ed

* Abbreviazione di "Department of Health and Social Services", letteralmente Ufficio per i servizi sociali e sanitari; l'Ufficio si chiamava precedentemente "Department of Health and Social Security", denominazione che conteneva il concetto di assistenza ("Security") fondamentale nel sistema del "welfare" [*N.d.T.*].

entrò, prese un cestino e cominciò a scegliere pane, margarina, burro di arachidi, minestre in scatola.

Un uomo in una malandata Datsun blu, accostata al marciapiede, aveva osservato l'episodio. Era sceso dalla macchina e aveva attraversato la strada proprio alle sue spalle, alzando la mano per aiutarla a fermare il traffico. La seguì nel supermercato, restando a pochi passi di distanza mentre lei procedeva tra gli scaffali. Al momento di pagare, quando lei tirò fuori i soldi, con il volto teso per l'ansia mentre si chiedeva se sarebbero bastati, lui mise di mezzo le sue dieci sterline, spingendole a forza in mano alla cassiera. Quando la ragazza che aveva seguito capì cosa stava facendo, era troppo tardi. "OK," disse lui, "andiamo fuori a discutere." Lei guardò con rabbia l'uomo e la cassiera, già occupata con il cliente successivo. Poi lo seguì fuori, sul marciapiede. Lo osservava non per scoprire che aspetto avesse, ma per capire come litigarci. Di fatto era un tipo sulla quarantina, senza niente di particolare, vestito alla buona come lei. Ma aveva tutta la noncuranza della sicurezza. I vestiti della ragazza erano comuni, jeans e maglione, il suo aspetto però era sciatto, non tanto sporco quanto stantio. Aveva le dita macchiate dalla nicotina.

"Senta," esordì lui, notando tutti questi particolari, "so cosa vuole dirmi, ma perché non prendiamo un caffè?"

Lei non fece altro che restare lì ferma. Congelata... dalla diffidenza. Dava l'impressione di essere in trappola. Pochi metri più in là, fuori da un caffè, c'erano un paio di tavolini con intorno delle sedie.

"Venga," disse l'uomo, facendo un cenno con la testa verso i tavoli. Si sedette e lei fece altrettanto, con un atteggiamento smarrito, indolente, eppure come se stesse per balzare di nuovo in piedi da un momento all'altro. Cominciò subito a scrutare dentro le borse di plastica in cerca delle sigarette appena comprate. Ne accese una e rimase seduta, chiudendo gli occhi come se cercasse di affogare nel fumo che aspirava nei polmoni a profonde boccate. L'uomo disse: "Vado a ordinare. Caffè?" Lei non si mosse. "Caffè allora. So che ha fame. Cosa vuole mangiare?" Nessuna risposta. La ragazza continuava ad aspirare fumo dalla sigaretta che si portava alle labbra con una mano sporca, da bambina.

Lui entrò nel caffè. La rapida occhiata che si voltò a lanciarle mostrava il timore che se ne andasse. Ma quando tornò con due tazze di caffè, lei non si era mossa. Si sedette, appoggiando le tazze sul tavolo, e immediatamente la ragazza ne tirò una verso di sé, ci mise una montagna di zucchero e ne bevve il contenuto a grandi sorsate. Prima che avesse finito, l'uomo tornò dentro e uscì portando un'altra tazza, che le mise davanti.

"Non creda di ricavarci qualcosa, perché si sbaglia," disse lei con rabbia.

"Lo so," rispose lui, con una voce che manteneva un tono ragionevole. Gli faceva pena e non riusciva a toglierselo dalla faccia e dagli occhi. Ma la ragazza non lo aveva ancora veramente guardato.

Arrivò davanti a loro un gran piatto di panini.

"Avanti, mangi," disse lui.

Lei ne prese uno, senza entusiasmo; rimase seduta con il panino in mano e infine guardò l'uomo. Fu una rapida scorsa, aspettandosi il peggio: un'espressione di furente sarcasmo sembrava eternamente scolpita sul suo viso.

"E allora, tutto questo per cosa?" chiese fredda.

"Una volta lavoravo in un ufficio della D.H.S.S.," rispose lui, come se quella fosse una spiegazione. Il volto della ragazza si fece, se possibile, ancor più duro e irato. Socchiuse gli occhi, lanciando strali d'odio. "Sì, sì," riprese lui, "so cosa vuole dire."

"No che non lo sa. Non sa niente di me."

"Tiro a indovinare," rispose l'uomo con voluta ironia, ma lei non era disposta a lasciargliela passare.

"Non sa proprio un accidente di me, e non verrà a sapere niente di più."

"So che non ha soldi per dar da mangiare ai suoi figli."

"Come fa a sapere che ho dei figli?"

Lui sorrise, leggermente spazientito. "Non ci vuole Sherlock Holmes. E sono certo che non chiederebbe l'elemosina se non ne avesse bisogno per i bambini."

Questo la gelò. A quanto pareva non si era resa conto di essere stata vista mentre chiedeva l'elemosina. Poi decise di non starci a pensare. Addentò un gran boccone, tenendo pronta la sigaretta nell'altra mano. "Sarà pieno di rimorso per lo sciopero," lo schernì appena ebbe la bocca vuota.

"Gliel'ho detto, ci lavoravo. Adesso non sono più lì. Me ne sono andato un anno fa. Me ne sono andato perché non ce la facevo più."

Era evidente che aveva bisogno di continuare a raccontarle la sua storia, ma lei scosse il capo a significare che non le interessava.

"Vorrei ammazzarli," disse, e parlava sul serio. "Li ammazzerei se potessi. Ma cosa pensano... *non* pensano. Da tre settimane non riesco a ritirare un centesimo, e l'errore è stato loro in partenza, non mio. E adesso fanno sciopero. Mi devono un mese intero. Non ho pagato l'affitto. Ho preso in prestito soldi da chi non ne ha. E loro fanno sciopero per un aumento... di noi non gliene importa, non pensano mai a cosa succede a noi, potrei ammazzarli."

Impacciato, con gli occhi illuminati dalla compassione che provava per lei, disse: "Provi a guardare la cosa dal loro punto di vista..."

"Che punto di vista?" lo interruppe la ragazza. "A me interessa solo il mio di punto di vista. Avevo un'amica al piano di sotto, si è uccisa l'ultima volta che loro hanno deciso di permettersi il lusso di scioperare. Aveva due bambini. Adesso sono in un orfanotrofio. Un paio di mesi fa mi sono trovata un lavoro. Non era un granché, però era pur sempre un lavoro. Ma a furia di andare ogni giorno all'assistenza sociale per cercare di cavargli i miei soldi, ho perso il posto. Adesso non ho più neanche quello. E non me ne cerco un altro, perché dovrei? Se lo trovassi, quegli stronzi della D.H.S.S. deciderebbero di scioperare un'altra volta." Recitò il tutto in tono freddo e piatto, mentre i suoi occhi – gli occhi vulnerabili di una ragazzina – fissavano il vuoto. Probabilmente si vedeva uccidere i suoi nemici.

L'uomo le disse, in tono scoraggiato: "Non tutti gli assistenti sociali sono d'accordo con lo sciopero, ne sono certo".

"Non mi importa. Be', sono arrivata a chiedere l'elemosina. L'avevo già fatto l'ultima volta che hanno scioperato. Ho anche rubato nei negozi. Altrimenti i bambini sarebbero morti di fame."

"Quanti ne ha?"

"Cosa gliene frega? Non le dirò niente."

Lui si sporse in avanti, scrutando tra la nuvola di fumo che la circondava, e parlando lentamente e intensamente per farsi ascoltare, disse: "Quando ho cominciato a lavorare lì era tutto diverso. Quindici anni fa... Allora mi piaceva davvero, mi piaceva..." Censurò l'espressione "aiutare la gente", ma lei la sentì e gli fece un sorriso acido. "Ma poi piano piano è andato tutto a catafascio. A quei tempi c'era una buona atmosfera, non come adesso. Di colpo siamo rimasti a corto di personale. Poi i tagli... tutto a un tratto hanno cominciato a tirar su tramezzi, montare pannelli di vetro, mettere sbarre alle finestre. Ci hanno separato dai... clienti, per così dire. Era come essere in gabbia. Non che a volte non fossi contento della protezione." Rise: sembrava una risata di riluttante ammirazione. Le tese il braccio e si tirò indietro la manica della giacca, mostrando un segno arrossato sopra il polso. "Vede? È dove mi ha morso una ragazza. Ha dato fuori di matto..."

"Sarò stata io," intervenne lei, senza guardarlo. Il suo comportamento diceva che non voleva ascoltare tutte quelle storie. L'atteggiamento dell'uomo diceva che doveva raccontare: non poteva contenere il bisogno di parlargliene.

"No, non era lei. Non dimenticherò mai quella ragazza."

"Avrei potuto essere io, però."

"Allora avrebbe avuto torto. Quella volta non era colpa nostra. Si era messa in un pasticcio e se la prendeva con noi."

"Se lo dice lei. Quando dite una cosa voi deve essere vera. Nessun appello. Dar fuori di matto, è così che lo chiamate?" Stava spegnendo una sigaretta e intanto si chiedeva se accenderne un'altra. Guardò l'orologio: sì, aveva ancora un po' di tempo.

Lui disse: "Con dieci sterline di spesa non andrà molto lontano".

"Ho le altre dieci che mi ha dato quella ricca stronza."

L'uomo tirò fuori il portafoglio, prese un biglietto da dieci, poi uno da cinque e glieli tese. "Torni dentro a fare un po' di scorta."

La ragazza guardò i soldi che teneva in mano, sulla bocca aveva un'orribile smorfia. Si alzò, poi si ricordò delle borse appoggiate sulla sedia vicina e fece per portarsele dietro.

"Crede che gliele voglia rubare?" Aveva un tono offeso, ma lei si limitò a scrollare le spalle e si avviò verso il supermercato. Rimasto solo, l'uomo lasciò che la sua faccia esprimesse ciò che sentiva: rabbia, ma diversa da quella di lei, e sembrava non potesse credere a ciò che ricordava, a ciò che stava pensando. Era pieno di frustrazione.

Quando la ragazza tornò indietro carica, lo trovò che sorrideva. Si avvicinò al tavolo avanzando a fatica. L'uomo le disse: "Si sieda, finisca di mangiare".

Lei considerò l'invito per quel che valeva. Si sedette e mangiò tutti i panini lentamente, metodicamente, senza appetito.

L'uomo la osservava. Disse: "Da un anno ho un *minicab*.* Non guadagno quello che guadagnavo prima, ma ce la caviamo".

* I *minicab* sono macchine di privati che fanno servizio di taxi [*N.d.T.*].

Nessuna risposta. Si era accesa un'altra sigaretta.

"Ho moglie e due figli," continuò lui.

"Buon per loro."

"Se vuole mettere la roba in macchina, l'accompagno a casa."

"Mi prende per scema? In cambio di venticinque sterline, un po' di caffè e qualche panino saprebbe dove abito."

Lui sedeva in silenzio ora.

Non sentendolo rispondere, la ragazza sollevò lo sguardo, vide la sua faccia e disse: "No, *non mi fido* di nessuno. Non mi fiderò mai più".

"Preferisce trascinarsi tutta quella roba fino a casa piuttosto che fidarsi di me?"

"Proprio così." Si alzò e tirò su le borse. In una c'erano dieci chili di patate.

Si alzò anche lui. "Metta quella roba in macchina, la porterò vicino a dove abita. Mi dirà lei dove fermarmi. Le accorcerò un po' la strada."

"Non so perché lo fa. E non m'importa. Non me ne frega un cazzo."

"D'accordo," rispose lui con pazienza, anche se dalla voce sembrava esasperato. "Non le ho chiesto di prendersela a cuore. Le ho fatto un'offerta. Comunque non faccia così la stupida. Se volessi scoprire dove abita mi basterebbe tenere d'occhio le scuole della zona. Probabilmente è Fortescue, giusto?" Stava per continuare, ma si interruppe davanti alla sua faccia.

"Va bene," disse lei, senza guardarlo.

L'uomo le prese un paio di sacchetti e attraversò la strada precedendola e sollevando una mano per far rallentare una macchina. Lei lo seguì. Salì sul sedile posteriore. Lui le mise accanto le borse, poi salì davanti e disse: "Dove andiamo?"

"Vada giù per questa strada."

Dopo circa un chilometro e mezzo, vicino a Kentish Town, lei disse: "Va bene qui".

Lui fermò la macchina e lei scese. L'uomo fissava la strada davanti a sé, non la guardò.

La ragazza disse: "Grazie", e dirlo la distrusse.

"Si figuri," rispose lui.

Rimase seduto lì, seguendola con gli occhi mentre si allontanava lentamente sul marciapiede, le spalle curve per il peso delle borse. Imboccò una via, ma lui sapeva che non abitava lì. Aspettava di vedere se si sarebbe girata a salutarlo o a sorridere, o anche solo a guardarlo, ma lei non si voltò.

PRONTO SOCCORSO

Tutti girati dalla stessa parte, sedevano su sedie di metallo, di quelle dure e scivolose, che si accatastano una sull'altra. La loro attenzione era concentrata sulla donna dietro il banco dell'accettazione, la quale apparentemente non si interessava a loro, ora che aveva nomi, indirizzi e disturbi tutti ordinatamente scritti sui moduli. Era una giovane donna formosa, con occhi di un color viola pioggia che sembravano fatti solo per ridere o piangere, ma che ora erano invece pieni della severa imparzialità della giustizia. La targhetta sul camice diceva Infermiera Doolan.

Il locale era grande, con le pareti di un banale punto di beige, spoglie ad eccezione di un cartello: "Chi non ha disturbi urgenti è pregato di rivolgersi al proprio medico curante". Evidentemente la ventina di persone che si trovava lì non riteneva il proprio medico curante all'altezza del pronto soccorso dell'ospedale. Solo una di loro sembrava urgentemente bisognosa di cure, una donna scarmigliata, sulla quarantina, con i capelli tinti di un color arancio e la mano sinistra fasciata appoggiata alla spalla destra. Tutti sapevano che si era rotta il polso, perché la sua accompagnatrice aveva fatto loro un cenno autoritario, girandosi tutto intorno, e con il movimento delle labbra aveva scandito: "Il *polso*. Se l'è rotto". Convinta che tutti dovessero riconoscerle la precedenza, aveva sistemato la malata affidatale in fondo alla prima fila, nel posto più vicino alla porta su cui era scritto "Vietato l'ingresso". Nessuno aveva protestato. La donna con il polso rotto, esausta per il dolore, sonnecchiava sulla sedia, con il volto di un pallore bluastro, così che la pennellata arancione dei capelli la faceva sembrare un pagliaccio. Ma a quanto sembrava l'Infermiera Doolan non pensava che lei meritasse più attenzione degli altri, perché al momento di chiamare il paziente successivo il nome non fu quello della proprietaria del polso. "Harkness," disse l'Infermiera Doolan, e mentre un giovane all'apparenza sano oltrepassava il "Vietato l'ingresso", l'accompagnatrice del povero pagliaccio si alzò a protestare: "Ma è urgente, si tratta di un *polso rotto*".

"Non ci vorrà molto," rispose l'Infermiera Doolan, e con aria placida si mise a studiare la pila di moduli.

"Non gliene importa. Non gliene importa niente," osservò una vecchia su una sedia a rotelle. La sua voce sonora aveva un tono d'accusa. Era grassa e assomigliava a una rana stitica. La sua faccia, che aveva un colorito sano, esibiva una consumata rassegnazione alle beffe della vita. "Io sono caduta sei ore fa buone e mi sono rotta la spalla, lo so!" La donna non più giovane che sedeva al suo fianco non cercò la comprensione altrui, anzi evitò gli sguardi che avevano già apertamente dichiarato: meglio a te che a me! Disse piano: "Va bene, zia, non insistere".

"Non insistere, dice *lei*," ripeté la vecchia, che doveva avere un'ottantina d'anni ed era piena di energia. "C'è chi se lo può permettere."

Un ragazzino di circa dodici anni emerse con una stampella e un piede fasciato dai misteri nascosti dietro al cartello "Vietato l'ingresso". Un'infermiera lo condusse attraverso la sala d'aspetto e lo accompagnò fuori sul marciapiede, dove presumibilmente qualcuno sarebbe passato a prenderlo. Poi lo lasciò lì e rientrò.

"Infermiera," chiamò la vecchia, "ho una spalla rotta e sono qui seduta da ore... tutto questo tempo," aggiunse mentre la sua parente mormorava: "Non è tanto, zia, solo una mezz'ora".

L'infermiera lanciò un'occhiata alla Doolan in accettazione, che le fece un segnale con i suoi occhi violetti. Ricevute le istruzioni, l'Infermiera Bates si fermò accanto alla sedia a rotelle e assunse il dovuto atteggiamento comprensivo. "Vediamo," disse. La nipote non più giovane scostò il cardigan rosa acceso dalla spalla che stava lì, risolutamente e gravemente scoperta, attraversata solo da una spallina sudicia. "Mi volete nuda, adesso! Davanti agli occhi di tutti! È così, vero?" L'infermiera si chinò sulla spalla, la manipolò delicatamente, mentre tutti guardavano altrove per non dare a quel vecchio mostro la soddisfazione di sentirsi osservata.

"Ouuuuu," gemette la vecchia.

"Sopravviverà," concluse vivacemente l'infermiera rialzandosi.

"È rotta, vero?" insistette la zia.

"Ha un livido, ma tutto qui, credo. Si vedrà con le radiografie." E si diresse svelta verso il "Vietato l'ingresso", inarcando le sopracciglia e sorridendo con gli occhi all'Infermiera Doolan, che le sorrise coi suoi.

"Non gliene importa," si levò la voce sonora. "A nessuno di loro importa. Le piacerebbe restare stesa sul pavimento da sola per metà della notte senza nessuno che la tiri su?"

La nipote non più giovane, una creatura smilza e scialba che probabilmente - anche se tutti speravano per lei il contrario - dedicava la vita a quel vecchio cerbero, non si preoccupò di difendersi e invece risistemò il cardigan rosa sulla spalla che a ben guardare aveva un riflesso violaceo.

"Un giorno dopo l'altro, lì seduta da sola, tanto vale morire."

"Vuoi una tazza di tè, zia?"

"Perché no, se vuoi prenderti il disturbo. Tanto non varrà la pena di berlo."

Mentre voltava le spalle alla zia, la nipote lasciò che il suo viso esprimesse un attimo di sfinimento, ma poi sorrise e passò tra le file di gente in attesa con uno: "Scusate, scusate, per favore".

"Fanshawe," chiamò l'Infermiera Doolan, rispondendo apparentemente a un ordine che viaggiava nell'etere, perché dalla porta non era uscito nessuno.

Un uomo sui sessantacinque anni, con al piede una ciabatta di pelle rossa, si sollevò appoggiandosi su un bastone e si incamminò lentamente verso la porta, attento a non far scivolare il bastone.

"Ci si aspetterebbe che i pavimenti fossero antisdrucciolo," giunse dalla sedia a rotelle.

"*Sono* antisdrucciolo," rispose la Doolan con fermezza.

"Meglio non dover piangere sul latte versato," osservò Mr Fanshawe al momento di varcare il "Vietato l'ingresso", rivolgendo agli astanti una strizzatina d'occhio il cui significato era che non intendeva essere associato a quella vecchia megera.

"E mia sorella?" chiese la donna che ora cullava quella con il polso rotto. Le tremava la voce e pareva sul punto di piangere per l'indignazione.

In effetti il povero pagliaccio sembrava mezzo svenuto, la testa arancione ciondolava, si rialzava con un sobbalzo, poi ricadeva in avanti, e la donna emise persino un gemito. Si sentì gemere e l'imbarazzo la svegliò. Lanciò dolorosi sorrisi a tutta la prima fila e poi alle sue spalle, fin dove riusciva a voltare la testa. "Sono caduta," borbottò, confessandolo, chiedendo perdono. "Sono caduta, sa."

"Non è l'unica a essere caduta," giunse dalla sedia a rotelle.

"C'è stato un brutto incidente," disse l'Infermiera Doolan. "Da tre ore lavorano come schiavi lì dentro."

"Oh, questo è il motivo, eh?" "Allora è per questo!" "Ah be', se è così..." si levò dalla folla tollerante.

"Mai vista una cosa simile," riprese l'Infermiera Doolan, condividendo con loro questa informazione.

Insieme ad alcuni dei pazienti lanciava sguardi visibilmente nervosi alla vecchia, che decise di non fare commenti, non questa volta. Arrivò la nipote con il tè nella tazza di polistirolo.

"Cosa ti avevo detto?" fece imperiosa la zia, prendendo la tazza e inghiottendo immediatamente una rumorosa sorsata. "Una schifezza di plastica, e fredda. Ci si aspetterebbe che..."

Da oltre il "Vietato l'ingresso" giunse un rumore di ruote. Quando le porte si aprirono ne emerse la schiena di un giovane portantino nero con la sua divisa azzimata, quindi un lettino di metallo e sul lettino un corpo avvolto in bende fino alla vita e poi nudo, con il torace di un giovane forte e sano. Nero. Dal collo partiva un bozzolo: una testa bianca di bende. Vigili occhi marroni guardavano fuori dal bozzolo. Il lettino scomparve all'interno dell'ospedale, diretto a un reparto parecchi piani più su.

"Il polso," disse l'Infermiera Doolan. "Bisley," e la donna con il polso rotto fu spinta in piedi dalla sorella e si fermò barcollante. La Doolan immediatamente premette un campanello che si sentì suonare stridulo oltre il "Vietato l'ingresso". La stessa infermiera di prima uscì di corsa, vide il motivo per cui era stata chiamata e, con l'Infermiera Bates da un lato e la sorella dall'altro, il Polso semisvenuto venne portato dentro.

Poi una nuova aggiunta alle emergenze del mattino. Arrivarono due giovani donne, truccate e vestite come per andare in discoteca; chiacchieravano spensieratamente e sembravano in perfetta salute. Abbassarono la voce, avvertendo che la loro gaiezza non era apprezzata, e si sedettero in fondo, sussurrando, con un risolino ogni tanto. Cosa ci facevano al pronto soccorso?

Questa sembrava la domanda che da un momento all'altro la vecchia avrebbe cominciato a fare, visto lo sguardo duro, freddo e accusatorio con cui le fissava. "Zia," si affrettò a dire la nipote, "vuoi un altro tè? A me non dispiacerebbe."

"Come vuoi." E le tese in modo condiscendente la tazza. La nipote si allontanò di nuovo.

E in quel momento tutto cambiò. Fuori dalla porta a vetri che dava sul mondo in cui le automobili andavano e venivano, passavano i visitatori, c'erano normalità e salute, apparve un gruppo di giovani. Ancor prima che le porte si aprissero, la sala d'attesa fu pervasa da una vibrazione di emergenza e allarme.

Un giovane operaio in tuta bianca macchiata di rosso si aggrappò a uno stipite, perché sulla spalla portava un corpo, ed era pesante, come tutti potevano vedere, un corpo inanime, che non lottava. Anche questo corpo apparteneva a un ragazzo, ma la sua tuta bianca era impregnata di sangue orribilmente scuro e pulsante, che continuava a sgorgare da chissà dove.

"Perché non avete..." cominciò l'Infermiera Doolan, in procinto di dire: "Non dovete entrare da quella porta, ci vuole una barella, non è così che lavoriamo..." Qualcosa del genere, ma nessuno ebbe modo di sentirlo, perché dopo aver dato un'occhiata alla scena che aveva davanti agli occhi, premette il pollice sul campanello facendolo strillare nelle orecchie dei dottori e delle infermiere che lavoravano all'interno, nascosti alla vista.

Passi e voci, e di corsa uscirono la solita infermiera, tre dottori – due donne e un uomo – e un portantino con una barella.

Vedendo il gruppo di ragazzi appena oltre la soglia questi professionisti si immobilizzarono, e la dottoressa responsabile allontanò con un cenno il portantino.

"È caduto dal tetto," disse il giovane che portava in spalla il compagno. "È caduto." La sua voce sembrava incredula, come se pregasse loro, gli esperti, di dire che era impossibile, che non poteva essere successo. Il ragazzo che gli stava di fianco, la cui tuta celeste non aveva la minima macchia, confermò: "Sì, è caduto. All'improvviso non c'era più. E poi..." Un altro giovane, che li seguiva, aveva ancora in mano un rullo da imbianchino. Bagnato di pittura arancione. I tre erano sulla ventina, di certo non avevano più di ventidue, ventitré anni. Erano pallidi, sconvolti, e i loro occhi dicevano a tutti che avevano visto qualcosa di terribile e non riuscivano a smettere di vederlo.

La dottoressa responsabile fece venire avanti il gruppo, e medici e infermiera si fecero da parte mentre i ragazzi oltrepassavano il "Vietato l'ingresso". Il sangue gocciolò sul pavimento.

E allora tutti poterono vedere il viso che pendeva dalla spalla fradicia di sangue. Era di un grigio spento, un colore che molti di loro probabilmente non avevano mai visto su un volto. La bocca era spalancata. Gli occhi aperti. Occhi azzurri... I professionisti seguirono i ragazzi all'interno e le porte si richiusero.

L'Infermiera Doolan emerse da dietro il banco con uno strofinaccio in mano e si chinò a pulire il sangue dal pavimento. Sembrava che anche lei si sentisse male.

Nel frattempo arrivò la seconda tazza di tè e la vecchia la prese. La nipote si guardò intorno, con la sensazione che fosse successo qualcosa nei pochi minuti in cui si era allontanata, ma nessuno ricambiò il suo sguardo. Fissavano tutti il "Vietato l'ingresso" e le loro espressioni erano cariche di novità.

"Be'," disse la vecchia ad alta voce, piena di esultante energia. "Non me la cavo poi male, no? Quest'anno ne compio ottantacinque, e ne ho ancora un bel po' che mi aspettano!"

Nessuno la guardò e nessuno disse una parola.

IN DIFESA DELLA METROPOLITANA

In un piccolo negozio che vende sigarette e dolciumi, fuori dalla stazione della metropolitana, l'indiano dietro il banco è impegnato in un'infervorata conversazione con un giovane. Sono entrambi talmente arrabbiati che i clienti sul punto di entrare cambiano idea.

"Mi hanno fatto la macchina, sono passati così vicino che mi hanno scrostato tutta la vernice sul fianco. Li ho visti. Ero alla finestra – un puro colpo di fortuna. Ridevano come iene. Poi hanno girato, sono tornati indietro e mi hanno rigato l'altra fiancata. Sono filati via come razzi. E quando mi hanno visto alla finestra si sono messi a ridere."

"Dovrai pensarci da te," risponde l'indiano. "Il mese scorso hanno fatto il negozio a mio fratello. Gli hanno buttato della carta in fiamme nella buca delle lettere. È una fortuna che non gli sia bruciato tutto. La polizia non ha fatto niente. Lui ha telefonato e poi si è presentato al commissariato. Niente da fare. Così abbiamo scoperto dove abitavano, siamo andati e gli abbiamo sfasciato la macchina."

"Già," dice l'altro, che è un bianco, non un indiano. "La polizia non vuole saperne. Io gliel'ho detto, li ho visti. Erano ubriachi, ho detto. 'Cosa vuole che ci facciamo?' mi hanno risposto."

"Te lo dico io cosa puoi farci," riprende l'indiano.

Intanto io resto lì, ignorata. Sono troppo arrabbiati per preoccuparsi di chi li ascolta e, ne consegue, potrebbe denunciarli. Poi il giovane bianco – forse fa il muratore, o il camionista – dice: "Credi che dovrei fare lo stesso, allora?"

"Ripassagli la macchina con una bella mazza grossa o una spranga, se sai dove abitano."

"Un'idea più o meno ce l'ho, sì."

"Fa così allora."

"D'accordo, farò così." Ed esce, ma poi rientra per le sigarette che era venuto a comprare, perché nella foga se le è dimenticate.

L'indiano mi serve. Va in automatico, le mani lavorano, la mente è altrove.

Quando esco dice: "Salve"; e poi, riprendendo l'altra conversazione: "Fa così allora".

Nella nostra zona i proprietari di negozi indiani di notte difendono i loro locali con grate fitte, come cotte di maglia – e non succede solo con i negozi indiani.

Ora mi trovo sul marciapiede in mezzo a un giardino. È un giardino sull'asfalto, perché la fiorista mette qui fuori le sue piante, in file disciplinate ma piene di speranze e aspirazioni dato che è tempo di piantare, in altri termini è primavera inoltrata. Un giglio, fiorito con un buon mese di anticipo, profuma l'aria coprendo la puzza del traffico che per tutto il giorno e buona parte della notte batte questa importante arteria di comunicazione con il nord. È una strada orribile, una di quelle da evitare se si è in macchina, perché capita di impiegare mezz'ora a percorrere poche centinaia di metri.

Non molto tempo fa, il punto in cui mi trovo segnava il confine di Londra. Lo so perché una donna anziana mi ha raccontato che una volta per un penny prendeva l'autobus da Marble Arch e veniva qui, tutte le domeniche. O meglio: "Se avevo un penny da spendere. Risparmiavo sulla cena, per tutta la settimana non vedevo l'ora. C'erano soltanto campi e ruscelli, ci toglievamo scarpe e calze e ci sedevamo con i piedi nell'acqua a guardare le mucche. E anche loro venivano a guardarci. E gli uccelli – ce n'erano una quantità". Era nel periodo antecedente la prima guerra mondiale, nell'epoca descritta dai libri di memorie come un'Età dell'Oro. Eppure, sui banchi delle cartolerie, si trovano cartoline tratte da fotografie scattate in questa via un centinaio d'anni fa. Non è mai stata altro che una strada povera, ed è povera tutt'ora, persino in questa particolare era di Pace e Abbondanza. Non è cambiato molto, anche se le vetrine dei negozi sono più vistose, piene di abiti vivaci e a poco prezzo, e c'è una pompa di benzina. Le cartoline mostrano edifici modesti, con una loro dignità, in cui il pian terreno è sempre occupato da uno di quei negozi da tempo scomparsi, dove ogni cliente veniva servito con cura personale. In posa lì di fronte, invitati a uscire da dietro un bancone per mettersi al centro della fotografia, ci sono uomini in bombetta o grembiule da bottegaio; se si tratta di una donna, porta un cappello la cui foggia ribadisce una caparbia rispettabilità, che è infatti un attributo indispensabile dei poveri. Ma solo qualche centinaio di metri a nord ovest, la mia amica sedeva di domenica con i piedi in un ruscello, mentre le mucche le si radunavano intorno. "Oh, l'acqua era così fredda che ti mozzava il fiato, ma presto non ci badavi più ed era il più bel giorno della settimana." Poche centinaia di metri più a nord un tempo c'era un mulino. Un'altra donna, più giovane della prima, mi ha raccontato che si ricorda del Mulino. "Mill Lane* – si chiama così perché c'era un mulino, sai. Ma l'hanno demolito." Al suo posto sorge un edificio che nessuno noterebbe, se non fosse per quello che ha sostituito. Se avessero lasciato il mulino dov'era, ora ne saremmo orgogliosi e pagheremmo un biglietto per vedere le cose del passato.

Entro nella stazione, compro un biglietto da un distributore automatico che la maggior parte delle volte funziona, e salgo la lunga scalinata. Una volta la stazione aveva servizi decorosi, ma adesso li hanno chiusi, perché non appena li riparano vengono di nuovo danneggiati. C'è una comoda sala d'aspetto riscaldata, ma spesso ha una finestra rotta ed è sempre piena di scritte. Cosa vogliono dire i giovani quando spaccano tutto quello che trovano?... perché sono i giovani a farlo, in genere maschi. Non è vero che distruggono quello che non possono avere. Di recente infatti ho visitato una famosa università del nord, che riceve venti domande per ogni posto disponibile e i cui studenti nel novantanove per cento dei casi trovano lavoro entro un anno dalla laurea. Questi sono i giovani privilegiati, che si costruiscono una vita sociale vivace e fantasiosa, per la quale vengono chiaramente ammirati, se non invidiati, dai loro insegnanti. Eppure anche loro spaccano tutto, non la solita goliardia da universitari – i ragazzi, si sa, sono fatti così –, ma piuttosto quello che sembra un bisogno di distruzione sistematica. Quale bisogno? Lo sappiamo?

Alla stazione la banchina su cui si aspetta il treno è sopraelevata, al livello dei tetti e delle cime degli alberi. Ci si sente scagliati

* "Mill Lane", letteralmente Vicolo del Mulino [*N.d.T.*].

verso il cielo. Il sole, il vento, la pioggia, arrivano senza essere intercettati dagli edifici. Inebriante.

Mi piace viaggiare in metropolitana. È un'ammissione provocatoria. Non faccio che sentire e leggere: odio la metropolitana. In un libro che ho appena preso in mano, l'autore dice di usarla raramente, ma quando gli è capitato di dover fare anche solo poche fermate l'ha trovata disgustosa. Una parola forte. Se si è costretti a viaggiare nell'ora di punta, allora è tutto chiaro; capita però di sentire persone che non sanno niente dell'ora di punta, eppure parlano di quanto è terribile la metropolitana. Questa è la Jubilee Line e io la uso sempre. Un quarto d'ora al massimo per arrivare in centro. Le carrozze sono luminose e nuove... be', più o meno. Efficienti indicatori segnalano l'arrivo dei treni: Charing Cross – cinque minuti, tre minuti, un minuto. Le banchine non sono più sporche delle strade, spesso ci sono meno cartacce o non ce ne sono affatto. "Ah, ma avreste dovuto vedere com'era ai vecchi tempi. Il metrò era diverso allora."

Conosco una donna anziana, sono sicura che dovrei scrivere "una signora", che dice: "Le persone come lei..." – intende forestieri, stranieri, nonostante io viva qui da quarant'anni... – "non hanno idea di come fosse Londra un tempo. La si poteva attraversare in taxi da un capo all'altro per mezza corona". (All'epoca di Elisabetta I si comprava una pecora per pochi centesimi, e sotto i romani senza dubbio si poteva acquistare una villa per una moneta d'argento, ma il danaro non si svaluta mai quando si ingrana la marcia della Nostalgia.) "Ed era tutto così bello e pulito, e la gente era gentile. Gli autobus erano sempre in orario e il metrò costava poco."

Questa donna era una delle *London Bright Young Things*, le ragazze che folleggiavano in città negli anni Venti. Mentre parla, il suo viso ha un'espressione teneramente persa nei ricordi, ma solitaria; non si aspetta di convincere né me né altri. Che senso ha aver vissuto in quell'Isola di Sogno se nessuno ti crede? Mentre canta le lodi del passato, scorrono davanti agli occhi schiere di graziose fanciulle dalle labbra color pastello e dalle guance imbellettate, con indosso abiti senza vita e dall'orlo merlettato, i capelli acconciati in onde sottili, che volteggiano da un ricevimento all'altro, salendo e scendendo da obbedienti taxi guidati da autisti più che felici di accettare un penny di mancia. È improbabile che quelle donne si spingessero mai tanto a nord da arrivare a West Hampstead o a Kilburn, e credo che Hampstead non fosse di moda allora, nonostante nelle storie di D.H. Lawrence ci vivessero artisti e scrittori. La cosa straordinaria nelle rievocazioni di quei tempi è che non solo la Londra dei poveri e quella della media borghesia - e quindi a maggior ragione quella dei ricchi - erano diverse, ma che a quanto pare i venditori ambulanti di ricordi non ci badano: "A quei tempi, quando ero piccola, lavavo le scale con la spazzola. Anche quando nevicava, e andavo scalza, tanto che a volte i piedi mi diventavano blu per il freddo. Dal panettiere compravo il pane del giorno prima, che costava poco, e la mia povera mamma lavorava come una schiava per sedici ore al giorno, sei giorni alla settimana. Oh, erano tempi tremendi, tempi terribili erano". "Allora eravamo fieri di vivere a Londra. Adesso è una città orribile, piena di gente orribile."

Nella metà della carrozza in cui mi trovo ci sono tre viaggiatori bianchi e gli altri sono neri, marroni o giallini. Oppure, usando un altro criterio, cinque femmine e sei maschi. O ancora, quattro giovani e sette di mezza età o anziani. Due ragazze giapponesi, lustre e sicure di sé come giovani gatti, stanno sedute sorridendo. I nostalgici della vecchia Londra applaudono dunque ai giapponesi, che mai e poi mai si mostrano trasandati o negligenti? Probabilmente no: in quell'altra Londra non c'erano stranieri, solo inglesi, grigio-rosa, come dice Shaw, sempre *chez nous*, perché l'Impero non era ancora imploso, il mondo non li aveva invasi, e anche se ogni famiglia aveva almeno un parente in un paese straniero, impegnato nell'amministrazione delle colonie o dei domini, o arruolato nell'esercito, tutto questo avveniva all'estero, era là, non qui, le colonie non erano ancora venute a sistemarsi in casa loro.

Queste giovani giapponesi sono all'interno di una bolla invisibile, guardano fuori da un mondo sicuro. Quando sono stata in Giappone, ho conosciuto molte ragazze, che sembravano preoccuparsi solo di apparire bocconcini appetitosi. Ridacchiavano e facevano oooh - oooh - oooh, saltellando su e giù, bello, bello, squittendo delicatamente di piacere o di stupore. Ma prese individualmente erano giovani donne forti, con una visione della vita ben definita. Non che prenderle individualmente fosse facile, c'era sempre un professore o un mentore che aleggiava loro intorno, preoccupato di riportarle nel gruppo, di tenerle al sicuro e unite.

Un giovane nero sta seduto con aria sognante, le orecchie collegate al Walkman e i piedi che battono piano un ritmo privato. Porta gli abiti più costosi e alla moda di tutta questa stanza viaggiante. Al suo fianco c'è una donna indiana con una bambina che avrà più o meno dieci anni. Indossano tutte e due un sari che lascia scoperta la parte bassa del torace, marrone e lucida come caramello, ma ci hanno infilato sopra un cardigan. Gai sari e ordinari cardigan che affermano: se decidi di vivere in un freddo paese del nord, questo è il prezzo. Non è mai esistito matrimonio sartoriale più triste di quello tra sari e cardigan. Siedono conversando piano, in un modo che fa sembrare donna la bambina. Scendono tutti e tre alla fermata di Finchley Road. Salgono quattro americani, due ragazzi e due ragazze, nella loro uniforme di jeans, t-shirt e scarpe da ginnastica. Parlano ad alta voce e non vedono altri che sé. Due di loro si buttano sui sedili di fronte e gli altri due ciondolano ai lati di un'alta donna anziana, forse scozzese, che siede con le scarpe lucide una accanto all'altra, le belle mani ossute appoggiate sul manico di un carrello per la spesa. Tiene lo sguardo fisso davanti a sé, come se i giovani rumorosi non esistessero, e magari è immersa nei ricordi – ma quali ricordi... Londra? La guerra? (La seconda guerra mondiale, questa volta.) Non una Londra povera, questo è certo. È una donna elegante, in tweed e camicia di seta, e i suoi anelli sono preziosi. Scende a St John's Wood insieme ai quattro ragazzi, loro diretti alla Scuola Americana, mentre lei probabilmente abita nella zona. St John's Wood, così ci racconta tra gli altri Galsworthy, era la zona in cui le mantenute venivano messe in ville belle e discrete dai loro amanti benestanti o quantomeno rispettabili. Ora queste ville se le possono permettere solo i ricchi, spesso arabi.

I passeggeri salgono sul treno in attesa, e intanto io resto seduta a ricordare una visita fatta non molto tempo fa a una mia amica francese che alloggiava in un albergo di St John's Wood. Mentre stavo davanti al banco della reception, tre arabi in tunica bianca passarono dal retro dell'albergo all'ascensore, portando all'altezza della spalla un vassoio colmo di riso su cui riposava un'intera pecora arrosto. L'atrio andò in estasi a quel profumo di spezie e carne arrostita. Al mio sguardo incuriosito, la receptionist rispose: "Oh, è per lo sceicco Tal-dei-tali, dà un ricevimento tutte le sere". E continuò a chiacchierare al telefono con il suo ragazzo. "Sì, lo dici per dirlo, sì, so tutto io degli uomini, non hai niente da insegnarmi" – usando queste parole, per quel che la riguardava, per la prima volta nella storia. Si accarezzava i capelli sopra l'orecchio sinistro con una compiaciuta mano candida su cui portava un pezzo di ambra sintetica grande come un uovo. Anche i suoi lucidi capelli avevano il colore dell'ambra, acconciati in un taglio corto, anni Venti. Passarono altri quattro arabi, le lunghe dita brune che giocherellavano con la corona da preghiera, come suore che tengono lontano il mondo con il loro rosario. "Ave Maria, piena di grazia..." le loro labbra si muovono, mentre sorridono e annuiscono, prendendo parte alla conversazione mondana: ma le loro dita tengono stretta la rettitudine. Gli arabi scomparvero nell'ascensore, presumibilmente diretti al banchetto, mentre le porte girevoli ne introducevano altri quattro, una congregazione di sceicchi.

Non lontano da qui, in Abbey Road, ci sono gli studi in cui hanno registrato i Beatles. Al passaggio pedonale reso famoso dai Quattro stazionano sempre squadre di turisti di tutte le età e di tutte le razze, fermi a guardare con l'anima negli occhi, mentre le loro dita fanno scattare l'obiettivo della macchina fotografica. In tutto il mondo, in migliaia di album, c'è l'immagine adorata di questo posto squallido.

Questa parte di Londra non è antica. Quando le ville erano piene di amanti e signore dedite ai piaceri, era un sobborgo relativamente nuovo. Andare in centro dall'NW6 o dall'NW2* significa lasciare quartieri formatisi di recente per passare nella Londra che ha cominciato a sorgere e cadere in successive reincarnazioni fin da prima dei romani. Non molto tempo fa ero a pranzo in quella che è stata la casa di Gladstone e che ora è un Press Club. Per la maggior parte di noi è difficile immaginare che una famiglia abbia realmente abitato in un edificio costruito in apparenza solo per accogliere i convenuti in un'occasione pubblica. Ma soprattutto, dalla Carlton House Terrace nessuno direbbe mai: non molto tempo fa qui c'era un bosco, con corsi d'acqua, animali che pascolavano in libertà. No. La natura è lontana, in fondo a una grandiosa scalinata, oltre il Mall, al suo posto in St James's Park. Il peso di quegli edifici, quei marciapiedi, quelle strade, impedisce riflessioni ancora tanto spontanee in St John's Wood, dove viene da pensare: qui ci doveva essere un bosco, e cosa c'entra St John? - dev'essere stata quasi certamente una chiesa. Facile guardare ai numerosi alberi come a sopravvissuti di quel bosco: improbabile, ma non impossibile.

Oggi sono contenta di non dover scendere qui. La scala mobile spesso non funziona. Non più di un mese fa, su una delle lavagne che il personale usa per comunicare i propri pensieri ai viag-

* NW6 e NW2 sono codici postali del nord ovest di Londra [*N.d.T.*].

giatori c'era una scritta disinvolta in gesso bianco: "Forse vi chiederete perché le scale mobili sono così spesso fuori servizio. Ve lo diciamo noi! È perché sono vecchie e si rompono facilmente. Ci dispiace! Buona giornata!" Messaggio che, perfetto esempio di umorismo londinese, sarcastico e un po' brusco, bastava a metterti di buon umore e ti preparava ad affrontare la lunga discesa a piedi.

Tre ragazzi saltano sulla carrozza. Teppisti. Marmaglia. Attaccabrighe. Avranno più o meno sedici anni, in altri termini sono adolescenti, maschi, con la loro forte, rauca risata, infelice e ragliante. Due bianchi e un nero. Le loro grida, i loro scherni richiamano prepotenti l'attenzione di tutti i passeggeri... e questo in fondo è il punto. Il nero e uno dei bianchi spintonano, e il terzo, che sopporta con un atteggiamento di stilizzata rassegnazione, sorride come un sofisticato martire cristiano: probabilmente un eroe del cinema o della televisione. Impossibile distinguere quello che dicono, perché parlano in modo amorfo, come se avessero dei difetti di pronuncia - probabilmente lo fanno apposta: a sedici anni chi vuole farsi capire troppo dagli adulti? Tutta questa ostilità è soltanto una messinscena, che rasenta l'aggressione, ma non si spinge oltre. Alla stazione di Baker Street i due aguzzini spingono fuori il terzo, cercano di impedirgli di risalire. Non è tanto facile, dato che i treni fanno con calma a Baker Street, incrocio mille-usi per la Londra dai molti sobborghi. I tre, stufi del tafferuglio, rientrano e si fermano davanti alla porta, impedendo agli altri passeggeri di salire, ma solo con la propria passività. Permesso, permesso, dicono i viaggiatori, trovandosi di fronte questi tre ragazzi robusti che non fanno resistenza e non attaccano, ma si limitano a occupare un bel po' di spazio, sapendo di farlo, sapendo di essere una maledetta seccatura, eppure mantenendo un'espressione innocente, che ignora i brontolii e gli sguardi irati. Quando le porte cominciano a chiudersi, i due aggressori spingono fuori la vittima e restano lì davanti a fargli una serie di gesti osceni, pronunciando insulti silenziosi, mentre il treno inizia a muoversi. Il ragazzo sulla banchina grida a sua volta insulti, ma indica nella direzione in cui va il treno, presumibilmente verso una destinazione concordata. Man mano che prendiamo velocità ci segue, un po' camminando un po' ballando, e ci manda dietro un gesto con le due dita alzate. Sembra che gli altri sentano la sua mancanza, si siedono scomposti, radunando energie per la prossima deflagrazione che si verifica alla fermata di Bond Street, dove si gettano fuori dal treno in pericolosi balzi cangureschi, gridando parolacce. Dirette a chi? Ha importanza? Sul pavimento, nel punto in cui erano seduti, rotolano due lattine, vivaci e seducenti come annunci pubblicitari. Sulla carrozza ora ci sono persone che non hanno seguito l'intero episodio e probabilmente pensano: grazie a Dio quell'età non torna più! Lo pensano davvero? È possibile che quando la gente sospira dicendo: "Oh, se solo potessi tornare giovane," in realtà rimpianga ciò che abbiamo appena visto, che nel ricordo però diventa un paesaggio interiore di illimitate possibilità?

A Bond Street scendono in molti e il treno resta fermo abbastanza a lungo da permettere di leggere con agio la poesia offertaci dalla Metropolitana e inserita in mezzo a una fila di pubblicità.

L'AQUILA

Afferra la roccia con mani adunche:
Vicino al sole in terre solitarie.
Circondata dal mondo azzurro si leva.

Il crespo mare sotto a lei striscia:
Osserva dalle pareti montane.
E come una saetta a valle piomba.

Alfred Lord Tennyson

Sale una folla di bambini danesi, forse in gita scolastica. Sono ben educati e accompagnati da una ragazza sorridente che non sembra molto più grande di loro. Scendono ordinatamente alla fermata di Green Park e la carrozza torna a riempirsi. Tutti turisti. È questo che la gente intende quando si lamenta perché la metropolitana è tanto sporca? È di nuovo la xenofobia britannica? O meglio la xenofobia britannica delle vecchie generazioni. Quello che mi piace di Londra, la sua varietà, i suoi abitanti che vengono da tutto il mondo, la sua transitorietà – perché a volte Londra può dare la stessa sensazione di quando si guardano le ombre delle nuvole che si rincorrono attraverso una pianura –, è proprio questo che loro odiano tanto?

Eppure, per essere un popolo tanto minacciato, a me pare che se la cavino piuttosto bene. Non molto tempo fa ho assistito a questo episodio. In un grande ospedale di Londra, nel reparto geriatrico. "Sto andando al geriatrico" capita di sentir dire da una briosa giovane infermiera a un'altra, mentre il dito guizza verso il tasto dell'ascensore. A un'anziana donna bianca, ricoverata in seguito a una caduta, veniva offerta una padella. Non era soltanto anziana, anzi decrepita, e quindi per diritto abitante di quel paradiso perduto popolato da persone di un grigio rosa decorosamente uniforme, ma anche di origini proletarie e signorina. (Sui vecchi documenti capita ancora di vedere le donne descritte così – Stato civile: Signorina.) Per una donna del genere era già terribile essere invitata a usare una padella in un luogo pubblico, prima ancora che la tenda le venisse richiusa intorno, ma essere accudita da un uomo, un infermiere, era una possibilità inconcepibile. Peggio ancora, l'uomo era nero, un placido giovane nero, nella divisa da infermiere. ("No, non sono un dottore, sono un infermiere – sì, proprio così, un infermiere.") Le tirò indietro le coperte, la aiutò a sistemarsi sulla padella, abbassandole delicatamente la camicia da notte sulle vecchie cosce, e richiuse le tende. "Torno tra un attimo, tesoro." E se ne andò. Dietro quella tenda si svolgeva un dramma interiore difficile da immaginare per chi è abituato a una Londra poliglotta e disinvolta, che la apprezzi o meno. Quando l'infermiere tornò ad aprire le tende per chiederle se era a posto – voleva che le desse una pulitina? – e toglierle la padella, negli occhi della donna c'era una solenne luce di sfida. Si era arresa all'impossibile. "No, caro, va bene così, quello posso ancora farlo da sola."

In una scuola del sud di Londra di cui un mio amico è preside, si parlano venticinque lingue.

Ora passiamo sotto la città vecchia, anche se non la parte più vecchia, che si trova invece cinque, sei chilometri più a est. Da entrambi i lati, oltre spesse pareti di terra che sono piene di tubi, cavi, fili, fognature, detriti di vecchi edifici e città, come il terriccio di un giardino è pieno di vermi e radici, si trovano St James's Park – Downing Street – Whitehall. Se si viaggiasse in questi cunicoli sotterranei senza mai salire all'aperto, sarebbe facile credere che la vita è tutta qui, che questo è vivere. C'è un racconto di fantascienza che parla di un pianeta in cui soli e lune compaiono soltanto una volta in un certo numero di anni, e gli abitanti aspettano il miracolo, la rivelazione della loro posizione nell'universo, di cui naturalmente i sacerdoti si sono impadroniti, rivendicando nello splendore delle stelle la prova del proprio diritto al potere. Esistono già città in cui costruzioni sotterranee riproducono l'abitato in superficie, quello costruito all'aperto – ad esempio Houston, nel Texas. Si varca una porta che non ha nulla di speciale, proprio come in un sogno, e ci si trova in una città sotterranea, che si estende per chilometri e chilometri, con negozi, ristoranti, uffici. Non si ha mai bisogno di risalire. Ci sono persone a cui piacciono gli appartamenti seminterrati, li scelgono, tirano le tende, accendono le luci, si ricreano un sottoterra, e a loro la vita in superficie appare pericolosa come l'esistenza quotidiana a un ex carcerato o a chi è rimasto troppo a lungo in ospedale. Si segregano, si costruiscono un luogo in cui tutto è sotto il loro controllo, un luogo tranquillo e nascosto, lontano da sguardi critici, da cui chiudere fuori le incertezze del tempo e i cambiamenti di luce. A meno che il sistema non si inceppi: una perdita di gas, un guasto al telefono.

Negli anni Cinquanta, conoscevo un uomo che passava tutto il giorno a viaggiare in tondo sulla Circle Line. Così *loro* non potevano prenderlo, diceva. Aveva un esaurimento nervoso. A quel tempo la gente sceglieva forme di esaurimento più fantasiose? A volte sembra che un certo acume sia scomparso. Eppure qualche giorno fa, all'Heath, ecco avvicinarsi un sassone – o meglio, un ragazzo in una tenuta che si potrebbe definire simile a quella probabilmente indossata dai sassoni. Una camicia di lana marrone. Sopra un corto gilè fatto di pesante carta marrone, fermato da una cintura. I calzoni erano trattenuti ai polpacci da due elastici. Una sciarpa marrone drappeggiata faceva da cappuccio monacale. Portava in mano una lancia che veniva da un negozio di giocattoli. "Ditemi, cortese cavaliere," gli si è rivolto il mio accompagnatore, un po' anacronisticamente, "dove siete diretto?" Il giovane sassone si è fermato, deliziato e sorridente, mentre la ragazza che era con lui, molto preoccupata, osservava la scena. "Via," ha risposto il giovane. "Lontano."

"Qual è il vostro nome? Beowulf? Olaf il Rosso? Eric il Coraggioso?"

"Eric il Nero."

"Non è vero che ti chiami così," è intervenuta la sorvegliante, riportandolo alla realtà.

"Sì, invece," l'abbiamo sentito dire, mentre si allontanavano fra i ruggine, i gialli, i verdi bruciati dell'indimenticabile autunno del 1990. "Mi chiamo Eric, no? E allora è vero che sono Eric."

Charing Cross e tutti scendono. Alla barriera di uscita compare una ragazza che arriva di corsa dai piani inferiori e frinisce come un allarme. Ora che ha richiamato la nostra attenzione, in effetti c'è un suono costante, e per quanto ne sappiamo potrebbe essere un allarme antincendi. Al giorno d'oggi ci sono così tanti pigolii, squittii, ronzii e brusii elettronici che non li sentiamo più. La ragazza è una creatura fiabesca, riccioli biondi che aleggiano attorno a un viso arrossato. Ride scioccamente e sprona con la sua corsa uno sciame, o un gregge, di giovani diretti nel West End per una serata di avventure, tutti già folli di divertimento, proiettati in un'altra dimensione di velocità e leggerezza, come scintille che volano via verso l'alto. Insieme a due amiche infila il biglietto nella macchina e fugge lungo una galleria verso il mondo in superficie, mentre tre ragazzi scavalcano la barriera con una piroetta accompagnata da grida di trionfo, e la loro giovinezza è una tale rivendicazione davanti a tutti noi che la persona di servizio decide di ignorarli, perché sarebbe una follia, come schiacciare una farfalla.

Mi incammino lungo il sottopassaggio che porta a Trafalgar Square. Contro il muro, c'è un punto in cui ci sono sempre gruppi di ragazzi chinati, accovacciati, seduti per terra a esaminare merci disposte su cassette e pezzi di stoffa. Anelli e orecchini, braccialetti, spille, tutto un brillare e uno scintillare, ottone e vetro, metallo bianco e argento da poco, oggetti a buon mercato, ma pieni di promesse e possibilità.

Seguo prima una galleria e poi un'altra, salgo qualche gradino ed eccomi in Trafalgar Square. Davanti a me, dall'altra parte del vasto spazio grigio con le sue pallide e basse fontane, c'è la National Gallery, e poco più in là la National Portrait Gallery. Il cielo è di un azzurro sfavillante, fragili nubi vengono sospinte dai venti all'opera lassù in alto, oltre il livello in cui viviamo noi; quaggiù è tutto tranquillo. Ora posso lasciare che il tempo scivoli via piacevolmente in una delle due Gallerie o in entrambe, aspettando fino all'ultimissimo momento per decidere: giro a sinistra per la National Gallery o proseguo per un'altra cinquantina di passi e vado a guardare i volti della nostra storia? Quando uscirò, il cielo, pur non avendo ancora perso la luce, avrà l'aspetto intenso del tardo pomeriggio; il momento di trovare un caffè, di incontrare gli amici e poi... più o meno tra un'ora si leverà il sipario in un teatro, o all'English National Opera. Ancora adesso, dopo tutti questi anni, questi decenni, non c'è attimo come quello in cui si leva il sipario, si spengono le luci in sala... Oppure, dopo aver bighellonato, si può in fondo anche solo tornare a casa, facendo attenzione a lasciar passare l'ora di punta.

Qualche tempo fa, nel pieno dell'ora di punta, viaggiavo in

piedi, appesa a una delle maniglie. Nella metà della carrozza in cui mi trovavo, vale a dire fra quattordici persone, c'erano in mezzo a tutti i giornali tre passeggeri che leggevano un libro. Al mattino, mentre vanno al lavoro, i viaggiatori tradiscono il loro schieramento: il *Times*, l'*Indipendent*, il *Guardian*, il *Telegraph*, il *Mail*. I brutti giornali di cui alcuni di noi si vergognano non sembrano tanto in evidenza, ma d'altra parte questa linea della metropolitana è una linea di alta classe, almeno ad alcuni orari e in alcuni tratti. Di sera l'*Evening Standard* si unisce all'esposizione. Tre passeggeri. Accanto al mio gomito destro un uomo leggeva l'*Iliade*. All'altro capo del corridoio una donna leggeva *Moby Dick*. Mentre mi facevo largo per scendere, una ragazza sollevò *Cime tempestose* sopra la testa di un neonato che le dormiva appoggiato al petto. Quando sento parlare tristemente dello stato di ignoranza del paese, racconto questa scena e i miei interlocutori ne restano compiaciuti, pur mantenendosi scettici.

La poesia che si difendeva tra gli annunci pubblicitari era:

GIOIA D'INFANTE

"Non ho nome:
Ho appena due giorni di vita."
Come ti devo chiamare?
"Sono felice,
Gioia è il nome."
Che la dolce gioia sia la tua sorte!

Bella gioia!
Dolce gioia che ha solo due giorni,
Dolce gioia ti chiamo:
E tu sorridi
Mente io canto.
Che la dolce gioia sia la tua sorte!

William Blake

Tornando a casa dalla stazione della metropolitana passo davanti a tre chiese. Due non sono più trasmettitori di correnti celestiali: una è un teatro, l'altra un rudere. In un pezzetto tanto piccolo di Londra, tre chiese... Settant'anni fa il visitatore extraterrestre, tanto utile per ravvivare in noi il senso del paragone, avrebbe potuto chiedersi: "A cosa servono questi edifici, così simili l'uno all'altro, così diversi da tutti gli altri, più d'uno per zona? Sedi amministrative? Una rete di uffici governativi? E per di più di nuova costruzione!" Ma oggi questo visitatore, maschio, femmina o asessuato, noterebbe che restano spesso inutilizzati. "Forse un cambiamento di governo?" Eppure certe costruzioni si ripetono da un capo all'altro della città. "Come ho notato nella mia ultima visita, ci sono 'pub' per la distribuzione di sostanze intossicanti e centri per spostamenti rapidi su rotaie. Altri centri si occupano della manutenzione di macchine simili a cimici o scarafaggi metallici – una cosa nuova, questa, niente del genere l'ultima volta che sono stato qui. C'è un'altra novità. Ogni centinaio di metri si trova un centro per la vendita di droghe, sostanze chimiche." Strana faccenda – rifletterebbe forse l'extraterrestre, maschio, femmina o asessuato, riordinando mentalmente i punti del rapporto da inviare per fax a Canopus. "Se li organizzo secondo la frequenza con cui ricorrono, prima ci sono le farmacie. Questa specie è dipendente da sostanze chimiche che vengono mangiate e bevute." Nel raggio di un chilometro e mezzo intorno a casa mia ci sono come minimo quindici farmacie, e tutti i droghieri hanno uno scaffale di medicinali.

Voltando l'angolo oltre il punto in cui sorgeva il vecchio mulino, mi lascio alle spalle il puzzo e il rombo dei veicoli che si spingono verso nord e mi rendo conto che da qualche minuto respirare era spiacevole. Eccomi in Mill Lane, dove ci sono sempre negozi che aprono, falliscono, cambiano proprietario, soprattutto adesso, con gli affitti e le imposte triplicati o quadruplicati. Presto arrivo nelle stradine piene di case e il traffico è diventato un frastuono costante ma lieve. Le vie qui propendono al classico. Agamemnon, Achilles, Ulysses, e c'è anche un Orestes Mews. Aggiungeteci Gondar, e si potrebbe immaginare che assegnare un nome a queste strade sia stato compito di un militare, di educazione classica. In effetti, questa ipotesi non si allontana di molto dalla verità. La storia andò così. (Vero o falso, che importa? Ogni storia del passato, recente o remoto, è necessariamente destinata a essere ripulita, smussata, resa logica.) Un ex militare, un uomo della piccola nobiltà, aveva una moglie con molti figli in campagna e un'amante in città, con altrettanti bambini. Per assicurare un'istruzione a tutta la sua progenie si mise negli immobili, comprò un appezzamento che si estendeva allettante su una collina, con vista su Londra, e costruì quello che deve essere stato uno dei primi quartieri di pendolari a nord della città... perché non bisogna dimenticare che nella valle ai piedi di questa collina, verso Londra, c'erano corsi d'acqua, mucche e i verdi campi dove la mia anziana amica veniva tutte le domeniche, pagando un penny di biglietto. I pendolari si recavano nella City con il tram a cavalli o in treno.

Alcuni degli edifici sono palazzi, costruiti fin dal principio per ospitare appartamenti, ma la maggior parte erano ville, poi ristrutturate e suddivise in tre appartamenti. Difficile capire come funzionavano queste case. Le cantine sono tutte umide. Nella mia, l'etichetta si stacca dalle bottiglie nel giro di tre mesi. Eppure c'era un gabinetto. Usato da chi? Possibile che qualcuno vivesse in questa rozza caverna? Forse allora non era fradicia. Ora nel terreno è stato scavato un foro circolare, un piccolo pozzo, perché l'umidità ha da tempo sollevato il pavimento di cemento, e al suo interno si può vedere il livello dell'acqua che sale e scende. Non a seconda della quantità di pioggia: tutti noi nella zona sappiamo che le maree hanno qualcosa a che fare con le perdite nelle tubature della cisterna che, circondata di alti alberi, dalla finestra all'ultimo piano di casa mia sembra un enorme campo, o un paese verdeggiante: in epoca vittoriana le cisterne si mettevano sottoterra. (Dicono che se si conosce l'uomo incaricato di fare la guardia alle preziose acque, ci si può far condurre oltre una porticina e ci si può trovare sull'orlo di una distesa di scura acqua immobile, sotto un soffitto basso su cui si riflettono le luci. A questa immagine affascinantemente teatrale si può aggiungere il fievole tonfo di un topo che si allontana a nuoto dalla luce improvvisa, e un'unica onda che si diffonde lentamente.) L'ultimo piano di casa mia è una soffitta ristrutturata. Ma le soffitte allora non erano ristrutturate. Ci sono tre camere da letto al secondo piano, una troppo piccola per due persone. Due stanze al primo piano, ora una stanza unica, ma allora probabilmente sala da pranzo e salotto. Una cucina piacevolmente ma scomodamente situata in una veranda, o "patio" - un'aggiunta recente. Allora non era una cucina. Al pian terreno ci sono un'unica stanza, che un tempo era divisa in due locali, e i "servizi", a loro volta aggiunti di recente. Una serra, molto simile a una nursery. A quei tempi avevano tanti bambini, spesso vivevano con alcuni parenti e ogni famiglia della borghesia aveva almeno un domestico, in genere di più. Come facevano a starci tutti? Dove cucinavano, dov'era la dispensa, come facevano a lavare i panni? E come si riscaldavano? In ogni stanza c'è un caminetto con un minuscolo focolare.

Le case di questo sobborgo sono state costruite un centinaio di anni fa, solide e con le pareti spesse, e tutti gli operai che vengono a ripare il tetto o a sistemare le tubature dicono che sono state costruite bene, con materiali di qualità. "Oggi non si costruisce più così." Questi esperti non si lasciano allarmare nemmeno dalla cantina. "Basta tenere bella bagnata l'argilla intorno alle fondamenta, e anche con queste estati che abbiamo non si ritirerà, vedrà che non se ne pentirà."

Quando svolto l'angolo della via in cui abito, la luce sta componendo le nuvole in masse dai colori sfumati. I tramonti quassù sono a dir poco una soddisfazione.

L'edera ricopre la casa d'angolo e gli storni vi si affollano, lanciandosi fuori in picchiata, tornando indietro in un turbinio per diventare invisibili e silenziosi fino al mattino.

IL NUOVO CAFFÈ

Nella via principale del nostro quartiere c'è un nuovo caffè, Stephanie's; è aperto da un anno ed è sempre pieno. È un caffè francese, come la "Boucherie" che gli sta a fianco – un'inglesissima macelleria –, come la "Brasserie" che gli sta di fronte, ed è gestito da due greci. Ha subito acquisito i suoi clienti regolari, di cui io faccio parte. Qui, come in tutti i buoni caffè, si possono osservare le soap opera della vita reale, una serie di vicende emotive che di certo non ci sono sconosciute, perché è impossibile non essersi già imbattuti in qualcosa di simile, ma di cui ci manca la chiave che le sottrae alla banalità per renderle sconvolgentemente individuali.

La miracolosa estate del 1989, con il suo susseguirsi di calde giornate azzurre, ha reso la vita all'aperto intensa come a Parigi o a Roma, e il nostro caffè ha messo fuori i suoi tavolini, addossati alle offerte aromatiche di un ortolano. Quelli sono i tavoli preferiti da tutti, ma si è fortunati a trovare un posto libero. All'inizio della stagione sono comparse due giovani tedesche, grandi, attraenti, disinibitamente in cerca di un ragazzo per le vacanze. Erano sempre insieme, in genere sedute a un tavolino all'aperto, e per qualche giorno hanno mangiato da sole i dolci deliziosi – genuinamente francesi – a cui nessuno può resistere. Erano felicissime quando qualcuno – chiunque fosse – diceva: "È libero questo posto?" E una volta è toccato a me chiederlo. Avevano tre settimane da passare a Londra. Stavano in un piccolo albergo a dieci minuti da lì. Trovavano che Londra fosse un posto fantastico. Il tempo era stupendo e – guardi! – come ci stiamo abbronzando. Mentre chiacchieravamo, volavano con gli occhi verso tutti quelli che entravano, in perfetta sincronia.

Poi si è unito a loro un giovane. L'avevo già visto. A volte veniva a bere un caffè e se ne andava subito. Alle ragazze tedesche piaceva. Si sporgevano in avanti sul loro grande, fiducioso posteriore e ridevano, gettandosi alle spalle le bionde criniere e facendo risplendere per tutti le file di denti simili a gocce di rugiada. Perché continuavano a tenere d'occhio ogni possibilità. Il giovane si appoggiava allo schienale della sedia e le intratteneva. "Mi piace," si poteva immaginare che si dicessero l'un l'altra. "È un pagliaccio, non ti pare?"

Era un uomo gradevole, sui ventisette, ventotto anni, con gli occhi azzurri, i capelli chiari – tutto nel genere, ma aveva qualcosa che diceva: alla larga. Somigliava a un giovane falco ancora un po' impacciato, con una piumosa fierezza da apprendista. Ed era inquieto, accavallava e scioglieva le gambe di continuo, oppure le buttava in fretta da un lato per toglierle di mezzo se qualcuno doveva passare o sembrava seduto troppo vicino.

Per qualche giorno si sono visti in tre, in genere nel primo pomeriggio. Al momento di andarsene, lui si metteva in mezzo alle due ragazze. Ma ci voleva un quarto, e presto è comparso. Quando si trovavano, all'interno del caffè o fuori sul marciapiede, non sembrava che si fossero formate due coppie. Le ragazze continuavano a fissare l'uomo che le intratteneva, con le bocche brillanti che sorridevano in attesa del momento in cui ridere, perché era questo che amavano di più fare. E lui stava seduto a guardarle, compiaciuto di dar loro quello che volevano, mentre l'altro giovane, che non sembrava nutrire grandi speranze, si univa alla risata.

Un paio di volte hanno consumato un vero pasto. Ogni tanto parlavano di un film che avevano visto. Un pomeriggio lui è arrivato con una ragazza bruna e compassata, che aveva un'aria da sorella, ironica. Le ha offerto caffè e paste, sembrava volersi scusare di qualcosa. Quando sono entrate le due tedesche, le ha chiamate con un cenno e per far spazio ha scostato le gambe come fossero state un pacco ingombrante. Sono rimasti lì per un po' e poi sono usciti insieme. Dopo di allora l'ho visto con la giovane bruna e con altre ragazze, che trattava come le tedesche, perché sembrava gli piacessero tutte.

Un giorno c'erano due tavolini liberi fuori; io mi sono seduta a uno e poco dopo lui ha occupato l'altro, lasciandosi cadere su una sedia all'ultimo momento, mentre passava, come se fare quello o qualcos'altro gli fosse indifferente. Ormai ci conoscevamo come si conosce chi frequenta lo stesso caffè. Lui ha osservato che l'estate non era niente male e che era contento di non essere andato in Spagna perché Londra era meglio. Gli restava ancora una settimana di ferie. Lavorava per il negozio che vendeva materiale edile, più avanti lungo la strada. Non c'era da lamentarsi, gli piaceva abbastanza. Standogli seduta vicino, in piena luce, si vedeva che era più vecchio di quel che sembrava. Aveva le rughe sotto gli occhi e spesso si distraeva, come se fosse continuamente sottratto a quello che lo circondava da un campanello interiore: dà retta qui.

Sono arrivate le due ragazze tedesche, ridevano ancor prima di sedersi, pregustando il divertimento.

Poi non si sono più viste al caffè, e lui è tornato al lavoro. È venuto un paio di volte con un collega, due uomini in tuta candida, deputata a farli sembrare esperti in materiali edili. Il giovane delle ragazze tedesche sembrava fragile sotto quella tela spessa.

Un giorno ero fuori dalla stazione della metropolitana, aspettavo una persona. Lui mi è passato davanti, senza fretta, assorto. Poi sul volto gli si è allargato un sorriso così diverso da tutte le espressioni che vi avevo visto, che mi sono voltata in fretta. Poco avanti a lui, sul marciapiede, c'era una ragazzetta con una carrozzina. No, a guardar bene era una giovane donna, piccola e pallida, probabilmente sulla ventina, la madre del bambino a giudicare dalla tenerezza con cui si chinava a rimboccargli le coperte già strabordanti. Ha sorriso al bambino nascosto lì sotto e poi si è girata, con un sussulto, quando l'uomo le si è avvicinato e ha detto, nel suo modo stravagante da non-prendermi-sul-serio: "Hilda, sono io". Si sono fermati, dissolti in un sorriso. Ancora un attimo e sarebbero stati stretti in un abbraccio, ma lei si è ripresa e svelta è indietreggiata. Allora lui, a sua volta, ha assunto un'aria responsabile, come infilandosi un cappotto sopra la tuta bianca. Dato che, a quanto sembrava, non poteva abbracciare la madre, si è abbassato con aria galante sulla carrozzina verso le cui profondità lei si è protesa a sollevare un fagotto, tenendo poi il bambino in modo che lui lo vedesse in faccia. Il giovane si è chinato educatamente sul piccolo e ha fatto le scene del caso, ridendo di se stesso, così che anche lei ha dovuto ridere. Ma per tutto il tempo i suoi occhi sono rimasti sulla giovane madre. Lei ha riso di nuovo e ha finto di lanciargli il bambino perché lo prendesse in braccio. Al che lui è indietreggiato barcollando, in una pantomima del maschio imbarazzato, e lei ha rimesso premurosamente il fagotto sotto le coperte e si è rialzata ad affrontarlo con aria grave. Anche lui era diventato serio. Sono rimasti lì per molto tempo, molto perlomeno agli occhi di un osservatore, forse un minuto o anche più, guardandosi, incantati. Quei due erano uguali, si corrispondevano, erano della stessa specie; di loro si doveva dire, come raramente si dice di una coppia: sono due metà di un tutt'uno, appartengono l'uno all'altra.

Di nuovo è stata lei a riprendersi, e ha cominciato a spingere la carrozzina, allontanandosi sul marciapiede. Spingeva lentamente. Dopo qualche passo si è voltata a guardarlo. Ha ripreso a camminare – ma si è voltata ancora. Lui era sempre lì fermo a fissarla. Lei gli ha fatto un piccolo, coraggioso cenno di saluto, e ha proseguito. Sempre più lentamente... ma doveva andare, doveva, e fin troppo in fretta è arrivata all'angolo, lì si è fermata e si è voltata a guardare verso di lui ancora fermo, con la faccia triste come la sua. Di nuovo i secondi sono passati veloci... Ma infine lei ha spinto con fermezza la carrozzina ed è scomparsa. Mai angolo di strada è stato più vuoto. Il giovane lo fissava. Lei se n'era andata. Ha fatto due passi per seguirla, poi è tornato indietro, voltando la testa a lanciare una rapida occhiata: sì, se n'era proprio andata.

Ha proseguito piano, ha rallentato, si è fermato. Era alla mia altezza. Non vedeva niente e nessuno. Era dentro di sé. Stava lì con le ginocchia leggermente piegate, le braccia lungo i fianchi, i palmi all'insù, la testa un po' indietro, come se fosse pronto a un certo punto ad alzare gli occhi al cielo.

Le emozioni si inseguivano sul volto dell'uomo rapito. C'era rimpianto, ma un rimpianto consapevolmente affettato, perché nemmeno in extremis avrebbe rinunciato a quell'ancora di salvezza. C'era sconcerto. C'era il dolore della perdita. Soprattutto tenerezza, che scacciava tutto il resto. Intanto aveva la fronte corrucciata e gli occhi tristi. Cosa stava pensando? "Cos'è stato? Cosa? Ma cos'è successo... cos'è che è successo, non capisco cos'è successo... non capisco..."

Qualcosa del genere.

ROMANZO 1988

Due ragazze sedevano una di fronte all'altra al tavolo di un caffè dell'aeroporto di Heathrow, Terminal Tre. Erano nella parte rialzata, che sembra un piccolo palcoscenico. Sybil era andata dritta lì, nonostante ci fossero posti liberi anche nella parte più bassa e meno in evidenza della sala.

Erano sorelle, entrambe di ossatura forte, robuste, con facce aperte e assennate. Sybil però si rifiutava di apparire comune, portava un trucco esagerato, capelli corti e biondissimi, e vestiti che non si poteva fare a meno di guardare. Era abbagliante, come una pop star. Nessuno avrebbe particolarmente notato Joan che, seduta al tavolo, ammirava la sorella e almeno in questo riconosceva in pieno i meriti di Londra: venivano dal nord dell'Inghilterra e ritenevano preziosa la solida eredità delle loro origini, decisamente meglio di tutto quello che il frivolo e viziato sud potesse produrre. Rientravano nella vecchia tradizione delle due sorelle, una carina e l'altra intelligente, e così erano state etichettate sin da piccole: Joan intelligente e Sybil carina. Ma erano tutte e due ragazze sveglie, attraenti, che lavoravano sodo e cercavano di sfruttare abilmente le proprie possibilità.

"Ma hai solo ventidue anni," stava dicendo Joan. "Pensavo che te la saresti presa comoda..." Lei era la maggiore, ventiquattrenne.

Con la sua voce forte e incurante, che tutti, sempre, erano costretti ad ascoltare, Sybil rispose: "Ma, mia cara, uno come Oliver non lo trovo più, questo lo so".

Joan sorrise. Significativamente. Inarcò le sopracciglia.

Sybil le restituì il sorriso, mostrando di comprendere la scena della sorella maggiore.

Non avevano bisogno di affrettare la conversazione. Joan era in partenza per Bahrein, dove si era trovata un posto come segretaria in una società anglo-americana. Era appena arrivata in aereo dallo Yorkshire e mancavano tre ore alla sua coincidenza. Certo che sarebbe venuta a Heathrow per stare con sua sorella, aveva detto Sybil, no, non importava, per quel giorno semplicemente non sarebbe andata a lavorare. Era arrivata a Londra due anni prima e aveva subito preso possesso della città; si era procurata – Dio solo sa come – una macchina di seconda mano e per lei era roba da niente andare all'aeroporto alle sei del mattino o alle undici di sera per scambiare quattro chiacchiere con gli amici sempre di passaggio, oppure fare il giro di varie feste in una sera, in parti opposte della città come Greenwich e Chiswick. Si era trasferita a Londra per trovare un posto di segretaria, ma aveva deciso che le sostituzioni temporanee erano meglio. Così si provavano lavori di tutti i tipi e si incontravano un sacco di uomini diversi, e quando le avessero offerto un posto che faceva per lei, se lo sarebbe tenuto stretto. Almeno così aveva detto fino a poco tempo prima.

"Parlavi nello stesso modo anche di Geoff, ti ricordi?" osservò Joan, non in tono pedante, ma colpendo nel segno.

"*Oddio,*" rispose Sybil, "ma allora ero una neonata."

"Avevi diciotto anni," precisò Joan.

"D'accordo! Concesso! Lo so che non sembra possibile, ma siamo fatti l'uno per l'altra. Oliver e io."

"L'ha detto lui?"

"Credo che questa volta ci siamo: matrimonio, bambini, un mutuo per la casa e tutto il resto." La sua voce, forte e sicura di sé, richiamava l'attenzione e Joan si sentiva imbarazzata. Come peraltro sua sorella era sempre riuscita a farla sentire.

In tono volutamente sommesso riprese: "Sybil, mi avevi detto che con Oliver era tutto finito".

"Sì, lo so," rispose Sybil a voce alta. "Diceva di non volersi risposare. Gli piaceva la libertà. E così se ne è andato. Non l'ho rivisto per mesi. Mi ha spezzato il cuore. Quando è tornato a cercarmi gli ho detto: già una volta mi hai spezzato il cuore, quindi adesso toccherà a te correre, non sarò io a starti dietro. Non come ho fatto quando l'ho conosciuto," spiegò. E si guardò intorno per assicurarsi che il suo pubblico la seguisse ancora, rapito.

Joan ci rifletté. Poi chiese: "E una volta sposati, andrai all'estero con lui per i suoi viaggi?"

Oliver viaggiava moltissimo per lavoro, era più spesso via che a Londra.

"No. Oh, be', qualche volta andrò anch'io, se si tratta di posti interessanti, ma voglio dargli una casa a Londra. No, sarò una vera moglie," insistette in risposta al sorriso eloquente della sorella.

"Tu devi sempre essere così estrema."

"Cosa c'è di estremo in tutto questo?"

"Non ti rendi conto che è un'esagerazione! Comunque, l'ultima volta mi hai detto che quando va all'estero si trova una ragazza in ogni città."

"Sì, lo so. La settimana scorsa è stato a Roma e so che è andato a letto con un'altra, anche se lui non me l'aveva detto e io non gliel'avevo chiesto. Perché non sono affari miei..." Joan aveva un'aria così divertita che fu come gridando per sovrastare un rumore che Sybil proseguì: "*Sì.* Ma poi ha confessato di essere stato con un'altra e di sentirsi in colpa. Perché ci sono io. E io mi sono sentita in colpa nell'andare a letto con un altro fin dalla primissima volta che sono stata con lui."

"Be'," sospirò Joan, "mi sembra una cosa decisa."

"Credo proprio di sì. E tu e Derek? Ti aspetterà finché torni da Bahrein?"

"Così dice, ma io ho i miei dubbi."

Si sorrisero.

"Il mare è pieno di pesci," commentò Sybil.

"Derek non è male. Ma secondo i miei calcoli risparmierò 30.000 sterline laggiù, se tengo duro. Tanto non c'è niente per cui spendere."

"E poi sarai indipendente."

"Già. Appena torno mi compro una casa."

"È una buona idea. Anche Oliver e io cerchiamo casa. Domenica scorsa abbiamo cominciato a guardarci in giro. È divertente andar per case. Ce n'era una che, secondo me, lui sarebbe stato disposto a prendere, ma io gli ho detto: no, se dobbiamo mirare in alto allora *facciamolo* sul serio. Quella casa non è abbastanza. La tua carriera va sempre meglio, gli ho detto, ed è proprio così. Va sparato come un razzo nella sua ditta, ogni giorno che passa diventa un partito più invidiabile."

"In effetti hai sempre detto che ti saresti sposata per soldi."

"È vero. Ed è quello che sto facendo. Però non lo sposerei se non provassi quello che provo per lui."

"Non sarà che provi quello che provi perché è tanto un buon partito?" chiese Joan ridendo.

"Probabilmente. Ma cosa c'è di male?"

"Lo sposeresti se fosse povero?"

Adesso le due sorelle erano protese l'una verso l'altra, con i volti vicini, ridenti e divertiti.

"No, non lo sposerei. Per me i soldi sono indispensabili. Mi conosco, no?"

"Spero bene," rispose la sorella maggiore, tornando d'un tratto seria.

Nel frattempo le persone lì intorno si scambiavano sorrisi per via delle due giovani avventurose e probabilmente pensavano di doversi sentire scandalizzate, o qualcosa di simile.

Fecero una pausa per dedicarsi a caffè, brioche, succo di frutta.

E poi, di colpo, Sybil annunciò: "E faremo tutti e due il test per l'AIDS". A quel punto la gente che ascoltava smise di sorridere, anche se certamente non di seguire la conversazione. "L'abbiamo deciso nello stesso momento. Sono stata io la prima a parlarne e ho scoperto che ci aveva pensato anche lui. Dopo il divorzio si è dato un gran da fare, e anch'io, da quando sono arrivata a Londra. Non si sa mai. Ma il problema è che voglio andare privatamente, perché se lo fai con la mutua resta archiviato e può scoprirlo chiunque. E così poi dai l'impressione di essere preoccupato."

"Costa caro?"

"Sì. Be', io non me lo posso permettere, non ho i soldi, ma Oliver può e me lo pagherà lui."

Joan sorrise. "Questo sì che è un modo per responsabilizzarlo."

"Già."

"Cosa farete se uno dei due risultasse positivo?"

"Oh, sono certa che non succederà! Siamo tutti e due assolutamente etero. Però non si sa mai, preferiamo metterci al sicuro. No, faremo il test e poi ci scambieremo i certificati." Il suo viso aveva un'espressione dolce e sognante, piena d'amore. Per la prima volta si era dimenticata del suo pubblico.

"Be'," disse Joan, bevendo il caffè a piccoli sorsi composti. "È un modo come un altro."

"È un gesto molto più significativo di un anello di fidanzamento, voglio dire, è un vero impegno."

"E poi dovrà esserti fedele, giusto?"

"E io dovrò essere fedele a lui!"

Joan fece una faccia da cui traspariva che non era la stessa cosa. Poi chiese, ironicamente: "Fedeli per sempre?"

"Sì... be'... comunque finché potremo. Nessuno di noi due vuole andare a letto con un altro, dato quello che proviamo. E poi che senso ha correre rischi?"

Si guardò intorno, ma il suo pubblico non le badava più. Parlavano tra loro. Se era un modo per mostrare disapprovazione...

Ancora due ore e mezza.

Sybil alzò la voce. "Abbiamo provato anche con i preservativi, ma Dio solo sa come fa la gente a usarli. Abbiamo riso tanto che alla fine ci siamo addormentati."

"Shhhh," fece Joan, disperatamente imbarazzata. "Shhhhh."

"Perché? Cosa c'è di male, no, lasciatelo dire, se la sicurezza della nazione dipendesse dai preservativi..."

A questo punto un ragazzo che, seduto vicino a loro, aveva ascoltato la conversazione, si alzò essendo arrivato il momento di partire per chissà dove nel mondo. Toccò Sybil sulla spalla e disse: "Se hai dei problemi con i preservativi, chiamami pure... no, davvero, quando vuoi, sarà un piacere!"

Tutt'altro che una proposta, le sue parole erano più un pubblico rimprovero, e sul suo viso c'era l'espressione di chi si assume l'incombenza di mettere le cose a posto. Ma arrivato sulla porta, lanciò loro un'occhiata e un sorriso, prima di scomparire per sempre con un cenno di saluto. Quanto a Joan e Sybil, rimasero sedute, girate a guardarlo mentre se ne andava. Sembravano due adolescenti, con un sorriso scandalizzato e divertito nascosto a metà dietro la mano.

QUAL È IL PREZZO DELLA VERITÀ?

Voglio raccontarti una cosa, a *qualcuno* devo raccontarla. *Devo parlare*. A un tratto ho capito che tu sei l'unica persona rimasta che sappia di cosa si tratta. Ti è mai successo? All'improvviso pensi: mio Dio, è stato venti, trent'anni fa, e resto solo io a sapere cosa è successo veramente.

Ti ricordi di Caesar? Ti ricordi che lavoravo per lui? Davvero?... Se lo sono dimenticato quasi tutti. Lo chiamavamo Caesar... lui naturalmente non l'ha mai saputo. Era perché diceva sempre: conquisterò l'Inghilterra – te lo ricordi? Allora io e te siamo rimaste le uniche a ricordarcelo. Be', il figlio di Caesar ha sposato mia figlia lo scorso fine settimana... sì, proprio così, nessuno ha più fantasia della vita, eh? La Vita: piccola sceneggiatrice di Dio. Ma questa è solo metà della storia, *sta a sentire*.

Hai mai conosciuto Robert, il figlio di Caesar? Se l'hai conosciuto, doveva essere un bambinetto. Be', è diventato un ragazzo affascinante, dolce, proprio tanto carino.

Dieci anni fa mi ha telefonato in ufficio e mi ha invitata a cena. Aveva quattordici anni. Sono rimasta senza parole. Be', per quanto io possa restare senza parole. La cosa mi *solleticava* tanto che... ovviamente ho accettato. Ma aspetta di sentire dove. Al *Berengaria*. Sì, appunto. Non so cosa mi aspettavo, ma lui ha fatto tutto alla perfezione. Avrebbe potuto avere trentacinque anni, questo ragazzino, questo *bambino*, mi è venuto a prendere in taxi, con un mazzo di fiori, indossando un abito noleggiato. Aveva prenotato un tavolo ed era andato di persona a discutere la cosa con il maître. I camerieri ci indugiavano intorno come balie, irresistibilmente stuzzicati da questo ragazzino e me – naturalmente mi conoscevano da anni, andavo sempre lì con Caesar, oppure passavo a prendere accordi per le sue cene speciali. Lui ne parlava come se fosse stato il *suo* ristorante... cominci a farti un quadro della situazione? I camerieri non hanno fatto un solo cenno o un ammiccamento che potesse metterlo in imbarazzo, sono stati fantastici. Io stavo lì seduta e impazzivo di curiosità. *Quattordici anni.* Poi mi sono detta: Va be', a quattordici anni siamo tutti stati matti, non ci pensare più. E avevo da fare, come al solito. Ma gli doveva essere costato cinquanta sterline. Dove aveva preso i soldi? Non da suo padre, quel tirchio d'un vecchio...

Dopodiché mi scrive una lettera, su finissima carta pergamenata color avorio, con stampato il suo nome, Robert Meredith Stone, per invitarmi a fare una passaggiata a St James's Park, seguita da un tè al Ritz. Un attimo, ho pensato, aspetta un attimo... è arrivato il momento di riflettere.

La cena al *Berengaria* passi, era il ristorante di Caesar, ma una passeggiata nel *parco*? Caesar non ha mai fatto un passo giù dai marciapiedi di Londra. Probabilmente non saprebbe distinguere una margherita da una rosa. Adesso che è vecchio se ne sta seduto come un caprone scontroso a brontolare davanti a videocassette di film degli anni Trenta, non me lo vedo zoppicare per il giardino filosofeggiando mentre pota le rose. Del giardinaggio si è sempre occupata Marie.

Ci ho pensato su, *pensandoci* davvero, e ho invitato a pranzo Marie. Avevo bisogno di parlarle all'insaputa di Caesar, non volevo tradire il povero Robert.

Erano anni che non vedevo Marie. Siamo sempre andate d'accordo, se così si può dire, senza avere niente in comune ma comportandoci educatamente. È vecchia ormai, ha deciso di diventare una donna anziana. Che mi venga un accidente se faccio altrettanto. Voglio dire, è una bella fatica lasciarsi invecchiare, bisogna cambiare abbigliamento, cambiare stile, tutto, per lei va bene, ha tempo per queste cose, non ha mai dovuto lavorare in vita sua. Naturalmente era curiosa di sapere di cosa si trattava, e io non sapevo da dove cominciare. Appena l'ho vista mi sono resa conto che non potevo chiederglielo. Cosa dovevo dire? Senti, davvero il tuo Robert crede che il tuo Caesar e io abbiamo avuto una relazione? E se è così, cos'è questa idea di andare a passeggiare a St James's Park e di dar da mangiare alle anatre?

Marie pensava che fossi stata tanto carina a invitarla a pranzo, ma poi è diventata vaga, ha cominciato a parlare delle ragazze di Caesar. "Non mi è mai importato," mi ha detto, "non dopo la prima volta..." E ha fatto una battuta, sì, una vera e propria battuta: "È la prima che conta, sai, *le premier pas qui coûte*, e lui ha sempre avuto donne così gradevoli," facendomi un complimento, *noblesse oblige*. "A me il sesso non è mai piaciuto," dice, "o forse non sono stata fortunata con Caesar, o lui non è stato fortunato con me." Giurerei che era pronta a sentirmi raccontare cosa pensavo del suo Caesar a letto, e in quel momento ho capito una cosa, mi è piombata addosso con tutto il suo peso, lasciandomi senza parole – sì, d'accordo, ma ti ho detto che dovevo *parlare*. Insomma, il punto è questo: non essere andata a letto con Caesar è sempre stato importante per me, ma è stato proprio in quel momento, mangiando una salutare insalata con la moglie di Caesar... ah ah, assolutamente perfetto... che ho capito quanto era importante, un fatto di orgoglio. E a lei ora interessava così poco che non si ricordava neppure di quando ero andata a dirle: sta a sentire, Marie, non so cosa pensino gli altri e non me ne importa, ma mi importa di quello che pensi *tu* – io non vado a letto con tuo marito, né ci sono mai andata. Non si ricordava che avevo voluto vederla apposta per dirglielo. Mi ha rivolto uno sguardo vago e ha risposto: "Davvero? Sei venuta a dirmelo? Strano, mi dimentico le cose... ma non mi importava, capisci". Altroché se le importava. Aveva deciso di dimenticarsene. Che mi credesse o no, le importava moltissimo, e a me importava che a lei importasse. Perché ero innocente. Era esattamente come pranzare con lei *allora* – perché la cosa che non riuscivo a dire, la cosa più importante, era: tuo marito è un meschino taccagno, spilorcio e pitocco, mi ha ucciso a forza di sfruttarmi, deve sempre ridurre allo scheletro quelli che lavorano per lui, e deve sempre sottopagarli. Figuriamoci, venire a letto con me – avrei voluto dire, allora e a pranzo quel giorno –, lavorare con quel misero tirchio non ha mai lasciato molta energia per il sesso.

Ti ricordi ancora in che situazione ero? Avevo due figlie – ma ti ricordi? La cosa buffa è che quando si incontrano le persone nella vita pubblica, nella vita professionale, le si incontra come individui, mentre gli aspetti importanti spesso non si vedono. Nel mio caso due figlie piccole e un ex marito che ogni tanto riusciva a produrre qualche sterlina, ma il più delle volte no. Prendevo uno stipendio da dattilografa esperta quando mandavo avanti l'ufficio per conto di Caesar. Ero la sua Venerdì, organizzavo tutto, ed ero io ad avere i contatti, conoscevo tutti nell'ambiente quando lui era un nuovo arrivato. Gli mettevo in piedi interi spettacoli, e lui se ne prendeva il merito. Lavoravo dalle otto del mattino alle undici di sera, mezzanotte, l'una. Quell'uomo l'ho fatto io, e lo sapeva anche lui, ma se mi avesse pagato avrebbe ammesso quanto valevo realmente. Non dico che senza di me non ce l'avrebbe fatta, ma se ha conquistato l'Inghilterra - perché l'ha conquistata, l'*abbiamo* conquistata, lo conoscevano ovunque e non solo in questo paese, era un nome anche in Francia e in Germania -, se ci è arrivato è stato grazie a me. Poi, un giorno, ero così sfinita che non sono riuscita ad alzarmi dal letto. Ho telefonato in ufficio e ho detto che bene, quella era la fine, davo le dimissioni, non ce la facevo più. Dovevo trovarmi un lavoro che mi rendesse adeguatamente. Ero in arretrato con l'affitto. Non potevo neppure pagare i vestiti delle bambine, e il padre era senza lavoro da mesi - faceva l'attore, non era colpa sua. All'improvviso Caesar mi suona alla porta, per la prima volta, e lavoravo per lui ormai da dieci anni. Entra, si guarda intorno. Due stanze e un bagno, oh sì, era un posticino decente, non avrei fatto mancare niente alle bambine, ma io dormivo in soggiorno e loro avevano l'altra stanza. "Bella casa," dice Caesar, ficcando il naso dappertutto per valutare il prezzo di quello che vedeva, "te la cavi bene". Lui con la sua maledetta villa a Richmond. Mi sono rinfilata a letto e mi sono proprio riaddormentata, ero tanto *malata* che non me ne importava. "Non puoi dare le dimissioni così," mi dice svegliandomi. "Dò le dimissioni," rispondo io. Per farla breve, mi ha aumentato lo stipendio di qualche sterlina al mese, era abbastanza per pagare un po' dei miei debiti. Non guadagnavo comunque come una buona PR. "Non puoi piantarmi," dice, e ricordo il suo tono di voce, è stato quello a lasciarmi senza parole, come se fossi stata *io* a trattare male *lui*.

Per tutti quegli anni aveva cercato di venire a letto con me. Soprattutto quando eravamo in viaggio. Io non ci sono mai stata. In parte perché non mi piaceva un granché e in parte perché era un fatto di rispetto verso me stessa. Era anche di più, era una questione di *sopravvivenza*. Non potevo lasciare che mi conquistasse completamente. Sul lavoro mi possedeva, ma quanto al resto... ti chiedi ancora perché sono rimasta con lui? Mi ricordo che me lo hai domandato: perché resti con lui quando potresti guadagnare quattro volte tanto? Il punto è che quel suo lavoro mi andava come un guanto... io e quel posto eravamo cresciuti insieme...

Quel lavoro era opera mia, lui era opera mia. Sapeva che non sarei riuscita a rinunciarci. Sapeva che per qualche strano motivo stavamo in piedi e saremmo crollati insieme... eravamo in sintonia, lui con le sue doti io con le mie, facevamo una squadra. Lui però è diventato ricco, lo sapevi? Era miliardario. Come c'era da aspettarsi, diceva: cos'è un miliardo di questi tempi? E io non gli rispondevo: se non è niente, allora dammene un po'. *Orgoglio*. Okay, okay, a volte me lo chiedo anch'io... ma quello che sentivo, credo, era: se riesco a sopportare questo posso sopportare qualsiasi cosa. Mi sentivo forte... mi sentivo indistruttibile.

Pensavi che andassi a letto con lui, vero? Lo pensavano tutti. Lui faceva in modo che tutti lo credessero. Parlava di me in una certa maniera, faceva quel sorriso... se c'era un galà, una prima o qualcosa del genere, entrava tenendomi sottobraccio e badava che tutti lo notassero. Caesar e la sua amante. Io stavo al gioco, ma gli lanciavo un'occhiata... e lui capiva benissimo. Era una battaglia, una lotta all'ultimo sangue. Io gli stavo dicendo: va bene, ma io e te sappiamo la verità. Non sono la tua donna e non lo sarò mai.

È andata avanti per anni. Poi mi hanno offerto il lavoro che ho adesso e allo stesso tempo Caesar ha deciso che ne aveva abbastanza, era ora di mettersi comodo.

E per tutti questi anni ho pensato: vecchio caprone, tiranno dei miei stivali, però a letto con te non ci sono venuta.

Ed eccomi lì seduta davanti alla vecchia Marie, e all'improvviso mi sono resa conto che lei si era dimenticata di tutta la storia e non gliene importava. E questo mi ha fatto sentire... mi sono sentita come se qualcosa mi crollasse dentro. Era stato tanto importante per me.

Ma almeno nel corso del pranzo ho capito cos'era successo... i suoi figli erano ancora piccoli quando ho smesso di lavorare per Caesar. Però crescendo lo hanno sentito parlare di me, in quel suo modo possessivo. Robert deve aver capito qual era l'idea. Nel frattempo io avevo sempre più successo. Sono molto *in vista*, capisci. Quando lavoravo per lui era un conto – tutti dovevano pensare che andasse a letto con la sua Venerdì. Ma da un pezzo ormai avrebbe buone ragioni per vantarsi di me. Nel caso ti stessi chiedendo: e a Robert come sono venuti in mente il tè al Ritz e le passeggiatine nel parco? – be', lo sa Dio. Però è un caro ragazzo, dolce e adorabile, simpatico, simpatico di natura, è un romantico, e quindi avrà pensato che le passeggiatine al parco e il tè al Ritz facessero parte della perfetta storia d'amore.

Mi scriveva lettere appassionate. Ovviamente le copiava da qualche modello. O forse le aveva trovate in un romanzo. Mi facevano assolutamente *impazzire*, sembravano uscite dal diciottesimo secolo, be' forse lo erano. Aspettavo qualche giorno e poi gli mandavo un paio di biglietti per una serata a teatro o per una prima. Ce lo incontravo con una ragazza, finché ce l'ho incontrato con mia figlia Sonia. Te la ricordi? È bellissima. Sì, d'accordo, adesso posso dirlo... è come me da giovane. Ed è proprio *questo* il punto.

Robert ha cominciato a invitarla fuori regolarmente. Io non ci badavo. Avevo *da fare*. Solo adesso mi rendo conto di quanto ho lavorato. Cosa mi obbligava a farlo, qual è il punto, d'accordo, dovevo imbruttirmi di lavoro quando avevo le bambine da mantenere, ma anche adesso che non ne sono più responsabile... se si può dire così, perché di questi tempi i figli non smettono mai di essere una responsabilità, ma almeno non morirebbero di fame se dicessimo: ne ho avuto abbastanza, adesso basta, è finita, non aspettatevi altro da me – sai perché non lo direi mai? Perché non vorrei essere meschina come Caesar, ecco perché.

Poi, circa un anno fa, Marie mi telefona, con tono navigato, sai, e mi fa: "Cosa ne pensi del nostro Robert e della tua Sonia? Si sposano. A lui l'abbiamo detto, siete troppo giovani, ma naturalmente nessuno dei due ascolta".

Sono sicura che hai già capito tutto. Robert ha sempre voluto essere Caesar Secondo. *Ma*. Vedi, lui non è ambizioso. Non sa cosa sia, l'ambizione. Lavora bene in quell'agenzia di pubblicità, e sogna di essere Caesar, ma arriva un punto in cui non fa il collegamento... devi ucciderti di lavoro, o uccidere qualcun altro a forza di farlo lavorare per te... Robert è troppo amabile per avere successo, capisci? Però se riesce ad avere l'amante di suo padre è a metà strada.

Ti chiedi quanto veda di tutto questo la mia Sonia? Non molto. Crede che io sia stata l'amante di Caesar e mi odia per questo. Una volta le ho detto: Sonia, voi bambine e io siamo rimaste insieme in due stanze fino a che avete avuto vent'anni. Lo sai che non ci sono stati uomini – dove li avrei messi? E quei viaggi, mi risponde, prendendomi alla sprovvista. Le ho detto: Sonia, di sera ero così stanca che spesso mi buttavo sul letto senza neanche spogliarmi... be', in realtà la storiella occasionale c'è stata, quando ne avevo la forza, il che non succedeva di frequente. Ma questo non ha niente a che fare con lei. Una cosa l'ho capita... non ha mai lavorato sodo in vita sua. Non sa cosa significhi lavorare sodo. Non sa cosa significhi essere così stanca che non puoi lasciare andare nemmeno di mezzo centimetro, perché hai paura che cada tutto a pezzi. E non lo saprà mai, dato che Robert la accudisce come un prezioso gattino destinato a non crescere. Deve pensare che è così che suo padre badava a me. È tanto per bene che non gli verrebbe mai in mente di pensare altrimenti. Caesar è stato una figura paterna dolce e gentile, e quindi lui sarà uguale.

Per farla breve...

Il matrimonio è stato sabato scorso. Avevamo 600 invitati. Tutta gente dello spettacolo, televisione, radio, teatro, di tutto; un po' nostalgico da parte di Caesar visto che è in pensione da tanto tempo.

E poi c'eravamo *noi*, Marie, madre dello sposo, Caesar, padre dello sposo, il papà di Sonia – ma lui è sempre stato un personaggio un po' tra le quinte, non è colpa sua – e io, madre della sposa.

E quando è venuto il momento delle fotografie... no, aspetta adesso arriva il bello. A un tratto Robert si è fatto avanti e ha preso il controllo della situazione. All'improvviso l'ho visto nei panni di Caesar. Hai presente quella ostinazione perfettamente calma, quella determinazione, sempre sorridente, ma nessuno poteva mettersi sulla sua strada? Così è stato Robert per tutto sabato pomeriggio. Era assolutamente fondamentale che avesse una fotografia di se stesso e Sonia in mezzo a me e Caesar, e poi una fotografia di noi due alle loro spalle, e poi di noi due seduti davanti a loro – e così via, una dopo l'altra. È stato imbarazzante. Papà e la sua famosa amante, e il figlio di papà con l'amante com'era un tempo. Per tutto il pomeriggio la gente mi ha ripetuto: Dio, *cara*, ma tua figlia è *identica* a te (da giovane).

Be', io continuavo a lanciare occhiate a Caesar, come facevo una volta, ma lui non capiva cosa stava succedendo. Quando certi uomini vanno in pensione si perdono proprio tutto il ben dell'intelletto – potrei giurare che ai vecchi tempi avrebbe capito tutto, anche se non l'avrebbe ammesso. Quello che *non* ha capito è che tutta la sua *odiosa*, spietata risolutezza – veni, vidi, vici – era lì in suo figlio, ma concentrata su un unico patetico obiettivo, sposare l'amante di papà.

E io mi sentivo sempre più... come se non esistessi. Capisci?

Be'. È stata una cerimonia così *gemütlich*, un ricevimento splendido, tutti si sono divertiti e quando la coppia felice è partita per Venezia, un mio regalo, mia figlia mi ha lanciato un'occhiata di puro trionfo, anche se Dio solo sa su cosa crede di trionfare. E lui, quel *caro* ragazzo, mi ha baciato, il genere di bacio che si dà a un'amante, addio per sempre.

E il punto è, questo è il punto, questo è il *maledettissimo* punto... non potrò mai dire a nessuno, e oso a mala pena pensarlo nell'eventualità che mi uscisse di bocca per sbaglio: no, non sono stata l'amante di Caesar, mai, non c'è mai stato nemmeno un bacio; perché questa sarebbe la *fine* di quello su cui si basa l'intera vita di quel caro ragazzo. Tutta questa storia - fissarsi su Sonia, soppiantare tutti gli altri corteggiatori, sposarla pubblicamente davanti al mondo di suo padre e al mio, trattarla come un prezioso cucciolo -, tutto questo *niente*, basato sul nulla assoluto.

Nada.

E non c'è nessuno con cui ne possa parlare, nessuno a cui possa raccontarlo... tranne te. Be', cara, ti restituirò il favore, se capita.

TRA LE ROSE

Un caldo sabato pomeriggio a Regent's Park. Tra la folla di persone che passeggiavano in mezzo alle rose c'era Myra, una signora di mezza età, di Harrow, con un libro di rosicoltura nella borsa. Due anni prima, ispirata da questi giardini, aveva comprato una rosa chiamata "Just Joey". Quella meraviglia era cresciuta bene, ed era intenzione di Myra sceglierne un'altra. Non c'era piacere più grande di questo, vagare tra le rose e decidere: prenderò te... no, te... no, forse... Aveva già fatto un giro completo, dai cancelli principali con le loro fioriture d'oro sul nero del ferro ornato, portali del piacere, verso destra, oltre il laghetto carico di uccelli, tra i salici da una parte e le aiuole di rose dall'altra, attraverso il Queen Mary's Rose Garden vero e proprio, e piegando a sinistra in mezzo ai prati e agli arbusti fino a incrociare il lungo vialetto che portava alla fontana, poi di nuovo a sinistra, passando di fianco al caffè, quindi tra le aiuole piene di tentazioni per tornare al punto di partenza. Ora stava per incominciare un altro giro.

Si era appena avviata quando si fermò di nuovo, con lo sguardo fisso. Una ventina di passi davanti a lei, di spalle, camminava una giovane alta che colpiva non soltanto per il suo vestito, di un giallo e rosso stridenti. Il vestito era troppo stretto e metteva in risalto un corpo che riusciva ad essere allo stesso tempo magro e informe, con grandi glutei e spalle pesanti. Myra sentì immediatamente un'angustia fin troppo familiare e decise di attribuirla alla mancanza di tatto che permetteva quel vestito su quel corpo. Con un po' di fortuna non si sarebbe voltata... conosceva perfettamente l'espressione scontenta che avrebbe visto se quella donna si fosse girata e le avesse mostrato la sua faccia spavalda, con il trucco pesante. Era sua figlia Shirley, che non vedeva da tre anni.

Cosa ci faceva lì? Il posto più improbabile! Non era affatto da lei frequentare giardini fioriti, e tanto meno passare il tempo da sola. Shirley non stava mai sola, detestava la solitudine.

Riprese a camminare, regolando il passo su quello della figlia. Shirley procedeva lenta, guardando le rose. Le sorprese non finivano mai! Poi Myra vide una cosa che la fece esclamare sottovoce tanto era prevedibile, inevitabile. Shirley aveva furtivamente tirato fuori di tasca un paio di forbici e stava recidendo una rosa, lasciandole il gambo lungo. Non si guardò nemmeno intorno per vedere se l'avevano notata - e oltre a Myra l'avevano notata anche altri; ma le sue natiche e la sua schiena avevano un che di tipicamente scontroso e provocatorio. Be', non sei cambiata, le si rivolse silenziosamente Myra. Poi pensò, ma forse è cambiata, deve essere cambiata! - infatti era certa che quella rosa fosse stata tagliata per essere messa in un vaso a radicare. Non sapeva perché ne fosse sicura. Shirley che si occupava di giardinaggio! Possibile?

Tre anni prima c'era stata una lite, nel giardino di Myra. Shirley era andata da sua madre apposta per litigare. Aveva scelto il momento in cui Myra faceva le potature d'aprile, in stivali e impermeabile sotto la pioggia, per affrontarla con le mani sui fianchi e dirle che era una vecchia, noiosa sciattona, a cui non importava niente di nessuno, a parte le sue rose. L'idea di finire come sua madre... Non la smetteva più, e intanto Myra, ferma ad ascoltare la figlia che stava lì con le mani sui fianchi rotondi, le grandi ginocchia che sporgevano da sotto un brutto vestito corto, la faccia rossa di rabbia, la guardava e pensava che sembrava proprio quella volgare piccola strega che era. La pioggia le gocciolava intorno, mentre lei cercava di trovare qualcosa da dire, ma Shirley aveva lasciato il giardino con un cic-ciac di passi ed era uscita di casa sbattendo la porta.

Myra non si era preoccupata di farsi viva dopo quell'episodio. In verità era contenta di avere una scusa per non vederla. Lei preferiva l'altra sua figlia, Lynda - la sua vera figlia! Fin dalla nascita Shirley aveva creato solo problemi. Niente di quello che si faceva per lei andava bene, e lei non riusciva mai in quello che intraprendeva. A scuola si era dimostrata intelligente ma pigra, e gli insegnanti non le andavano. Aveva abbandonato gli studi senza fare gli esami. Era passata da un lavoro all'altro, ma le cose non erano mai come le voleva. A diciannnove anni aveva sposato un uomo che a sua madre piaceva, un'anima gentile che Myra sapeva si sarebbe fatta divorare. ("Se lo mangerà per cena la prima sera!" aveva detto al marito.) Ma Shirley lo aveva lasciato e si era risposata, con un vero duro che si vantava di saper dare del filo da torcere. Era un fornitore di materiale edile, guadagnava bene, la portava in vacanza in Spagna, le comprava vestiti. Myra credeva che sua figlia fosse ben accoppiata e più che soddisfatta. Poi un giorno, presa dal rimorso, aveva attraversato Londra in macchina per andare a trovarla. Non ottenendo risposta alla porta principale, era andata sul retro e lì, dalla finestra della cucina, aveva visto Shirley che sul tavolo se la faceva con un uomo, di certo non suo marito; lui aveva alzato la testa, l'aveva vista e aveva lanciato un urlo. Era comparsa la faccia di Shirley, rossa e sudata, e i due erano scoppiati a ridere fragorosamente, poi Shirley era balzata giù dal tavolo nuda e aveva gridato che sua madre la spiava. Myra era tornata a casa, non aveva raccontato l'accaduto a nessuno, neppure al marito. Qualche giorno dopo Shirley era arrivata nel suo giardino a litigare.

Ora non voleva vederla, eppure continuava a seguirla, assicurandosi che ci fosse qualcuno tra loro sul vialetto. Curiosità. Shirley odiava non solo piante e giardini, ma anche la campagna, dove teneva il broncio finché non riusciva a tornare in città. Proclamava di detestare la Natura, ad eccezione (doppia strizzatina d'occhio) di un po' di quello che non fa mai male; diceva che secondo lei chi si occupa di giardinaggio è stupido e noioso, il che valeva anche per sua sorella. Eppure eccola lì.

Poco prima di arrivare al roseto circolare, incorniciato dalle sue ghirlande, Shirley svoltò a sinistra e si fermò pensierosa davanti a una pianta che piaceva anche a Myra. Si chiamava "L'Oreal Trophy". Una rosa alta e di "temperamento voluttuoso", come l'avrebbero certamente descritta i coltivatori, di tutte le tonalità, dal rosa pallido all'albicocca – rosa pastello, rosa acceso, rosa scuro – non c'era fine ai colori del tramonto lì raccolti, e i boccioli erano perfetti, albicocca, strettamente chiusi. I fiori erano avvolti da uno scintillio luminoso, come se brillassero di luce propria. Nel giro di un anno la pianta sarebbe stata nel giardino di Myra. Anche in quello di Shirley?

Myra proseguì fino al roseto circolare e si sedette su una panchina da cui poteva tenere d'occhio l'entrata. Shirley arrivò poco dopo, e Myra provò una stretta al cuore alla vista di quella faccia, scontenta proprio come se l'era aspettata. Ora però era anche triste... Per la millesima volta si meravigliò, come fanno i genitori, della differenza che esisteva tra le sue figlie. Erano nate diverse! Diverse fin dal primo respiro. Lynda, la più grande, fin dal momento in cui era venuta alla luce si era dimostrata uno spirito gradevole, era cresciuta senza dar fastidio a nessuno; era andata tranquillamente a scuola, senza riuscire né bene né male, aveva avuto ragazzi simpatici e aveva sposato il migliore, e ora viveva una vita sullo stampo di quella di sua madre, con due figli, un maschio e una femmina. Quando le due donne, Myra e Lynda, erano insieme, abbondanti, lente, con i loro occhi calmi, la gente capiva subito che si trattava di madre e figlia; ma nessuno aveva mai pensato a prima vista che Shirley fosse figlia di Myra e sorella di Lynda. E allora da dove era uscita Shirley? Non assomigliava nemmeno a suo padre, e non gli era simile per carattere.

Se Shirley avesse voltato la testa, avrebbe visto sua madre. Era ferma appena dentro il giardino, sul vialetto, sullo sfondo di strani festoni di rose, e aveva l'aria di essere e sentirsi sola, le larghe spalle curve in avanti, i lucidi capelli neri che le scendevano a ciocche a lambire le guance rosse, la gonna corta e pacchiana che lasciava scoperte ginocchia grosse. Questa brutta donna era attraente agli occhi degli uomini, era sempre stato così, sin da quando era una bambina. Anche adesso gli uomini la guardavano.

Shirley si avvicinò alla tonda aiuola centrale, simile a un enorme bouquet composto da un fitto insieme di fiori tra il rosa, il crema e l'arancio, una varietà denominata "Troika". Myra non l'avrebbe comprata, mancava di sottigliezza, non aveva lo scintillio soprannaturale. E in quel momento, incredibilmente, Shirley lo fece di nuovo. Tirò fuori di tasca le forbici e tagliò una rosa dal lungo stelo robusto. Anche questa finì insieme all'altra, nella borsa. L'avevano vista? A Shirley non sarebbe importato! Se la sarebbe cavata bluffando. Se l'è immaginato, avrebbe detto con la sua aria imbronciata e offesa. Chiami la polizia allora! E messa davanti a un: e se facessero tutti così? – avrebbe risposto trionfante: ma non tutti lo fanno, giusto?

Myra decise per la centesima volta che non voleva più saperne di Shirley. Si alzò dalla panchina, senza preoccuparsi di non farsi notare, passò davanti alla "Troika", sull'altro lato dell'aiuola rispetto alla figlia, e uscì dal giardino diretta verso le piante di roselline.

D'un tratto le venne in mente: che sia venuta qui sperando di vedermi? Sa che ci vengo spesso.

E infatti, proprio mentre si allontanava verso sinistra, lasciandosi dietro le rose, sentì alle sue spalle una corsa rumorosa.

"Ciao mamma," disse Shirley. "Che combinazione incontrarti."

"Come stai?" si informò cautamente Myra.

"Oh, non posso lamentarmi."

"Ti sei data al giardinaggio?"

"Comincio a prenderci gusto, che tu ci creda o no. Abbiamo cambiato casa, lo sapevi? Abbiamo un giardino grande. Già, ma tu non lo sai. Be' dimentichiamo il passato, cosa ne dici?"

"Tu e Brian?" domandò prudentemente Myra. Brian era il fornitore di materiale edile.

"Oh, no, ci siamo lasciati. È stata una liberazione. Mi picchiava, mamma!" rispose Shirley, e rise. Piena di risentimento, piena di ammirazione. Voleva dire che era stato lui a lasciarla, decise Myra.

"Allora hai divorziato?"

"Sì, il divorzio è arrivato poco dopo Natale. E adesso sto con un tipo davvero carino. Ti piacerebbe, lo so."

"L'ho incontrato?" chiese Myra, secca, pensando all'uomo nudo che aveva visto dalla finestra della cucina, che aveva sentito ridere fragorosamente. Ma sembrava che Shirley avesse dimenticato l'episodio, o quanto meno avesse dimenticato che c'era un uomo di cui Myra potesse ricordarsi.

"Non è possibile che tu l'abbia incontrato. L'ho conosciuto l'autunno scorso."

"Quindi ti sposi?"

"Cristo, no, e perché? No, due volte mi sono bastate. Vivremo insieme. Però andiamo d'amore e d'accordo. Fatti l'uno per l'altra."

"Bene," commentò Myra. Notò che come sempre con questa figlia stava attenta a ogni parola che diceva. Shirley aveva reazioni impreviste, poteva essere maleducata, esplosiva, mettere il broncio, persino dimostrarsi piacevole... ma non si poteva mai sapere. Myra sentiva che per metà della sua vita si era comportata come se Shirley fosse stata un campo minato da attraversare di corsa.

Le due donne camminavano in silenzio. Il prato su cui correvano gli scoiattoli. Il pendio coperto di arbusti. Arrivate al punto in cui il lungo vialetto che portava alla fontana incrociava quello su cui si trovavano, Myra esitò, lasciando che fosse Shirley a scegliere, ma Shirley decise di proseguire diritto, senza andare alla fontana. La madre la seguì docilmente. Come sempre.

Quando furono vicino al caffè, pensò di proporre: "Ti va un tè?" - ma non osò.

Continuarono a camminare, e per la seconda volta Myra passò lentamente sul vialetto in mezzo alle aiuole di rose. Shirely si fermò. Myra si fermò. "Come si potano queste?" chiese Shirley.

"Be', non è difficile," rispose Myra, e si chinò sulla bassa inferriata, pronta a mostrarle come fare. "Devi potare all'altezza di un germoglio esterno," cominciò, e stava proseguendo quando la colpì un pensiero. Shirley poteva anche essere... tutto quello che era, ma non era stupida. Se prendeva talee - rubava talee - doveva essere capace di potare. Probabilmente aveva imparato da un libro, come aveva fatto lei. Myra si raddrizzò e disse: "Vuoi venire a casa un giorno, così ti faccio vedere sulle mie rose?"

"È un'idea. Sì, mi piacerebbe," rispose Shirley.

"Quando vuoi venire? Nel fine settimana? Il fatto è che papà non ci sarà. Questo fine settimana va a pescare."

"Allora saremo sole..."

"Non vuoi portare il tuo nuovo... quello con cui vivi?"

"Oh, lui! E perché? No, vorrei solo venirti a trovare, mi sei mancata, anche se non ci credi."

"Be', è una cosa carina."

"Lui va a fare le sue camminate in campagna," riprese Shirley, "tutti i fottuti fine settimana."

"Vorrà dire che io sarò vedova per la pesca e tu per la sua camminata in campagna," buttò lì Myra, sorridendo - lo sapeva - nervosamente.

"Perché lo sopporti?" domandò Shirley, all'improvviso piena di un cupo e furioso risentimento da cui sua madre si sentì letteralmente scottata. "Sopporti sempre tutto. Perché?"

"Ma a me non dispiace. E perché dovrebbe dispiacermi? Ci fa bene passare un fine settimana da soli ogni tanto."

"Sopporti sempre tutto," gridò Shirley. "Non ti ho mai sentito ribellarti, mai."

"Ribellarmi?" ripeté Myra, stupefatta. "Perché mai dovrei?"

“Oddio,” disse Shirley. “Non posso crederci. Davvero non posso credere che...” Si interruppe, ricordandosi evidentemente che aveva appena fatto la pace con la madre e non voleva litigare un’altra volta. Almeno non ancora. “Oh be’, il mondo è bello perché è vario,” concesse, il più amabilmente possibile.

“Già, proprio così,” rispose Myra con un sospiro. Ma trasformò il sospiro in un colpo di tosse, per paura di farla sbottare di nuovo.

TEMPORALI

A Francoforte mi dissero che per le strade di Londra c'era un metro d'acqua. L'allagamento era arrivato subito dopo la grande tempesta che aveva abbattuto tanti alberi della città. Quando nel tardo pomeriggio uscii dall'aeroporto per cercare un taxi, i cieli mossi, tinti di sfumature pastello, facevano sembrare piccolo e transitorio tutto ciò che stava sotto di loro, e sulle facce della gente c'era un'aria di lutto. Avevo la tosse e il mal di gola, non avrei proprio dovuto volare: le mie orecchie erano state punite e quasi non ci sentivo più. Mentre facevo la coda per il taxi, tenevo d'occhio quei cieli inaffidabili e mi chiedevo se i danni del temporale nel mio giardino, che avevo lasciato due giorni prima, fossero già stati sistemati o se invece l'allagamento avesse peggiorato la situazione. E dato che la mia testa era in tumulto, piena com'era di vento, pioggia e degli effetti delle medicine contro la tosse, quando arrivò il mio turno esitai: l'ondeggiante omino vestito di tweed, con quel tipo di berretto che si può tirar giù a coprire le orecchie - e che lui portava appoggiato piatto sul capo, come una frittella a quadretti -, sembrava più un campagnolo al mercato che un tassista di Londra. "Allora, sale?" chiese, e io salii e dissi che abitavo a West Hampstead, da Mill Lane in cima alla collina. Questa è la formula immediatamente riconosciuta da tutti i tassisti di Londra, ma lui rispose che non guidava a Londra e questa affermazione mi sembrò parte del mio generale delirio. Per fare una battuta osservai che non mi era mai capitato di farmi portare da un tassista fantasma. Lui rimase in silenzio, con la testa girata a metà verso di me, in ascolto, poi rispose burberamente che non era un fantasma e che c'era un Mill Lane anche vicino a dove abitava lui, e come faceva a sapere che non intendevo quello? Dunque era un po' sordo. Proprio come me quella sera. Cominciò a farmi domande su dove abitavo: non voleva ammettere di non sapere ciò che, stando a quanto avevo detto, tutti i tassisti di Londra sapevano e mi domandò se, secondo me, il modo migliore per arrivaci era per questa o quella strada, perché gli piaceva sempre imparare i tragitti degli altri. Facevo fatica a sentirlo, tanto mi dolevano le orecchie, e mi sporgevo in avanti. Questo mi dava un'aria volenterosamente attenta, nonostante avessi deciso che avrei preferito tacesse dato che non sembrava a suo agio e guidava come un nonno quando la domenica pomeriggio arriva il suo turno di prendere in mano l'automobile di famiglia. Stava aggrappato al volante al di là del quale sbirciava, e brontolava per il comportamento degli altri autisti, esclamando: "L'ha visto? Ha visto cos'ha fatto?" Pensai: be', meglio prenderla con filosofia, questo è uno di quei viaggi di cui sarai contenta di vedere la fine. Stavamo entrando in città per le strade lente, invece di imboccare le rapide vie secondarie usate dagli automobilisti che conoscono la zona. Cosa ci faceva qui quest'uomo che non guidava a Londra? Forse non avrebbe dovuto guidare affatto... Intanto parlavamo: io mi sporgevo in avanti, lui girava a metà la testa. Prima di tutto, naturalmente, parlammo del grande temporale di tre notti prima. Lui, al pian terreno della sua casa, aveva continuato a dormire e al risveglio aveva trovato gli alberi abbattuti in strada e la baracca in giardino scoperchiata. Gli raccontai come era stato per me, seduta sul letto all'ultimo piano di casa mia, dopo essermi svegliata di soprassalto, intorno alle due. Il cielo continuava a cambiare completamente, prima nero, con lo scintillio dei lampi che saettavano dall'altra parte di Londra, un attimo dopo sereno e pieno di stelle che sembravano lavate nell'aria chiara e tersa, e poi di nuovo nero; e anche la temperatura cambiava, faceva un caldo afoso e poi d'improvviso diventava freddo, poi ancora caldo, mentre gli alberi ribollivano e si scuotevano, soprattutto il grande frassino in fondo al giardino, in casa era un continuo tintinnare e sbattere, e sembrava che il tetto stesse per volare via. Le finestre erano tutte illuminate, perché la gente osservava e aspettava, ma le luci si erano spente quando era mancata la corrente, offrendo alla vista chilometri e chilometri di città oscurata, con un unico remoto balugìnio di luce, lontano nel buio. Non capita spesso di vedere Londra senza le sue luci, l'ultima volta era stato per il grande sciopero negli anni Settanta, ma allora avevo notato che non è mai davvero buio pesto, da qualche parte arriva un chiarore: possibile che le candele e le torce elettriche accese in ogni casa bastino a creare quel morbido bagliore spettrale? Soltanto quando osservai che il mio gatto non voleva che restassi lassù, che aveva cercato di farmi scendere di sotto e lui stesso era andato a mettersi al sicuro nel cuore della casa, l'uomo si mostrò interessato. "Avrebbe dovuto dare retta al suo gatto," disse, "loro ne sanno più di noi."

"Sono ancora viva," risposi.

"Sì, ma non si sa mai cosa avrebbe potuto succedere."

"Non mi sarei persa quello spettacolo per niente al mondo."

"Già, con tutti quei rami che volavano e le tegole che cadevano... Ha notato dove si è andato a mettere il gatto? Quello è il posto più sicuro della casa. Dovrebbe tenerlo a mente. Sarà stato sotto una trave, giusto? È così... loro lo sanno. È lì che ci si mette durante un attacco aereo, sotto le scale oppure sotto una bella trave robusta."

Gli chiesi se aveva un gatto, ma lui disse: "No, un cane. Mi piacciono i cani, un buon cane è un amico".

"Anche un gatto," ribattei io.

Una pausa. "Ho perso il mio cane," disse, o meglio quasi mi gridò voltandosi indietro – la conversazione procedeva con difficoltà. La sua voce era aspra, rabbiosa persino. "Sì, è stato un mese fa. Ho dovuto portarlo dal veterinario, capisce..." Il modo in cui lo disse mi fece intendere: è doloroso, lascia perdere. Così mi limitai a rispondere che lo capivo perché poche settimane prima avevo dovuto far sopprimere un gatto che mi era particolarmente caro, diventato troppo malato per continuare a vivere. Mi mancava, dissi. Continuavo ad aspettarmi di vederlo entrare dalla porta.

"È vero, se ne sente la mancanza. Non credo che mi abituerò a non avere più il mio cane, almeno non per un bel pezzo."

Mi appoggiai allo schienale del sedile e guardai gli alberi abbattuti, con le radici sollevate in aria come mani che avevano tentato di aggrapparsi alla terra per tener dritto il tronco, ma invano. La pioggia stava già lavando via il terreno trattenuto fra le radici. Ovunque c'erano rami spezzati e i segni del recente allagamento, linee di marea tracciate da detriti, foglie e ramoscelli. Stava facendo buio. Ottobre: presto si sarebbe dovuto tirare indietro l'orologio per l'inverno.

Arrivati sulla Westway la trovammo intasata di traffico, e lui osservò che non l'aveva mai vista così – rivendicando quindi in modo casuale il suo diritto a essere un automobilista di Londra, dopo tutto. Fatto insolito, essere costretti a rallentare sulla Westway per poi avanzare a passo d'uomo e infine fermarsi del tutto. Ci trovammo d'accordo nel dire che quei fiumi d'acqua erano stati troppo per le fognature e per le condutture elettriche e del gas, e così si erano dovute chiudere alcune strade. Procedevamo a passo d'uomo... ci fermavamo... riprendevamo ad avanzare lentamente. Quanto odiava Londra, sbottò con veemenza, e io mi sporsi di nuovo in avanti. Era stato così contento di trasferirsi in una cittadina dei dintorni. Londra non era più quella di una volta, era piena di persone che secondo lui non erano affatto londinesi. E parlavano in un modo strano. Solo una settimana prima aveva comprato un giornale in un negozio di cui si ricordava da prima di trasferirsi, e un ragazzo dietro il banco, era soltanto un ragazzino, gli aveva detto: "A posto così? Vai". E lui gli aveva risposto: "Chi ti ha detto che devo andare da qualche parte?" "Da qualche parte starai pure andando, nonno." "Be', e anche se fosse a te cosa importa? Ti rivolgi così a tuo nonno?"

"È un modo di dire," osservai.

"Ma non il mio modo," ribatté lui. "E se vuole sapere come la penso, non ce n'è uno che conosca le buone maniere, neanche uno."

A questo punto, per quel ridicolo bisogno di far piacere agli altri quello che piace a noi, incominciai a raccontargli quanto amo Londra. È come un grande teatro, dissi: si può stare tutto il giorno a guardare quello che succede, e a volte lo faccio. Si può stare seduti per ore in un caffè o su una panchina, solo per guardare. Succede sempre qualcosa di straordinario, o divertente... e i parchi, continuai, Regent's Park, Hampstead Heath: non si arriva mai a stancarsene. Qui lui osservò che i parchi erano tutti chiusi per via del temporale, tanti erano stati gli alberi abbattuti; c'era da piangere, disse, aveva visto gente ferma davanti ai cancelli a piangere tutte le sue lacrime per gli alberi caduti a terra, schiantati o spezzati... Cominciavo a capire che quella voce era colma di dolore, non erano le borbottanti lamentele di un vecchio, no, questa era pena, ed era ciò che avevo sentito, visto, sin dal momento in cui ero salita sul suo taxi. E tutto per il suo cane? Sicuramente no!

Continuai a parlare di Londra, in parte perché mi piace condividere quello che provo per questa città, ma anche perché volevo scoprire qual era il mistero che avvertivo in lui. Forse quello non era il suo taxi e lui, chissà per quale ragione, lo guidava per conto di qualcun altro? Oppure aveva smesso di fare il tassista, ma poi aveva dovuto riprendere? O qualcosa gli rendeva difficile lavorare nella sua cittadina?

Rimase in silenzio mentre io parlavo di Londra, poi ammise che la città aveva i suoi vantaggi – o meglio, un tempo aveva avuto i suoi vantaggi, ma ora per nulla al mondo lui avrebbe lasciato il suo piccolo centro di campagna, dove non c'erano tanto rumore e tanta fretta.

Sulla Westway gli avevo suggerito di evitare Kilburn High Road, sempre intasata, ma scoprimmo che West End Lane era lo stesso. "Cosa ci fa qui tutta questa gente a quest'ora di sera?" chiese, stringendo il volante e lanciando sguardi di fuoco a destra e a sinistra. "L'ora di punta è finita."

"Ma..." dissi io, "forse vanno a teatro, oppure tornano a casa dopo aver cenato fuori."

"Farebbero meglio a mangiare a casa loro, cosa trovano in un ristorante che sia meglio di quello che si cucina in casa? Se ne vanno in giro a spender soldi, mai che se ne stiano tranquilli a pensare ai fatti loro." La sua voce era carica di risentimento.

Quando suggerii una scorciatoia per le strade secondarie, lui la prese e procedemmo più rapidamente per vie ancora ingombre di cartacce e foglie portate dal vento. Qua e là c'era un albero divelto o inclinato, e alcuni rami si erano spezzati. Il temporale non aveva causato molto danno alla bassa vegetazione che copre il terrapieno della ferrovia. Commentai questo fatto, dicendo che ero contenta per gli animali e gli uccelli che ci vivevano, e lui rispose che è triste quando gli animali sono costretti a rifugiarsi in città perché la vita in campagna è tanto dura.

Davanti a casa mia fu costretto a parcheggiare in seconda fila. Appoggiata la valigia sul marciapiede, venne verso di me e mi si fermò vicino. La sua testa era alla stessa altezza della mia. Nella penombra vidi che era un ometto con una barba fulva e caldi occhi marroni, pieni di bisogno. Mi afferrò disperatamente la mano e disse: "Vede, guidare così tutto il giorno ti addormenta il cervello, ti intorpidisce, e non riesci a pensare alle cose che dovresti avere in testa". Stringendomi la mano mi fece voltare in modo che la luce del lampione mi cadesse sul viso e lui potesse vederlo, e la sua mano era forte e calda, una mano gentile, senza alcuna traccia del burrascoso sconvolgimento che nella sua voce richiamava gli alberi sradicati e i cieli mossi. "In verità io non sono un tassista," disse. "Facevo il musicista. Avevo il mio gruppo – riconoscerebbe il nome se glielo dicessi, cioè, se si intende di musica. Ma poi... vede, è stata una donna, è andata così, una donna. Tutti i miei guai sono cominciati con lei. Suo padre e i suoi fratelli guidavano il taxi e lei voleva che anch'io diventassi un tassista, è per lei che l'ho fatto. Ho passato mesi a girare in bicicletta per Londra, per passare la *Knowledge**... sa cos'è?"

"Certo. Tutti sanno che i tassisti di Londra devono passare un esame per ottenere la licenza."

"Già, ed è un esame serio, glielo dico io, bisogna conoscerle le strade, ecco cos'è la *Knowledge*... Be', ci ho messo mesi, mesi... È stato tanto tempo fa e adesso sono sposato con un'altra." Mi strinse la mano ancor più forte e si sporse in avanti, guardandomi negli occhi per essere sicuro che avrei accettato quello che stava per dirmi. "La gente non mi piace," riprese. "A me piacciono gli animali. Sono meglio degli uomini. Sono buoni, non crudeli come noi." Nel frattempo una macchina che aspettava di passare e ci aveva dato abbastanza tempo per dirci quello che dovevamo dirci, qualunque cosa fosse, cominciò a suonare il clacson, con insistenza, come fosse l'attacco della Quinta di Beethoven. Lui lasciò andare la mia mano. "Gli esseri umani sono brutti e stupidi," sentii, mentre risaliva sul suo taxi. "Magari adesso non è d'accordo con me, ma cambierà idea, vedrà. Non c'è bontà nell'uomo!" Mi fece un cenno con la mano, simile a un saluto militare, formale ma cameratesco. E poi ripartì, una figura piccola, come schiacciata dietro il volante oltre il quale sbirciava la strada. Mi aveva detto che sarebbe tornato dritto a Heathrow per un'altra corsa.

* Letteralmente, "conoscenza" [*N.d.T.*].

LEI

Qual è l'elemento che crea un salotto? Un potente anfitrione? Una casa o una stanza dal carattere gradevole? Gli ospiti? È facile rispondere che la ricetta deve combinare tutte queste cose, finché cominciano a tornare alla mente le eccezioni. Ma di certo in genere si concorderebbe nel dire che oggi giorno i salotti non esistono, l'esemplare rito del ricevere appartiene al passato. Tutti conoscono i nomi delle fulgide padrone di casa che a Londra e a Parigi sono state il cuore della vita politica e letteraria; loro sicuramente sapevano di ospitare un salotto. Oggi capita di accorgersi, parecchio tempo dopo il fatto, che una casa frequentata innocentemente era in realtà un salotto, così come agli scrittori può succedere di scoprire che facevano parte di un Movimento. I componenti del circolo di Bloomsbury sapevano tutti di esserlo?

Da uno scrittore ci si aspetta che sia una molecola di un gruppo letterario, ma non in questo paese. Spesso gli scrittori ricevono una lettera in cui si chiede: "Qual è il gruppo letterario a cui appartiene e quali sono le idee che lo ispirano?" La risposta: "In questo paese non ci sono gruppi letterari; gli scrittori tendono a lasciare Londra per cercare la solitudine della campagna, rituffandosi in città in occasioni speciali o in preda a un raro attacco di socialità". Anche nel loro caso non è garantito che non scoprano a posteriori di essere stati parte di un qualche Movimento, magari a causa di una visita a un certo ristorante o a un conoscente. Di sicuro ci sono case che in retrospettiva si riveleranno salotti, anche se ora non sanno di esserlo. Non molto tempo fa a Londra una coppia che aveva a che fare con gli ambienti diplomatici "riceveva" una sera fissa della settimana. Non venivano spediti inviti, alle persone gradite veniva detto – quasi *en passant*– che ci sarebbero stati rinfreschi e una varietà di ospiti. Si trattava principalmente di politici e giornalisti, in alcuni casi gli uni attirati dagli altri. Per rendersi conto di quanto spesso primizie, segreti lasciati "trapelare" e chiacchiere incuranti dessero vita a trafiletti e persino editoriali, o ispirassero programmi televisivi, si sarebbe dovuto essere degli habitué. Ma valeva la pena di visitare questo salotto almeno un paio di volte, per la curiosità di scoprire che cosa succedeva lassù, tra le vette degli ambienti influenti, soprattutto quando per qualche motivo "il paese" era in fermento: in momenti simili viene da usare questo concetto collettivo.

La casa si trovava a dieci minuti di taxi dalla Camera dei Comuni, e i politici vi passavano trattenendosi un attimo o un'ora tra un appuntamento e l'altro con i loro doveri di parlamentari. In genere arrivavano a gruppetti. Si poteva immaginare un deputato dire a un altro: "Passiamo a mangiare un boccone da Di Tutto Un Po'". (Nessuno sapeva chi fosse stato a inventare quel soprannome.)

Il salone occupava tutto il primo piano, con un piccolo giardino all'italiana sul retro, e si affacciava su una via il cui nome era una garanzia di valore. Lungo una delle pareti era disposto un buffet e ragazze sorridenti giravano tra gli ospiti con vassoi di bicchieri. Al loro ingresso gli uomini politici portavano con sé quell'eccitazione familiare a chiunque abbia contribuito a organizzare eventi pubblici, l'ebbrezza che accompagna la convinzione di essere potenti.

La loro comparsa ricordava l'impeto trattenuto del momento in cui vengono spalancate le porte per far entrare il toro nell'arena: un'irruenza frenata da uno sguardo che esplora tutto intorno per scoprire cosa ha in serbo il Destino, e poi eccolo che arriva, eccoli che arrivano ad afferrare subito un bicchiere da un vassoio fluttuante. Se il vassoio veniva porto da una ragazza carina, allora il gesto poteva essere accompagnato da un'occhiata spavalda o furtiva, persino da un sorriso che alludeva a vantaggiose intimità.

Gli ingenui penseranno forse che Destra e Sinistra, conservatori e laburisti, arrivassero separatamente e magari formassero gruppi chiusi; e invece no, a volte arrivavano insieme e si intrattenevano amichevolmente con l'aria di chi si sente libero dai vincoli, sciolto dal guinzaglio: potevano fare quello che volevano, senza alcun controllo. C'era una sensazione generale di movimento e mescolanza, ma gli uomini erano più numerosi delle donne, nonostante la presenza di alcune mogli di diplomatici e un paio di giornaliste.

Le due volte che mi sono trovata lì, "il paese" era in subbuglio. Si trattava di una questione che provocava scontri tra conservatori e laburisti in Parlamento, tutti i titoli dei giornali sottolineavano il conflitto fra destra e sinistra, e alcuni dei presenti – non gli ospiti abituali – tenevano d'occhio i politici nell'eventualità che offrissero qualche parola illuminante. Ma non era di politica che loro parlavano. No, spettegolavano, chiacchieravano di cosa aveva detto Bertie, o di quello che Norman aveva fatto finta di non sentire, e di come *lei* aveva annunciato... una cosa piuttosto che un'altra. "Ha una riunione con *lei*, me l'ha detto, ma Bernard..."

I giornalisti se ne stavano lì intorno, cercando di ascoltare di nascosto o di incrociare sguardi in genere per nulla desiderosi di essere incrociati; si poteva osservare il modo in cui un giornalista faceva lente manovre di avvicinamento a un politico, con la concentrazione di un cane da pastore, e un attimo dopo il prescelto si trovava abilmente tagliato fuori dal gruppo e isolato, in un faccia a faccia di bicchieri. A volte prodigava qualche parola, oppure con il linguaggio del corpo dichiarava di essere stato intrappolato, ma in entrambi i casi era un elargitore di favori.

Al suo ritorno nel gruppo, una decina di bicchieri lanciavano un fraterno richiamo, alzandosi verso le labbra per poi discendere tra un sorso e l'altro, muovendosi in cerchi ed elissi luccicanti per accompagnare l'enfasi del discorso, a volte avvicinandosi gli uni agli altri, in un suggerimento di intimità, indiscrezione, o persino in uno scontro... "Mi spiace," "Scusi"... e al passaggio dei vassoi semisfere di vetro venivano sostituite, e altre coinvolte in quella piccola danza individuale che era una sorta di commento alla conversazione non udita.

Di rado erano presenti donne che si occupavano di politica. Be', non che ne siedano molte in Parlamento. Una sera comparve nel salotto un signora magra e bruna, in quel tipo di abito che le donne scelgono per definire non se stesse ma la loro funzione, di un sobrio rosso scuro: fosse stato bianco o blu si sarebbe potuto trattare dell'uniforme di un'infermiera, della direttrice di un negozio o di una hostess in aeroporto. Pareva si adoperasse per dare l'impressione di occupare meno spazio di quanto ne occupava in realtà. Sembrò non vedere il gruppo di uomini politici in piedi al centro della sala, mantenne invece un sorriso generico e girò loro intorno fino ad arrivare a un divano su cui sedeva una giovane giornalista che – era evidente – si aspettava di incontrare. Forse si erano persino date un appuntamento. Cominciarono subito a parlare a bassa voce, la giornalista prendeva appunti, ma senza farsi notare. Quando ebbero finito, dopo una decina di minuti, la parlamentare si voltò a guardare verso la sala, che sembrava piena di uomini. Lo stesso fece la giornalista. Erano entrambe caute, con un'aria vagamente divertita.

"Stasera sembrano abbastanza mansueti," commentò la rappresentante del *Mentor* – un giornale di destra, mentre lei era piuttosto di sinistra e nota per i suoi articoli sulla condizione della donna.

"Prima, in Aula, erano ben turbolenti," rispose la parlamentare. "Succede a forza di lavorare fino a tardi. Diventano sovreccitati. Man mano che la legislatura va avanti si agitano sempre di più."

"Sono sicura che a nessuno di loro farebbe male andare a casa presto per una sera," osservò la giornalista. "La settimana scorsa ero alla Camera, per il dibattito sulle indennità alle famiglie dei reduci. Mi sono sembrati davvero sopra le righe."

Discussero per un po' dei maschi esuberanti, i ragazzi sono fatti così, e poi la parlamentare abbassò la voce e raccontò delle difficoltà che si incontrano come donna in politica, in qualsiasi partito. Nel frattempo diverse signore si erano messe a sedere sul divano e sulle poltrone vicine: un piccolo nido di femmine.

I politici si stavano preparando ad avviarsi tutti insieme giù per le scale, appoggiavano distrattamente i bicchieri sui vassoi che venivano loro porti e soppesavano la sala con un'ultima occhiata, nel caso si fossero lasciati scappare qualche opportunità.

Alzando la voce per farsi sentire, uno di loro osservò: "Sono fiero di essere in carica sotto il suo governo, sono pronto a dichiararlo ovunque, ma..." e lo sguardo che lanciò intorno era malizioso e aggressivo, "deve stare attenta a dove mette i piedi".

"Esattamente," rispose un altro, "se fa un passo falso non deve credere che noi non le daremo una spinta."

Allora queste osservazioni sembravano semplici ciance da cameratismo maschile, ma ora tendono a emergere nella memoria: *lei* era al suo secondo incarico e all'apice del successo.

La parlamentare disse: "Aspetto un attimo che se ne vadano..." e continuò a raccontare come ogni donna alla Camera, al momento di entrare in Aula o di uscirne, per quanto si facesse piccola, doveva aspettarsi battutine volgari, del tipo di quelle che ci si aspetterebbe da... "be', ragazzini".

"Teppaglia all'angolo di una strada," suggerì la giornalista.

"Operai in un cantiere che urlano apprezzamenti osceni a una ragazza carina," disse un'altra donna.

Tenevamo tutte gli occhi puntati sugli uomini che ora scendevano le scale tra grida di "Ci vediamo..." "Devo andare..." "Il capogruppo chiederà le nostre teste..."

"Ogni mattina quando mi sveglio," riprese la parlamentare, "mi dico che devo sopportare, devo star calma, perché bisogna sorridere, qualsiasi cosa ti vomitino addosso. Magari ti viene voglia di picchiarli, ma se non sorridi diventano ancora più pesanti. A volte è dura." Parlava pacatamente, ma il sorriso non le riusciva facile.

Si alzò, andò alla finestra che guardava sulla strada, tornò indietro. "Lascio passare ancora un momento, stanno aspettando i taxi."

"È una delle doti per cui credo che *lei* sia da ammirare. È come se non la toccasse. Certo, la cosa la deve toccare, ma non lo dà mai a vedere. È sempre stata un polo d'attrazione, è sempre stata un bersaglio... adesso che è lei a comandare la temono, ma alle sue spalle sono così maligni – a volte non credo alle mie orecchie. Be', io non sono dura come lei, nemmeno lontanamente. Ci sono momenti in cui mi rendo conto di mostrare quello che sento... a lei non succede mai. Mai."

"Al Congresso del Partito," intervenne la giornalista, "le cameriere dell'albergo mi hanno raccontato che cercano sempre di non restare sole, vanno sempre in coppia perché quando *quelli* sono ubriachi succede di tutto."

"Sì, purtroppo è un po' come una commedia goliardica."

Mentre le due donne uscivano, entrò un altro gruppo di uomini; ridevano, inebriati dal successo, dalle conquiste.

Le donne passarono loro di fianco in fretta, silenziose, come ombre lungo la parete, e gli uomini parvero proprio non vederle.

IL POZZO

Un ultimo ramoscello di ciliegio tra i lillà candidi e le giunchiglie gialle, in una panciuta brocca bianca... ce lo infilò coscienziosamente, a completare un disegno che aveva bisogno giusto di quell'attenzione. Gridando "Primavera!", la brocca appoggiava su un tavolino al centro della stanza.

La primavera cantava tra i platani che riempivano due finestre lungo un'unica parete, mentre sulla parete accanto i vetri mostravano un cielo intensamente azzurro. Gli alberi, carichi di foglie giovani, venivano riflessi nei due specchi rotondi disposti in corrispondenza delle finestre, come oblò sul muro bianco. Di fronte alla parete con il suo quadrato di cielo azzurro aveva appeso un grande paesaggio marino, comprato a un mercato per poche sterline: lì mare blu, cielo blu, spruzzi bianchi, bianche nuvole precipitavano eternamente gli uni sugli altri. Il quadro era stato dipinto con gusto fresco e probabilmente giovanile da una certa Samantha.

La stanza poteva sembrare grande, estesa dalle condizioni del tempo su un'infinita varietà di mondi, invece era piccola, come la camera da letto adiacente. L'appartamento era formato da due dignitosi locali, e lei ci viveva da un po'.

Completati i preparativi per la visita di James, l'uomo con cui era stata sposata per dieci anni, non si sedette. Rimase in piedi accanto al tavolino la cui superficie rifletteva i fiori. Osservava la stanza lentamente, a occhi socchiusi, furtiva, esaminandola non dal proprio punto di vista, ma da quello di lui. In realtà non ricordava che James avesse mai criticato le sue scelte, ma andarsene con una donna i cui gusti erano in tutto e per tutto opposti ai suoi non doveva essere considerata una critica?

Non sapeva perché venisse a trovarla. Erano passati due anni da quando gli aveva telefonato per riferirgli un messaggio di Nancy, la figlia, circa un urgente bisogno di danaro. Prima di quella occasione si erano visti a pranzo, caso vuole a Manchester, dove lei lavorava e lui si trovava di passaggio. Nel 1980, le sembrava fosse stato. Quell'incontro era stato gestito da entrambi come se a una sola parola sbagliata nel ristorante avessero potuto cominciare a volare pallottole, e la tensione provata li aveva dissuasi dal ripetere l'esperienza. In precedenza si erano visti solo per motivi legali, sotto la sorveglianza degli avvocati, o per via dei figli.

Ma quando James aveva telefonato per dire che voleva andare a trovarla, "solo per parlare", quello che lei aveva provato, inaspettatamente, era piacere, come se stesse aprendo un regalo ben scelto e potesse sentire i pensieri di chi glielo aveva comprato indugiare amorosamente tra i propri, approvando i suoi gusti.

Comprendeva perfettamente la qualità di questo piacere, il suo esatto peso e la sua consistenza, per via di un sorriso che di quei tempi a volte si sentiva affiorare sul viso al pensiero di certi uomini. Era un sorriso ricco, irresponsabile, un sorriso corsaro, che era certa comparisse anche sui loro volti quando pensavano a lei: un sorriso che non aveva niente a che fare con i giudizi della società, la moralità, o i conflitti tra uomini e donne.

Ma il punto era che lui - suo marito - non era stato uno di questi uomini, e i pensieri che lo riguardavano erano carichi di ansia e insicurezza. Ora invece sentiva che lui le era stato restituito.

In piedi, con la mano capace appoggiata tra i riflessi dei fiori sul tavolino lucido, sorrideva, senza preoccuparsi di guardarsi allo specchio poiché sapeva che proprio come lei al momento di incontrarlo - con ansia ma con sicurezza - avrebbe frugato tra le aride rovine in cerca di ciò che ricordava da un quarto di secolo prima, così lui avrebbe cercato in lei ciò che era stata. È così che si rincontrano, invecchiati, gli amanti di un tempo, come soffusi da quel sorriso segreto e irreprimibile.

In passato, quando erano giovani, camminando per strada o entrando in una stanza, non mancavano mai di scorgere sui volti che si giravano a guardarli la gratificazione ispirata da ciò che è assolutamente giusto. Allora erano una coppia, due metà di un tutt'uno, immediatamente riconoscibili come carne della stessa carne. Entrambi belli, sani, perfetti per accoppiarsi e concepire, non causavano traccia di quel segreto disagio che si prova davanti a coppie che fanno pensare solo ai discendenti brutti o malaticci che probabilmente genereranno. Sarah e James avevano dato agli altri un piacere che in realtà aveva poco a che fare con l'essere giovani, belli, sani e via dicendo. No, era perché erano carne della stessa carne. Erano entrambi alti; lei snella, lui smilzo. Entrambi avevano capelli biondi, lui spettinati riccioli da vichingo, lei lunghe trecce chiare e lucide. Entrambi avevano occhi di un azzurro intenso, pieni di furba innocenza. Se nei primi tempi avevano avuto momenti di inquietudine, era stato per questo: quando a letto si abbracciavano e si guardavano in faccia, quello che vedevano era assolutamente simile a quello che si trovavano di fronte nello specchio.

La donna che James aveva sposato dopo di lei era formosa, aveva i capelli neri e la carnagione scura – un bel cambiamento, aveva pensato Sarah nei giorni della sua amarezza. I figli che lui e questa zingara avevano avuto insieme erano "uno bianco, uno nero e due beige," come aveva detto lei, vergognandosene. (Non letteralmente "nero", certo: uno era come la madre, bruno, florido e con gli occhi scuri; uno come James, pallido, chiaro di capelli e con gli occhi che sorprendevano tanto erano azzurri; e due erano creature indefinite, che non somigliavano a nessuno dei genitori.) Bei bambini, ma quando quei sei erano tutti insieme non balzavano necessariamente agli occhi come una famiglia.

Quando Sarah e James erano insieme, con i loro due figli, erano quattro della stessa specie: nordeuropei dagli occhi azzurri e i capelli biondi, così diversi dalla maggioranza della popolazione mondiale che veniva da pensare fossero una sorta di razza rara e minacciata, di cui era una fortuna poter incontrare degli esemplari perfetti. (A quel tempo no, ma poi aveva cominciato a vederla così anche lei, quando si era trovata di fronte Rose e la nuova famiglia.)

Ormai i loro due figli erano, naturalmente, più che cresciuti. La femmina, Nancy, abitava a Boston con il marito e i suoi bambini. Il maschio era su una qualche isola del Pacifico a studiare le abitudini dei pesci. Sarah non vedeva spesso né figli né nipoti. Era certa che la causa fosse stata il divorzio, avvenuto quando loro avevano rispettivamente dieci e undici anni. Per proteggersi, i figli si erano interiormente separati non solo dal padre, che li aveva traditi per la nuova famiglia, ma anche da lei, la parte innocente. Erano diventati cauti, avari di affetto, dubbiosi e critici. Nei suoi confronti. Ingiusto! Ma di quei tempi lei non usava mai, neanche nei suoi pensieri, parole come giustizia, o felicità. Quando suo marito, il vichingo, l'aveva lasciata per l'istrionica, vistosa Rose dalla voce di sirena, lei - come ovvio! - ne era stata distrutta. Letteralmente. Era andata a pezzi. Be', alle donne succede così. Per un po' era stata avvelenata dall'amarezza, non poteva credere che suo marito, il suo *amico*, l'avesse trattata così. Oh no, non era possibile: gli mise davanti l'inaccettabilità di quel fatto, l'indignata innocenza del suo sguardo esigeva una spiegazione accettabile. Cominciò a bere troppo. Poi smise di bere. Fece fronte abilmente e con razionalità all'assennatezza e all'eccessiva cautela dei due bambini che, come lei, difendevano il loro arroccamento.

Ma tutto questo era passato, sembrava appartenere a un altro tempo, addirittura a un'altra persona.

Ora si sentiva in contatto non con quella donna vulnerabile e abbandonata, ma con se stessa da ragazza, prima di incontrarlo.

La liberazione dalla debolezza non era venuta in fretta. Cinque anni dopo il divorzio, a una festa, se l'era trovato di fronte, un James incapace di credere a ciò che i suoi occhi e i suoi sensi gli dicevano, che quella era - ancora - sua moglie, la donna con cui aveva vissuto per dieci anni. Le lacrime gli avevano rigato il volto e aveva esclamato: "Ma, Sarah, cosa ci è successo?" Lei si era tanto arrabbiata che gli aveva sputato addosso (sorprendendo se stessa oltre che James - era un comportamento da zingara, che mai avrebbe associato al proprio sé misurato), gli aveva voltato le spalle e se ne era andata dalla festa, in lacrime. Altre donne però le avevano raccontato che incontrandole inaspettatamente, anche i loro ex mariti avevano esclamato, con sincero stupore: "Ma cosa ci è successo?" Come se il misfatto compiuto non solo fosse sorprendente ai loro stessi occhi, ma addirittura estraneo alla loro responsabilità, frutto di un destino ineluttabile.

Per un po' il pensiero di quello che lei aveva allora considerato il sentimentalismo bugiardo del "Ma cosa ci è successo?" l'aveva resa furibonda. L'ira era durata poco, perché *non bisogna* crogiolarsi in emozioni inutili. Poi aveva dimenticato, era tutto scomparso, e quando lo pensava, non che capitasse spesso ormai, quello che ricordava era l'azzurra innocenza del suo sguardo in cui si riflettevano il candore e la sincerità, qualità che aveva subito amato in lui e che stimava sopra tutte le altre.

Ora viveva nei suoi due locali dignitosi. Nella stessa città in cui abitava lui – ma quello era un caso. Il suo lavoro l'aveva portata a Parigi, New York, in varie città dell'Inghilterra, sempre pronta a trasferirsi e abile nel farlo. Non aveva mai sentito di appartenere a un luogo più che a un altro. Faceva la segretaria di direzione in una grande compagnia petrolifera.

Ma suo marito l'aveva lasciata per quell'altra casa, dove aveva vissuto con la sua nuova famiglia, senza mai trasferirsi. Una vita non sempre felice, come lei sapeva. Tutto questo però non le interessava più. Lui aveva preso la sua decisione, e Sarah sperava sinceramente che fosse stata una buona scelta. Comunque fosse non le importava. Sentire che non importava, quella era la grande, inaspettata, miracolosa liberazione. Che massa di sciocchezze, il tormento, la sofferenza e le notti passate a letto sveglia a piangere! Che perdita di tempo.

E adesso che era si era liberata di lui, James veniva a trovarla.

I suoi passi si avvicinavano. Rapidi. Leggeri. Fece i gradini a due a due, poi bussò, e fu in casa, in piedi oltre la soglia. La guardava.

Sapendo esattamente che aspetto dovevano avere l'uno per l'altra, si accigliarono nello sforzo di ricreare in ciò che avevano di fronte quello che erano stati da giovani. I loro sguardi si incontrarono senza difficoltà, e non si lasciarono per confusione, dolore o senso di colpa. Forse era da quando si erano separati che non si vedevano realmente.

I suoi occhi si erano posati su un vichingo invecchiato, con i capelli spettinati striati d'argento, come i suoi. Era arso dal sole, dal vento, dunque molto di recente doveva esserci stata una vacanza con delle passeggiate. Il suo bel volto era magro, tutto dirupi e burroni. Dava l'impressione di essersi rinsecchito, e anche lei si sentiva asciutta e leggera, disidratata dal tempo come da un sole.

Il suo sguardo penetrante la abbandonò per andare a posarsi sui fiori... il tavolino su cui lei consumava i suoi pasti... una stufa a gas con accanto una poltrona leggera... una mensola di libri... il tumultoso paesaggio marino blu e bianco. Poi James si avvicinò al quadrato azzurro della finestra sul fondo, con il suo lungo passo rapido e leggero, che era stata la prima cosa in lui ad affascinarla. L'affascinava ancora. Arrivato alla finestra, guardò giù verso uno scenario di giardini, uccelli, alberi, steccati carichi di rampicanti, castelli su cui i bambini si arrampicavano, gatti distesi a bersi la luce del sole. Vita di famiglia... Osservava quello spettacolo con un sorrisino freddo che lei conosceva bene. Quindi passò rapidamente alle finestre sulla parete laterale, prima una e poi l'altra; da entrambe la stessa vista: una strada tranquilla, con le file di macchine parcheggiate, i platani, una vecchia seduta su una panchina.

L'appartamento era al secondo piano. D'estate gli alberi erano come città affollate d'uccelli e Sarah stava lì in piedi a guardarli. Lui si girò e rimase fermo, trattenendosi nel suo bisogno di ripartire verso un altro punto della stanza. Era abituato a stanze in cui si poteva camminare, fare una piccola passeggiata. Ma lì non c'erano altre mete. Si sentiva costretto.

"Immagino che tu ti stia domandando cosa ci faccio qui..." disse in fretta, ma poi arrossì, perché la frase faceva l'effetto di un'affermazione scontata, nonostante lei non l'avesse presa così.

"Be', sì, me lo sono domandata," rispose Sarah cordialmente, e si sedette proprio accanto ai fiori. Subito si rese conto dell'aspetto che doveva avere, in posa vicino ai fiori che aveva comprato per il piacere della sua visita, e si spostò in fretta nella poltrona di fianco alla stufa. Era una poltrona che costringeva a sedere impettiti. Vi si appoggiò appena, tenendo il busto eretto, e lo guardò. Sospirò. Udì il proprio sospiro e vide la breve espressione imbarazzata che provocò sul viso di lui, così toccò a lei arrossire.

James prese posto vicino a una delle finestre e alle sue spalle un platano si scosse, visitato dagli uccelli. Sembrava fosse lì lì per balzare in piedi e andarsene di nuovo. Un uomo braccato. Aggrottò la fronte e si portò al viso la magra mano abbronzata, ma poi la lasciò ricadere e sospirò a sua volta, appoggiandosi allo schienale della poltrona per affrontare Sarah.

"Una ragione vera non c'è," ammise. "Ha cominciato a sembrarmi così sbagliato che non ci si vedesse nemmeno una volta ogni tanto."

Lei si limitò a sorridere, convenendo che se non si erano incontrati era stato solo per colpa di un capriccio o per sbadataggine.

"Siamo stati insieme per tutto quel tempo... i bambini..." Lui scrollò le spalle, arrendendosi, e la guardò dritta in faccia, una richiesta di aiuto.

Sarah pensò che avrebbe potuto chiedergli dei suoi figli, della sua seconda famiglia. Ma quella visita non avrebbe avuto senso, tutta quell'inquietudine, quel gioco di assestamenti, i sospiri e l'emozione non avrebbero avuto senso se non facevano altro che fornirsi a vicenda pretesti per non parlare. E poi lo sapeva come stava la sua famiglia: aveva una buona amica che era rimasta anche buona amica di James e la teneva al corrente delle novità. Non come una spia, come un'amica. In passato aveva avuto bisogno di sapere, ma recentemente ascoltava le notizie come se riguardassero una casa di cui non le importava un granché.

James fece per alzarsi, poi si rimise a sedere, rendendosi conto che non c'era altro posto in cui andare. "Non hai molto spazio quassù," osservò. Sembrava un rimprovero, e di nuovo lui arrossì.

"Ma non ho bisogno di molto spazio." E questa volta era la risposta che, le parve, avrebbe potuto essere presa come un rimprovero, quindi fece un gesto irritato – troppo irritato per le circostanze, carico di quell'insofferenza alle banalità tipica degli anziani. "Non intendevo..." riprese cautamente, "quello che volevo dire è che *davvero* non mi serve molto spazio, ormai i ragazzi sono cresciuti. Nancy e Martin difficilmente avranno bisogno della loro stanza!"

Tutto a un tratto lui sembrava stanco. Sarah sapeva perché. La casa in cui abitava adesso era grande, piena di stanze in cui si poteva fare una passeggiatina. Ma ovviamente necessitava di continue riparazioni, come è normale che sia, e vi regnava la confusione, perché era una casa di famiglia molto frequentata, piena fino a scoppiare dei quattro figli con i loro amici. Pulsava di persone, rumori, musica, telefoni che squillavano, voci che gridavano – soprattutto quella di Rose – e cantavano, il cane che abbaiava, campanelli che suonavano, aspirapolveri che ronzavano. Vita di famiglia. Il figlio più grande aveva quindici anni, il più piccolo nove. James aveva davanti almeno dieci anni, ma probabilmente molti di più, da occupare procurando un bel po' di danaro per la loro istruzione. Faceva il consulente d'affari. Non perché l'aveva voluto. Era quello che si era messo a fare quando, avendo bisogno di molti soldi per il suo nuovo matrimonio, aveva rinunciato alla sua carriera di esperto in elettronica dell'industria aeronautica e navale. Quella era la professione che aveva amato.

Tutto ciò che faceva ora, il posto e il modo in cui viveva, era conseguenza dell'essersi innamorato di Rose, l'assoluto contrario di Sarah, e dell'essersene andato insieme a lei. E le cose sarebbero continuate così com'erano adesso, dovevano continuare così, un anno dopo l'altro. James aveva cinquantatré anni. Sarebbe invecchiato al servizio di Rose. Era quello che aveva scelto. Se si poteva usare una parola come "scelto".

Lei aveva due anni più di James.

Disse: "Ho deciso di andare in pensione. Mi hanno chiesto di restare, ma io non voglio".

Per un attimo tutto l'essere di James fu animato dall'energia di parole non pronunciate, una domanda aggressiva, se non un rimprovero. Era stato lui a procurarle l'ottimo posto che occupava nella compagnia petrolifera. Sapeva – dato che la persona per cui lei aveva lavorato in tutti quegli anni era un amico – che le era stato insistentemente proposto di diventare qualcosa di più di una segretaria di direzione. Le avevano offerto tutta una serie di posizioni migliori. Ma lei non aveva voluto cedere all'ambizione e fondere la propria identità con quella dell'azienda. Trovava che la sua vita privata fosse più interessante e si era premurata di difenderla. Eppure, se avesse accettato, la sua situazione finanziaria sarebbe stata molto più agiata. Naturalmente sapeva che James l'aveva disapprovata perché si accontentava di essere una semplice segretaria, a prescindere dalle considerazioni economiche.

"Non mi servono molti soldi. Posso fare quello che voglio," disse.

"Beata te," rispose lui, improvvisamente quasi sul punto di piangere.

"Già, lo credo anch'io."

"Era impossibile, *assolutamente* impossibile non andarmene con Rose," riprese James in modo inaspettato. Inaspettato per lui: ma Sarah sapeva che quello era il motivo per cui era venuto. Doveva dirlo! Non per giustificarsi. Non per implorare perdono. Aveva bisogno di spiegare un principio assoluto, un imperativo, che lei – la sua ex moglie – doveva riconoscere. Chiedeva giustizia! A lei!

"Sì, lo so," disse Sarah salomonicamente.

"È stato come..." Esitò, e non per delicatezza o perché voleva risparmiare qualcosa a lei o a se stesso, ma per lo stupore che ancora adesso provava: il suo viso si contorceva nello sforzo di accettare ciò che stava ricordando. "Non capisco," disse. "Non capivo neanche allora. E non ho mai capito. Potrei persino dire che non mi piaceva particolarmente..." Lo sguardo che posò su di lei insisteva perché non considerasse tutto questo un tradimento nei confronti di Rose e neppure una scusante.

"Lo so," ripeté lei.

"È stato perché... semplicemente ho dovuto... è stato come essere trascinato via da..."

A quel punto lei fece un brusco gesto irritato, che significava: *basta così*. Ma lui non lo vide, o se lo vide decise di ignorarlo.

"Ci hai mai pensato, Sarah... ci somigliamo tanto, noi due..."

Lei annuì.

A James si riempirono gli occhi di lacrime, ed era per lo sconcerto che provava.

"Da un estremo all'altro," riprese. "Noi non abbiamo mai dovuto spiegarci niente, vero? Ci siamo sempre capiti... Con lei invece... è stato come imboccare la svolta sbagliata in un paese straniero, di cui non si conosce nemmeno la lingua." Un silenzio. "Il buio e la luce," disse. Un silenzio. "Non voglio dire che me ne pento. Non ci si pente di quello che non si poteva evitare. O se lo si fa è una perdita di tempo."

"Certo che no," concordò Sarah.

A quel punto James si alzò e rimase in piedi davanti a lei, con le mani che, abbandonate lungo i fianchi, mantenevano pur sempre quella loro caratteristica aria allarmata, come fossero pronte a tutto. Un abbraccio? Invece si avvicinò alla finestra sul fondo, nel cui quadrato azzurro era comparsa una grassa nube cherubica, bianca, con ombre fulve e dorate. Lui guardò la nuvola, sospesa sul disordine dei giardini.

"Cosa farai, Sarah?"

"Voglio viaggiare."

"Ma se non ti sei mai fermata. Ogni volta che mi arrivano tue notizie sei in un posto diverso," osservò lui, con quella breve risata che esprime invidia repressa. "Sì, sono stata fortunata. Ho trovato un buon lavoro, grazie a te. Però dicono che invecchiando le donne diventano vagabonde, ed è quello che sta succedendo a me."

"Non succede solo alle donne," rispose James. Ma poi per smettere di lamentarsi aggiunse: "Andrai a trovare Nancy e Martin?"

"Una breve visita."

Lui la guardò con aria interrogativa.

"Non direi che siamo una famiglia molto unita," ribatté Sarah, e di nuovo lui arrossì.

"Be', forse invece noi sì. In questo Rose è molto brava, nel tenere unita la famiglia, intendo."

E qui Sarah fu quasi sopraffatta dal risentimento. Sapeva che James non aveva mai capito cosa aveva voluto dire in tutti quegli anni crescere i bambini senza di lui. Né l'avrebbe capito mai. Mantenne un silenzio sorridente, ma quella sua incomprensione la faceva sentire lontana da lui.

"Comunque non è stato un male," riprese James. "Con i tuoi continui spostamenti hanno visto tanti posti, hanno frequentato tante scuole diverse e sono sempre riusciti a inserirsi."

"Cittadini del mondo," commentò lei seccamente. "Ecco cosa sono."

James avrebbe potuto raccogliere questo spunto, ribadire la sua posizione, cosa che gli era necessaria. Ma lei lo fermò con un: "Comincerò facendo delle escursioni a piedi, prima qui in Inghilterra. Intendo vero trekking, per tutta l'estate..."

"Ah, sì," approvò lui vivacemente, "niente di meglio."

"E poi andrò a camminare in Francia e in Germania, be', ovunque riuscirò in Europa. In Norvegia..."

"Ah, sì," ripeté lui inquieto, mentre i suoi piedi si muovevano come pronti a mettersi in marcia immediatamente.

A Rose non piaceva camminare.

"Potrei fare il giro del mondo," disse lei. "Perché no?" E rise, con tutto il corpo, la faccia, viva di gioia al pensiero, libera come un uccello... No, non era vero, gli uccelli non sono liberi, devono obbedire a tanti schemi di comportamento, a tante forze - libera come soltanto gli uomini possono essere. Anche se, probabilmente, visto come andava la vita, la libertà sarebbe durata solo per un breve, prezioso periodo prima che succedesse qualcosa. Libera di camminare, fermarsi, fare amicizia, girovagare, cambiare idea, stare seduta tutto il giorno sul pendio di una montagna a guardare le nuvole, se ne aveva voglia... Si era dimenticata di lui, che lì in piedi la osservava, sorridendole la sua stima.

"Sarah," disse, in un tono di voce basso e intimo, che conteneva l'eccitazione di un'idea avventata, "perché non partiamo insieme, noi due, quest'estate, presto..."

Si sorrisero, come se i loro volti fossero a pochi centimetri l'uno dall'altro, su un cuscino. Poi lei si sentì sospirare e vide l'energia che lo abbandonava.

"Perché no, Sarah?" insistette James.

Allora quello che le aveva raccontato Olive era vero. Rose aveva una relazione e lui non si sentiva tenuto a restarle fedele.

"Vuoi dire che Rose non se la prenderebbe?"

Il pensiero di quanto Rose se la sarebbe presa, e di come l'avrebbe dimostrato, gli fece chiaramente l'effetto di un colpo dietro le ginocchia, perché James tutto a un tratto si lasciò cadere sulla poltrona e rimase a fissare non lei, Sarah, ma la nuvola che ora sembrava una scultura di pietra color miele.

"Oppure non glielo diresti?" insistette Sarah.

Partire in vacanza con lei era stata un'idea improvvisa. Non ci aveva pensato prima di arrivare, o almeno non seriamente. D'altra parte era probabile che non si sarebbe sentito libero di andarla a trovare se non fosse stata Rose a concedergli quella libertà. Quid pro quo... be', così l'avrebbe vista *lui*.

Serio, riportato con i piedi per terra, James la guardò dritta in faccia, per non essere accusato di sfuggirle, e disse: "Dovrei dirglielo. Lo scoprirebbe comunque. Lo capirebbe".

"Sì, lo capirebbe."

"Ma perché no, Sarah? Perché no? Ci saranno pure dei limiti al ruolo del buon... di quello che porta a casa lo stipendio."

Cosa fosse stato sul punto di dire, Sarah non lo sapeva. Del buon marito? Del buon padre?

Quanto a lei, pensava: vivere con Rose ti ha ridotto il cervello in acqua! È il genere di cose con cui lei va a nozze: avere la botte piena, la moglie ubriaca e far finta che non sia successo niente.

"Senti, perché non andiamo in Scozia? Ti ricordi, Sarah?"

Nel 1958, poco prima di sposarsi, avevano fatto un giro di tre settimane a piedi in Scozia.

"Potremmo partire il mese prossimo," insistette lui. "Mi spettano tre settimane di ferie."

Sarah chiuse gli occhi, rivedendosi camminare insieme a lui sul pendio di una montagna coperto d'erica.

"Sarah," si sentì chiamare, con voce aspra, accusatoria, "ho pensato tanto a te. C'è un vuoto terribile nella mia vita. C'è da anni."

Seccamente, a occhi chiusi, lei rispose: "Poligamia! Ti piacerebbe!" Ma stava sorridendo e non riusciva a smettere.

"Sì, sì," gridò lui, e con due falcate la raggiunse. "Sì, se è così che si chiama, *sì*."

La poltroncina accanto alla stufa non aveva compagna, così James si allungò a tirare verso di sé una sedia e si sedette accanto a lei. La circondò con il braccio.

"Sarah," cantilenava, con la faccia appoggiata alla sua. "Sarah," continuava a ripetere, mentre le lacrime incollavano le loro guance l'una all'altra.

D'un tratto la piccola stanza si illuminò di una luce abbagliante. Un raggio di sole aveva colpito il vetro della finestra, andandosi a riflettere in un specchio appena sopra le loro teste, che a sua volta proiettò losanghe e prismi di colore su una delle pareti. Adesso era come stare seduti in una vasca di acqua scintillante, che sommergeva mobili, fiori e anche loro.

Sarah si svincolò, si alzò e andò a tirare le tende della finestra sul fondo. Erano tende bianche e leggere. Ora la parete era piatta, coperta da un'ombra bianca con un grande rettangolo da cui penetrava un caldo arancione. Parte del rettangolo si sollevò, e una vela color mandarino si gonfiò nella stanza e poi tornò ad appiattirsi. Fra poco la luce del sole avrebbe smesso di battere sulle tende, e tutta la parete sarebbe diventata di un bianco compatto.

Il loro umore era decisamente cambiato.

Lei non osò tornare a sederglisi accanto. Se l'avesse fatto sarebbe sprofondata nel... nel...

James la fissava attraverso la calda luce arancione che sommergeva ogni cosa.

"Sarah?" chiamò, come se la stesse cercando in un labirinto.

Si alzò e disse: "Insomma, perché no, Sarah? Non vedo un solo motivo fondato e razionale che ce lo impedisca! Ti voglio nella mia vita! Ho bisogno di te! Semplicemente non posso fare a meno di te".

Le si avvicinò, si chinò e dolcemente sfregò la sua guancia contro quella di lei: la richiesta di un marito, non di un amante.

Poi se ne andò, e lei lo sentì scendere a balzi le scale.

Stava facendo buio nella stanza. Il bagliore dietro le tende non delineava più filo per filo la tela grezza. Lo stridulo vocio allarmato degli uccelli sul platano era un rumore crepuscolare, non più il socievole chiacchiericcio della giornata. Poi la luce scomparve improvvisamente dalle tende. Adesso la parete era di un bianco uniforme.

Sarah si sedette sulla poltrona accanto ai fiori. Li esaminò severamente. La brocca aveva una rotondità troppo compiaciuta, troppo soddisfatta per la rigida, allampanata goffaggine del ciliegio e l'aria fresca e primaverile del lillà con i suoi morbidi fiori sparsi. Spostò la brocca sul pavimento alle proprie spalle e cercò di riflettere.

Ribolliva di emozioni che andavano dissipandosi lasciando posto a un unico bisogno: il bisogno di fuggire... correre via, per la precisione. Correre, correre, correre lontano da quella stanza, da quell'edificio, lontano da Londra, sì, lontano dall'Inghilterra. Si era alzata e si muoveva rapida e impacciata per la stanza, come un uccello rinchiuso. Cosa diavolo c'era? Doveva scappare da James, era questo? Ma il loro incontro non aveva costituito una minaccia; anzi, sembrava che fossero stati liberati da un incantesimo che fino a quel momento aveva trasformato ogni loro contatto, persino una telefonata, in un'occasione di rabbiosa, colpevole, imbarazzata infelicità. Il tempo trascorso con James quel giorno invece era stato più come il primo incontro tra persone che si ameranno, pieno di riconoscimenti e dolci sorprese. Eppure il cuore le batteva forte, le faceva male lo stomaco ed era devastata dall'ansia.

Si obbligò a rimettersi seduta, componendo le membra in modo da adattarsi alla sua posizione, quella di un'anziana signora che considera la propria situazione con sobrio buon senso. Lanciava occhiate al telefono, osservò, come se i suoi nervi si aspettassero di sentirlo squillare, e per un motivo spiacevole.

Se James era tornato immediatamente a casa, e se Rose era in casa, di certo qualcosa in lui l'avrebbe subito messa in allarme, ammesso che – come era più probabile – non fosse stato lui ad annunciare: "Ho appena parlato con Sarah, oh, no, non ti preoccupare, mi è solo venuto in mente di passare a trovarla, tutto qui, niente di più". Le pareva di sentirlo mentre lo diceva!

Era facile che la casa fosse in preda a una crisi. Rose doveva già essere al telefono con l'amica intima di turno. Ne aveva una alla volta, con cui instaurava un legame intenso e drammatico, pieno di incontri confidenziali e conversazioni vibranti, finché non c'era un litigio, e allora ecco un'altra ex amica del cuore di cui dire: "Lì non ci vengo se corro il rischio di incontrare *quella*, la stronza!" In quel preciso istante forse stava dicendo a qualcuno, chiunque fosse: "Mio Dio! Sai cos'è successo? Sto perdendo mio marito, tutto qui! Ha cominciato a rivedere la sua prima moglie – sì, Sarah! Per l'amor del cielo, *devo* parlarne, è urgente. No, disdici! Vieni subito, per favore..."

Mentre aspettava questo tête-à-tête, che sarebbe stato il primo di tanti, tantissimi, più d'uno al giorno, Rose avrebbe fatto le carte, consultato l'*I Ching* e preso appuntamento con la sua chiromante, una donna dalle illimitate capacità di intuizione psicologica che conosceva la sua vita (la vita di Sarah) tanto quanto quella di Rose; lei (Sarah) era stata dichiarata una minaccia inesistente per Rose; ma il suo archetipo, la Donna Bionda, contrapposto a Rose in quanto Donna Bruna era una minaccia e sempre lo sarebbe stato.

Rose viveva nel terrore di una qualsiasi ninfetta bionda e magra. Ancor prima che arrivasse l'amica, il Fato si sarebbe pronunciato tramite numerose bocche, o quanto meno avrebbe dato alcune indicazioni piuttosto precise. Poi, conseguentemente all'incontro tra le due donne, sarebbero cominciate a succedere cose di tutti i generi. Prima di tutto, il suo telefono (il telefono di Sarah) avrebbe cominciato a squillare. Qualcuno di cui non aveva mai sentito parlare avrebbe detto: "Scusa se ti disturbo, ma credo che tu possa aiutarmi, infatti è stato James a suggerirmelo. Potresti dirmi qualcosa su Manchester? James mi ha detto che ci sei stata... Ci hai abitato, giusto? Come sono le scuole?"

Sì, James sarebbe stato al corrente di quella telefonata perché Rose avrebbe detto con fare disinvolto e sicuro, sfidandolo con uno sguardo spavaldo e ridente: "Oh, James, Sarah avrà dei consigli da dare, no? Sa tutto di Manchester!" Ogni genere di telefonate e persino incontri, niente di irragionevole, a prima vista l'essenza di un cortese buon senso. Proprio come la visita di James quel pomeriggio. A prima vista...

Telefonate da un'altra delle amiche del cuore di Rose – come un'adolescente lei aveva solo amiche del cuore –: "Oh, Sarah ti ricordi di me? Ci siamo conosciute dai Tilling, ti ricordi? Ho saputo che vai in Galles con James. Se passate nelle vicinanze di Swansea vi dispiacerebbe andare a trovare una mia vecchia amica? È tanto sola in questo periodo, da quando le è morto il marito, sarebbe più che felice di ospitarvi tutti e due, mi fareste proprio un piacere".

Presto una telefonata dalla stessa Rose. La voce bassa e vibrante, che alludeva di continuo a cose di cui non si poteva parlare. "Sarah, sono Rose! Sì, Rose! È da tanto che vorrei conoscerti... Credi che sia possibile vederci e fare una vera chiacchierata? No, ne ho parlato con James e lui sarebbe contentissimo. Mi inviteresti a prendere un tè? Mi piacerebbe vedere il tuo appartamento, James dice che è così carino. Oh, mi piacerebbe vivere in un appartamento, da sola, per essere libera, per essere *me stessa*, capisci?"

Ci sarebbero state molte altre telefonate di Rose, casuali, estemporanee, offensive. "Sarah, James è lì? No, ma pensavo... oh, devo essermi sbagliata. Se passa però, digli di darmi un colpo di telefono, c'è una specie di emergenza da risolvere."

E nel frattempo Rose avrebbe detto assolutamente a tutti: "Mi dispiace ammetterlo, ma il mio matrimonio è in crisi. Io e James ce ne stiamo occupando, siamo stati tanto felici, e sono certa che alla fine tornerà tutto a posto".

Avrebbe messo fine alla sua relazione, dopo numerosi incontri lacrimevoli. "Devo fare una scelta, amore mio carissimo. Oh, non è facile... i bambini..."

In effetti ci si sarebbe aspettato che il loro matrimonio fallisse. Era il quarto per Rose. La sua storia – per quanto si potesse accertare, dato che cambiava a seconda della persona a cui la raccontava – andava più o meno così. Rose era emersa dalle miserie dell'Europa del dopoguerra avendo già sperimentato tutto quello che c'era da sapere su fame, freddo e vicinanza della morte. In alcune versioni sua madre aveva perso la vita in un campo di concentramento, mentre in altre aveva abbandonato la figlia per un amante. Rose, che era molto carina, aveva sposato un americano delle forze di occupazione di cui si era follemente innamorata, anche se c'era chi sapeva, senza per questo condannarla, che era diventata la convivente di quest'uomo perché se si voleva mangiare a quei tempi ci si doveva mettere al seguito di uno dei nuovi eserciti.

Poi aveva sposato un altro americano, collocato molto meglio del primo. Ma diceva di odiare l'America, e quello era il motivo per cui era diventata la moglie di un inglese, un personaggio importante negli imperi petroliferi internazionali. Lui l'aveva adorata, quella creatura randagia esotica e intelligente, ma l'adorazione non era durata a lungo. Pareva avesse detto che avrebbe dovuto rifiutarsi di sposarla e tenersela come amante. Non sarebbe mai diventata una moglie. Era come avere in casa uno splendido animale viziato, una scimmia che non si può addestrare a vivere in un appartamento. Quel matrimonio era durato tre anni.

Rose aveva riflettuto seriamente e aveva seguito i consigli della sua chiromante. Aveva già più di trent'anni. Sposata a James era diventata una vera moglie, una brava donna di casa, dedita a procurare benessere e a cucinare buoni pasti, sfornando nel frattempo un bel neonato dopo l'altro. I figli erano di per sé prova di notevole determinazione, perché tutti sapevano che aveva avuto "decine" di aborti, naturali e provocati. Ogni gravidanza e poi ogni parto si erano perentoriamente imposti non solo all'attenzione di James, ostetriche, dottori, ospedali, amici e vicini, ma anche a quella di gruppi di persone che avevano a malapena sentito parlare di lei, tanto straordinario e senza precedenti si rivelava l'avvenimento.

Sarah aveva osservato quei drammi con antipatia, disgusto, e soprattutto senza riuscire a credere che James li tollerasse. Non si facevano tante scene per la sofferenza fisica (per qualsiasi forma di sofferenza, se è per questo); si stava zitti, si serravano i pugni, si stringevano i denti, eccetera eccetera. Costretta da Rose a esaminare questi princìpi, questo credo così *inglese*, Sarah concluse che non avevano niente di sbagliato e che non c'era nessuna virtù in tutti quegli istrionismi stranieri immancabilmente mescolati, nel caso di Rose, a bugie e calcoli tanto subdoli che a volte ci volevano anni prima di capire cosa era realmente successo.

Non molto tempo dopo essersi autoinvitata per un tè, Rose avrebbe telefonato e avrebbe detto più o meno: "Sarah! Sì, sono io, Rose! Sarah, mi chiedevo: ti andrebbe di venire a cena? No, aspetta, non dire di no senza averci pensato. Perché no, Sarah? Abbiamo tanti amici in comune, per non parlare di James, oh no, non intendevo malignamente, lo giuro, credimi, Sarah..."

Già si vedeva, una degli ospiti riuniti intorno a quel capace desco familiare, James a capotavola da una parte, Rose dall'altra, i bambini che guardavano di sottecchi gli adulti, come i suoi due figli avevano guardato lei: cortesi, persino rispettosi verso queste terribili e crudeli ineluttabilità, scambiandosi intanto sguardi nervosi, con ampi sorrisi impauriti. Avrebbero mangiato in fretta e avrebbero chiesto il permesso di lasciare la tavola e andare in camera loro, dove si sarebbero seduti a discutere spaventati, arrabbiati, ma pronti a ridere forte (per via della loro paura) della pericolosa situazione al piano di sotto. "È venuta a cena la prima moglie di nostro padre... Sarah, oh non sai di Sarah? Be', è qui a cena. Posso venire da te?" Così avrebbero detto parlando al telefono con un amico.

Poco dopo quella civile cena di famiglia, in cui tutti si sarebbero comportati in modo ammirevole, James avrebbe annunciato, con quella risata risentita ma piena di ammirazione che usava per affrontare le situazioni in cui Rose lo metteva: "Sarah, Rose mi ha proposto di portare con noi i due ragazzi più grandi quando andiamo in Francia. Sono ottimi camminatori, sai. L'anno scorso siamo andati nel Lake District. Ti dispiacerebbe?"

Lei avrebbe risposto che non le dispiaceva. E probabilmente non le sarebbe dispiaciuto. A quel punto sarebbe ormai stata grande amica dei bambini e avrebbe passato larga parte del suo tempo a scegliere i regali e tutte le offerte votive di cui i ragazzini oggi giorno necessitano. Sarebbe diventata... non una seconda madre, a questo ci avrebbe pensato Rose, ma una cara zia per tutti loro. Avrebbe detto a James: "Che bello avere con noi Sam e Betty. Che peccato che gli altri due non siano grandi abbastanza per venire anche loro, ma forse l'anno prossimo. Certo che non mi dispiace se vengono. Perché no?"

Tranne che il cuore le batteva forte, aveva le mani sudate e si era rimessa ad aggirarsi per la stanza come se si stesse preparando a saltare in strada dalla finestra e dileguarsi – chissà dove.

Che potere aveva quella donna! Sempre!

Era la forza della mancanza di scrupoli, radicata nell'egoismo e generata dalla... stupidità. A Rose non era mai e poi mai venuto in mente che ci fossero cose che *non* si dovevano fare. (Ma naturalmente c'era quell'infanzia in campo di concentramento. Voleva dire che Rose non sarebbe mai stata giudicata in base a criteri normali?) Nel periodo in cui Sarah era stata male, quando pensava a lei, in misura sicuramente eccessiva, era questo che si trovava sempre di fronte, come correndo a capofitto contro un muro di vetro che si ergeva tra Rose e il resto del mondo. Dire a Rose: "Ma non puoi fare così, non capisci?" Dirle: "Ma questa non è una cosa decente!" – eppure, persino nella fantasia, dove è facile immaginarsi dire qualsiasi cosa a un avversario, le parole semplicemente non le venivano.

Ma... stupidità? Se era di questo che si trattava, a Rose aveva procurato tutto. Il marito di Sarah. Quattro figli. Una casa grande. Stabilità dopo una vita alla deriva. Un uomo la cui esistenza era prigioniera dei suoi bisogni. Stupidità! No, era una forza, un potere che veniva da un livello dell'essere umano in cui Sarah non si era mai addentrata. Quando era stata a guardare James che se ne andava con Rose, si era sentita esattamente come se lo avesse visto, in sogno, attirato in una foresta stregata, governata da leggi primitive. Aveva sentito che lui stava abbandonando la parte migliore di sé.

Ma d'altra parte c'erano i bambini. Continuamente in quegli anni si era ripetuta: "Sarah, ci sono quattro figli. Quattro figli, Sarah. Su questo non si può discutere". Ogni figlio porta con sé l'ignoto, porta possibilità e occasioni radicate nel passato remoto del genere umano, possibilità che si proiettano nel futuro. Forse James si era addentrato nella foresta incantata seguendo una strega, ma lì aveva trovato quattro pacchi indirizzati a lui, ciascuno con il suo contenuto di Destino. Sarah pensava che Rose fosse l'*anima* di James, che incarnasse una serie di attributi di cui l'io solare di James aveva profondamente bisogno... Capiva che non c'era modo di opporsi a tutto questo.

Era stata la chiromante a dire che Rose era l'*anima* di James. E dov'era il corrispettivo maschile di Sarah? Spesso si era soffermata a riflettere, mai però più del dovuto, sui due uomini con cui aveva avuto una relazione dopo che James l'aveva lasciata. Avere una relazione non è cosa facile con due figli adolescenti già abbastanza sensibili da stare in guardia, pronti a individuare i torti dei genitori, non è cosa facile quando si ha un lavoro e per tenerselo ci si deve trasferire da una città all'altra, da una regione all'altra, destreggiandosi continuamente tra i figli con le loro necessità, trimestri scolastici, vacanze, appartamenti, case, viaggi. Erano stati due episodi abbastanza piacevoli, sebbene assediati e circoscritti da tutti questi problemi, e infatti gli uomini in questione le mettevano sulle labbra quel sorriso ricco e gustoso ogni volta che pensava a loro. Ma non credeva rappresentassero niente più che se stessi.

No, era James, ne era convinta, a incarnare l'uomo che era il suo imperativo, il suo altro sé. Ma da qualche parte doveva esserci uno squilibrio nell'equazione psicologica. Spesso aveva cercato di immaginarsi un uomo bruno, dal temperamento drammatico, vibrante e *bugiardo*, capace di mettere a tacere tutti i suoi migliori istinti, ma infine era arrivata alla conclusione che una forza simile poteva essere soltanto femminile. (E dato che era una femminista, questa conclusione non le piaceva.) Non riusciva a immaginare un uomo con gli attributi di Rose. Non ne aveva mai incontrato uno, neppure nei libri. Un uomo come Rose sarebbe stato un degenerato, un criminale.

Ma Rose non era una degenerata e neanche una criminale. Era semplicemente... femmina. Una femmina di un certo tipo, che una donna riconosce istintivamente a prima vista. E a cui ogni uomo è costretto a reagire, immediatamente, provando attrazione, disagio o antipatia. Nessun uomo era indifferente a Rose.

Le bastava entrare in una stanza...

Sarah e James erano sposati da dieci anni, dieci anni felici – come James si era sempre premurato di ammettere, essendo un uomo giusto, corretto e onesto –, quando erano andati a quella festa. Erano arrivati tardi perché avevano avuto qualche problema con la baby-sitter.

In mezzo alla stanza c'era una coppia, una donna bruna dall'aspetto teatrale, e un uomo molto giovane. Era un ragazzo, in verità, un poetico ragazzo inglese, come Rupert Brooke. La donna lo stava ammaliando. Lui ne era ipnotizzato. Era alta e snella, nonostante le sue forme si intuissero a fatica sotto i drappi svolazzanti del vestito che indossava, fatto con la stoffa di un sari rosso ricamato in argento. I lucidi capelli neri le serpeggiavano giù per le spalle e la schiena. Una ciocca le si appoggiava su un magro braccio bruno, e – questa fu l'immediata, sarcastica osservazione di Sarah – quella spira seducente veniva trattenuta lì, sulla pelle liscia e luminosa, dall'angolo che il braccio formava, con il gomito sollevato a disegnare una curva tenera, commovente. Rose non era bella, ma tutti la guardavano; e guardavano anche il povero ragazzo, prigioniero inerme della nera profondità dei suoi occhi.

Sarah era indignata per il modo in cui il giovane veniva usato. Rose mandava rapide occhiate astute agli uomini che osservavano la scena per valutare l'effetto che aveva su di loro, e sguardi di complicità alle donne che – e questo lei non l'avrebbe mai capito – la odiavano per il suo comportamento e non le restituivano le occhiate. "Guardate che figura da sciocco sto facendo fare a questo povero lattante," era il pensiero che si aspettava di condividere con tutte le donne presenti. Sarah si era girata verso James, contando sul fatto che anche lui provasse quello che provava lei, ma aveva constatato che lo sguardo con cui fissava Rose era simile a quello del ragazzo. Appena posati gli occhi su Rose si era perso, mentre Sarah – la buona moglie – era occupata a vergognarsi del proprio sesso che lì si mostrava al suo peggio. Quello che Sarah stava pensando nello stesso momento in cui suo marito perdeva la testa e il buon senso, era: "È una *femmina*, una di quelle femmine viscerali che tutte le donne come si deve odiano".

James si era mosso dritto verso Rose. La gente guardava Sarah che era rimasta lì in piedi, abbandonata – perché lui l'aveva proprio abbandonata: non avrebbe potuto essere più evidente. Il povero giovane poetico, immediatamente dimenticato, si fece da parte mentre James prendeva il suo posto. Ed era stato così che Sarah aveva perso suo marito per Rose, in questo modo semplice e inevitabile. Quando era arrivato il momento di andare a casa, lei gli aveva toccato un braccio e lui si era allontanato da Rose con cui aveva chiacchierato per tre ore, senza più guardare sua moglie né nessun altro.

Lo aveva portato a casa, confuso, erano entrati nello stesso letto e lui era rimasto steso sveglio, come lei, che lo aveva ascoltato sospirare e soffrire finché a un certo punto, verso mattina, quando le prime luci del giorno erano già nella camera, James aveva detto: "Ma Sarah, cosa è successo? Non capisco. Mi sono comportato male?"

Tutti nella stanza sapevano cosa era successo. Quella stessa mattina Olive, l'amica intima della coppia, aveva telefonato a Sarah e le aveva consigliato: "Lascia perdere, non puoi farci niente, la cosa deve fare il suo corso".

E "la cosa" stava ancora facendo il suo corso.

"La cosa" stava per inghiottire anche lei.

"Sarah," si disse Sarah, come fanno gli anziani. "Sarah, ti rendi conto che in verità stai pensando di scappare? Scappare da questo appartamento, che ti piace, da questa città, che adori, soltanto per andare lontano da Rose, andare lontano da...?

"No, su, adesso stai esagerando. Supponiamo che facessi proprio come ha suggerito James, né più né meno. Parti con lui in vacanza per tre settimane (e quello che ti immagini adesso è la felicità non del fare l'amore ma di parlare, parlare con qualcuno che ti capisce perfettamente, il tuo altro sé), la destinazione non ha importanza – la Scozia, Timbuktu. Naturalmente insisterai perché Rose lo sappia, perché così si comportano le persone rispettabili e oneste. *Non* reagirai alle sue telefonate, sarai soltanto cortese, niente di più, e non reagirai nemmeno alle telefonate indirette, che avranno tutte l'inconfondibile sapore della natura subdola di Rose. Non diventerai un'ospite alla sua tavola, e neppure una specie di zia per i suoi figli – insomma non sarai parte della vita di Rose, della sua famiglia, non metterai piede in quelle *sabbie mobi-*

li. Non farai altro che partire in vacanza con James per un trekking, tutto qui! Tutto semplice e alla luce del sole."

Sarah si lasciò sprofondare nella poltroncina dallo schienale rigido e chiuse gli occhi. Era un ragionamento assurdo. Il solo fatto che iniziasse a pensare in questi termini significava che l'avevano già risucchiata.

"No," avrebbe dovuto dire a James. "No, no, no James, proprio non si può, devi rendertene conto." Se ne sarebbe accorto da solo, se non avesse passato quindici anni con Rose.

Ancor prima che il telefono squillasse, lei lo stava fissando come se fosse sul punto di esplodere.

Sollevò cautamente il ricevitore e disse: "Pronto..."

Una voce di bambina.

"Sei Sarah?" chiese una ragazzina (Betty, probabilmente, con un tono affannato che aveva già tutta la sfrontatezza di Rose).

"Sì," rispose Sarah.

"Mio padre è lì?"

"No," rispose Sarah.

Imbeccata da Rose, la bambina disse: "Grazie," e la linea si interruppe.

Sarah era in piedi accanto al telefono in una stanza buia, le due alte finestre sulla parete laterale mostravano rami scuri sullo sfondo di un cielo caliginoso. Era già più debole. Non riusciva a impedirsi di pensare a come sarebbe stato riavere James nella sua vita. Buon Dio, quante cose aveva portato via con sé quando l'aveva lasciata per Rose! E come sarebbe stato facile adesso non andarsene (non *scappare*, si corresse, accusandosi ferocemente); come sarebbe stato facile restare e arrivare fino in fondo.

In fondo? Perché *in fondo*?

Sarah accese le luci e si trovò nella piccola stanza illuminata, aveva chiuso fuori la notte. Respirava affannosamente, tutto il suo essere formicolava come percorso da una sorta di energia... era difficile star ferma, camminava su e giù nella sua stanza, troppo piccola per lei. In uno degli specchi rotondi scorse una creatura angosciata, aveva un aspetto disperato, gli occhi tormentati, persino le labbra che si muovevano. Parlava da sola, questa donna, questa Sarah – questa lei stessa.

Borbottava: "Non sono io, è lei. Non Sarah, Rose".

Che cosa voleva dire... "*Cosa c'è*?" si domandò irritata. "Di cosa si tratta?" Perché si sentiva come invasa da una consapevolezza simile a una potente sostanza che la stava trasformando.

"Rose, è Rose. Non io, Rose." Queste parole le salivano alle labbra, obbligandola a prestare attenzione.

Spense di nuovo le luci e andò alla finestra sul fondo della stanza. Il disordine dei giardini era nascosto dal buio, si vedevano solo i tetti sullo sfondo del cielo.

Chiuse gli occhi. Respirò lentamente. Vedeva (l'immagine le si impose) le fragili braccia di una ragazzina che si allungavano verso l'alto, fuori da una specie di pozzo, di trappola. Braccia di un bruno dorato, con il leggero luccichio di peluria scura... le dita della bambina arrivavano al bordo, si chiudevano sull'orlo del pozzo e allora le suole di un paio di grandi stivali calavano scricchiolando, e le braccia ricadevano, ma poi tornavano su, e dita tenaci stringevano il terriccio smosso che si sbriciolava mentre la bambina cercava di farvi presa. Le braccia delicate si tendevano, tremanti... Sarah serrò gli occhi per non vedere i grandi stivali che scendevano pesanti.

Come avevano fatto graziose bambine a cavarsi da tutto questo... come erano sopravvissute?

Sarah era piccola durante la guerra, e finché era durata ne aveva avuto una visione che corrispondeva a quella convenzionalmente presentata dalle esigenze del conflitto. Suo padre era nell'aeronautica. Dopo la guerra entrambi i suoi genitori si erano dati da fare per aiutare i profughi a uscire da quel mattatoio che era l'Europa. Sarah sapeva di "tutte quelle cose". Ma senza rendersene conto. Ancora bambina si era detta: "Certo tutte quelle cose non si possono capire veramente, non se si è inglesi". Intendendo: "non se si è stati al sicuro per tutta la vita". (E si continuerà a essere al sicuro, era implicito.) "Tutte quelle cose" erano state un orrore estraneo alla vita comune e non aveva senso soffermarcisi, perché se non le si era vissute non le si sarebbe mai potute capire. Sarah aveva chiuso una porta dentro di sé. O meglio, si era rifiutata di aprirla. E sì, credeva di aver fatto bene. Non bisogna permettersi di crogiolarsi negli orrori.

Quando aveva sentito per la prima volta la storia di Rose, aveva ascoltato e tenuto la porta chiusa. Tanto per cominciare non ci credeva. Sì, sapeva che Rose era stata lì, era fuggita da "tutte quelle cose". Ma non doveva necessariamente essere andata come diceva lei. Rose era una bugiarda. Mentiva con la stessa facilità con cui respirava. Rose era una di quelle persone che dicono di aver camminato sul lato destro della strada andando verso est e chi le ascolta pensa: "Sul lato sinistro andando verso ovest".

Secondo quanto aveva raccontato ad alcuni, era stata in un campo di concentramento. L'aveva detto anche ad altri, a più d'uno. Sua madre era morta in un lager. Suo padre era un sudamericano favolosamente ricco che aveva avuto questa straordinaria storia d'amore con sua madre, una donna bellissima. Ma era sposato, ed era tornato da sua moglie. Vero? Chi lo sa! (E a chi importava, aveva aggiunto Sarah nei suoi momenti di sfinimento morale. Rose era sempre troppo presente!)

Sarah sapeva che molti di coloro che erano sopravvissuti a "tutte quelle cose" dicevano di essere stati in campo di concentramento, e forse era vero, ma le loro parole si riferivano a un orrore in cui la gente che non aveva conosciuto "tutte quelle cose" non doveva addentrarsi. Una specie di simbolo stenografico, ecco cos'erano quelle parole... i lager ne erano stati soltanto una parte. Erano un pozzo nero in cui alcuni venivano risucchiati, gettati, o in cui cadevano, ma tutto intorno c'era chi aveva lottato e combattuto per salvarsi, per salvare altri, in modi che nessuno dal di fuori poteva immaginare. Rose era emersa da "tutte quelle cose", e se anche le sue storie non erano vere che differenza faceva?

Ne era uscita. Era sopravvissuta. Questo bastava.

Per tre volte era stata la vezzeggiata, petulante moglie-bambina, moglie-amante di uomini che l'adoravano e che poi si erano sbarazzati di lei perché non riusciva ad adattarsi a essere normale, a diventare una moglie e basta.

E lei come l'aveva vissuta? Aveva recitato una parte in cui doveva credere perché la tirava fuori dal pozzo nero, perché l'aveva salvata, ma poi dopo tutto non si era rivelata quella giusta. Allora aveva deciso di diventare una buona moglie, tutta pane fatto in casa e bambini chiassosi in una grande casa di famiglia. Ma per diventare così aveva dovuto deciderlo. Questa Rose, la buona moglie di James, era una costruzione, un ruolo, proprio come lo era stata l'altra, la vezzeggiata, graziosa amante-bambina.

Rose non aveva mai capito questo mondo, il mondo sicuro e ordinato che non era "tutte quelle cose". Non era mai riuscita ad afferrare le regole che lo governavano. Sì, erano per lo più regole tacite, e sì, certamente le si apprendeva crescendo, come aveva fatto Sarah.

Per Rose non era stato così.

Sarah stava in piedi accanto alla finestra in una stanza buia, con gli occhi chiusi, e la sua prospettiva era tanto cambiata che era quasi diventata quella di Rose, lei si sentiva come Rose. E quello che provava (ora Sarah lo sapeva, lo viveva nella propria carne e nelle proprie ossa) era panico. La paura era l'aria che Rose respirava. Era come continuare a stendere le mani verso un appiglio che sembrava solido e invece cedeva. Tre mariti, sposati per bisogno di sicurezza, le si erano sgretolati sotto le mani, lasciandola disperata, determinata a trovare... James.

E adesso era James, questo matrimonio, a cedere.

Questa relazione (con un altro poetico giovane inglese, così aveva sentito dire Sarah) era un'altra faccia del panico – la Rose di mezza età cercava di rassicurarsi dimostrandosi di poter ancora risultare attraente.

Sarah cominciò a riesaminare dentro di sé le scene che si era immaginata prima.

Rose, frenetica, disperata, sconvolta dalla paura, al telefono con la "migliore amica" che, come ormai doveva sapere, tutto a un tratto avrebbe smesso di essere un'amica, perché Rose era troppo, perché era eccessiva. "Ho troppa vitalità, troppa energia per gli inglesi!" si sarebbe lamentata, mentre i suoi grandi occhi neri rivolgevano il loro sguardo all'interno, carichi di incomprensione, e lei si sarebbe domandava cosa avesse fatto *questa volta*. Hai mentito ancora, disse Sarah all'immagine di Rose. Ma Rose non avrebbe mai capito cosa voleva dire. Rose mentiva con la facilità con cui respirava, assolutamente su tutto, e per lei questo era soltanto un modo per sopravvivere, era così che si era salvata, si era tolta da quel luogo orribile che era stata la sua infanzia. Rose tesseva intorno a James reti che lui non avrebbe mai compreso, proprio come Rose non avrebbe mai compreso lui.

Mai e poi mai avrebbe capito la comune onestà, il buon senso, la sincerità. Non sono queste le qualità che si imparano quando si è fatto parte di "tutte quelle cose".

Tessendo reti e preparando trappole, folle di paura, usando tutti i trucchi che conosceva, avrebbe attirato Sarah, la sua rivale, verso di sé, in quella casa, in quella famiglia, e poi... La grande cena di famiglia, con i bambini e i loro amici. James a capotavola, e qualche volta i suoi colleghi. Lei, Rose, a capotavola dall'altra parte. Olive... altre persone... E anche Sarah, seduta modestamente al suo posto, su un lato della tavola, insieme ai bambini, come un ospite. Suo marito (il marito di Rose) con la sua prima moglie, i due nordici, due vichinghi invecchiati, belli anche se asciugati dal sole e dal vento, spiritosi, assennati, non avrebbero commentato quella scena e non avrebbero neppure permesso ai loro sguardi di incrociarsi (il che di per sé sarebbe bastato a insospettire Rose fino all'isterismo, dato che lei aveva sempre usato con tutti i suoi occhioni, con sguardi, allusioni, piccoli movimenti del sopracciglio, cupe occhiate cariche di significato – non poteva farne a meno! Non aveva mai potuto fare a meno di queste cose, di quell'atmosfera da io-e-te-da-soli)... E invece eccoli lì seduti, suo marito e Sarah, calmi, sorridenti, per nulla teatrali, a proprio agio in un mondo che Rose non comprendeva e non poteva comprendere, perché lei era nata in quell'altro posto, dove si sopravviveva.

Rose non poteva far altro che tessere reti intorno a Sarah, usando James per riuscirci. Avrebbe complottato, tramato e ordito intrighi, disposto trappole per catturare quel mondo che non poteva comprendere e trascinarlo nella sua vita e nella sua casa, a sedere alla sua tavola.

E poi?

Poi si sarebbe uccisa. Non le restava altro. Il panico e l'orrore non sarebbero stati placati, non si sarebbero sopiti perché Sarah, obbediente e amabile, sedeva alla sua tavola, ma al contrario si sarebbero risvegliati in lei e l'avrebbero uccisa.

Certo!

Era ovvio!

Era stato ovvio fin dal principio, ed era per questo che Sarah aveva provato a sua volta tanto panico. Andarsene... fuggire... fare in modo che tutto questo non accadesse.

"Rose, non Sarah." "Lei, non io," si era sentita borbottare, e la voce veniva da quella parte di lei (quella parte di noi tutti) tanto più intelligente del lento, pesante sé che vive alla luce del giorno.

Rose avrebbe chiamato di persona, quella sera. Oppure sarebbe stato un altro dei suoi figli. O James, con un messaggio da parte sua.

Sarah non avrebbe risposto al telefono.

Nel frattempo aveva acceso le luci. Cercò una certa lettera in un cassetto e fece il numero di Greta, una sua vecchia amica in Norvegia. "Greta," disse con fermezza. "Ho deciso di accettare il tuo invito, ma devo chiederti un grande favore. Voglio venire adesso, subito. Voglio venire e far base da te per delle escursioni, sì, per tutta l'estate, molto tempo... E voglio che nessuno sappia dove sono. James non deve scoprirlo. E neanche Rose. Nessuno. D'accordo? Sì, ti chiamo da Oslo."

Ecco, era fatta.

Cominciò svelta a raccogliere i vestiti di cui avrebbe avuto bisogno.

Domani avrebbe messo la casa in mano a un agente immobiliare e sarebbe andata subito all'aeroporto.

Stasera, adesso, sarebbe uscita a cena, sarebbe andata al ristorante, sarebbe tornata a casa tardi e non avrebbe risposto al telefono... che squillava mentre lei scendeva di corsa le scale per sfuggirgli.

DUE DONNE ANZIANE E UNA GIOVANE

Il ristorante è frequentato da editori, agenti e - se ospiti degli uni o degli altri - autori. Del locale non si può dire molto: resta ancora da spiegare perché un ristorante sia più in voga di un altro in cui si mangia ugualmente bene. Forse ha un décor troppo interessante, ma d'altra parte aspira al lusso. È sempre pieno.

Mezzogiorno. La gente arrivava a pranzo. Sedute da sole a uno dei tavoli più richiesti, accanto a una cascata d'edera beige e verde, c'erano due donne anziane. Portavano abiti eleganti ma pieni di fronzoli, con sciarpe, collane, orecchini. Attrici? Con quelle ciglia, il trucco degli occhi, accennavano una parodia di se stesse?

Sedevano in diagonale. Il tavolo era apparecchiato per tre. Rifiutarono un aperitivo, poi, mentre il ristorante continuava a riempirsi, chiesero due sherry.

"Molto secchi," disse una al cameriere, e la sua voce tremolò, rivelandola più vecchia di quel che sembrava.

"Molto secchi," ripeté l'altra, una buona ottava più giù, con un tono un tempo studiato per risultare sexy, ma che adesso era un brontolio quasi gracchiante.

"Benissimo," disse il cameriere ed esitò un attimo, sorridendo. Era un brioso ragazzo francese.

"Avremo sbagliato giorno?" osservò una.

"Sono certa di no," rispose l'altra.

Ed ecco arrivare il loro ospite, un uomo piuttosto giovane che si avvicinò quasi di corsa, con lo sguardo assente per l'apprensione. "Scusatemi tanto," disse praticamente in lacrime, e con la mano si lisciò all'indietro i capelli da ragazzo, scompigliati com'erano dalle scuse e dalla fretta. Si sedette, e lo stesso cameriere annuì quando lui ordinò: "Champagne, il solito".

"Accipicchia," commentò una delle donne anziane, "ci viziano." Era forse la più carina delle due, una deliziosa antichità. Quand'era più giovane doveva essere stata incantevole, un fiore, occhi azzurri, bionda, e anche ora i suoi capelli erano argentei, una massa intricata di onde e ciocche, un po' come la complicata acconciatura prediletta dalla vecchia regina Mary.

"Davvero," confermò l'altra con la sua voce profonda. Certamente un tempo doveva aver fatto colpo, scura di occhi e, probabilmente, di capelli. Ora i capelli erano dorati, un color oro pallido, raccolti in una specie di chignon fermato con un fiocco di velluto nero.

Sorelle?

"Sono stato trattenuto a causa vostra – non che sia una giustificazione," spiegò l'ospite, e prese la coppa appena riempita di champagne. Aspettò giusto un attimo per cortesia e, quando le altre due coppe cominciarono a imperlarsi di bollicine, scolò il suo primo bicchiere, che il cameriere tornò immediatamente a colmare. Le donne lo osservarono e si scambiarono un rapidissimo sguardo.

"È tutto a posto," riprese l'editore. "Ci saranno due contratti, entrambi alle stesse condizioni. Siamo partiti dal presupposto che contribuirete al libro in parti eguali."

"Oh, bene," commentò chioma d'argento. "Be', allora siamo d'accordo. Sono così contenta." Buttò giù lo champagne, in un sorso, e gli sorrise dolcemente.

"Certo," disse testa dorata con la sua voce gutturale. "Ero sicura che avrebbe sistemato tutto." E anche lei svuotò il bicchiere. "Che piacere," osservò chioma d'argento, "bere champagne a pranzo." La sua voce era già più tremula di prima e quando scendeva verso note più basse assumeva il tono intimo dei ricordi.

"Che piacere," ripeté testa dorata, "bere champagne in compagnia di un bel giovanotto."

"Oh, andiamo," ribatté lui, fingendosi sbigottito. Si sentiva piuttosto turbato. Il suo nome era William: mi-chiami-William, ma non l'avrebbe detto a queste due che, era ovvio, in un modo o nell'altro ne avrebbero approfittato.

Lo stavano sottoponendo a un esame minuzioso che lui viveva come un'intrusione. In un momento di panico si disse che tra tutte e due avevano quasi un secolo e mezzo.

Seduto, fissava le due donne anziane oltre il bordo della sua coppa di champagne. Era la prima volta che le incontrava, le aveva soltanto sentite al telefono, e in conseguenza di quei colloqui aveva controllato personalmente ogni clausola dei contratti. Non si aspettava... insomma, era esterrefatto. Nulla nel corso della sua esperienza gli aveva insegnato come considerare quelle vecchie, navigate carampane, ora entrambe sbronze con un paio di sorsi di champagne.

"Cara," disse chioma d'argento, "l'abbiamo spaventato." E posò la mano, aggraziata ma carica di anelli e macchiata dalla vecchiaia, sul braccio dell'editore.

"Non ci faccia caso," riprese testa dorata, con quella che a lui sembrò un'aria grottescamente birichina, "ci sta dando alla testa, povere noi."

Il cameriere intanto stava a osservare. Riempì i tre bicchieri.

"Vede, abitiamo tutte e due da sole," disse chioma d'argento, spiegandogli la situazione.

"Oh, credevo abitaste insieme... Non so perché..."

"Saremo anche sorelle, ma a questo non siamo ancora arrivate."

"Speriamo sempre in qualcosa di meglio, capisce," disse testa dorata, e poi sbottò in una risatina di scherno, sa Dio perché.

"Vivo sola con il mio piccolo," riprese chioma d'argento, che era in realtà Fanny Winterhome.

"E io con il mio, e tutte e due amiamo i nostri piccini," disse testa dorata, Kate Bisley.

Erano vedove. Avevano fatto le agenti teatrali per trent'anni, ai tempi conoscevano "tutti", avevano rappresentato un migliaio di bravi artisti, famosi e meno famosi, e ora scrivevano le proprie memorie. Il libro avrebbe sicuramente venduto per via degli aneddoti sui grandi, alcuni piuttosto mordaci. "Maligni però mai, caro, promesso," gli aveva assicurato al telefono Fanny. C'era anche la loro conoscenza del teatro, passato e presente. Nessuno ne sapeva più di loro, gli era stato garantito.

Il giorno prima il giovane (più o meno giovane) editore aveva saputo per caso da un attore famoso, a cui aveva chiesto di contribuire a "promuovere" il libro, che un tempo le due donne erano bellissime.

Seduto lì, passava lo sguardo dall'una all'altra.

"Kate ha un birmano e il mio piccolo è un siamese," disse Fanny. E le sue labbra pitturate sbaciucchiarono nel vuoto un gatto invisibile.

"Credo sia meglio ordinare," disse lui con fermezza.

Era evidente che si preoccupava di cosa mangiava, mentre loro no. Ma quando il cameriere si avvicinò per versare nei tre bicchieri quello che restava dello champagne, l'ospite, come fosse stato ipnotizzato – ne era convinto –, ordinò: "Un'altra bottiglia, direi".

"Oh, bene," sospirò Fanny. "Lo champagne non è mai troppo."

"A quest'ora sì che può essere troppo," rispose Kate.

"Be', ci sosterremo l'un l'altra fino al treno."

"O forse questo bell'uomo ci scorterà alla stazione?"

"Lo farei con piacere, ma ho un appuntamento a cui non posso proprio far tardi."

"Oh cielo, allora non dobbiamo pretendere troppo da lei," disse Fanny, accarezzandosi con uno scintillio di anelli il grazioso reticolo argenteo sopra l'orecchio sinistro spumeggiante di perle. Un anello le si impigliò tra i capelli. "Oh, accipicchia," disse, "non sono più abituata a mettermi in ghingheri." Si tolse un orecchino, lo appoggiò sulla tovaglia, si tolse anche l'altro e si sfilò un paio di anelli.

"Era tutto per lei," osservò Kate, "ma non siamo più in esercizio, capisce." Gli si offriva nei suoi toni profondi, come Fanny con la sua voce esile. Le loro voci... mentre sorrideva e attaccava con entusiasmo l'antipasto, gamberetti e bocconcini di questo e quello, cercava di accettare le loro voci.

"Non mi chiedete nemmeno delle condizioni?" si informò, scherzosamente, ma con una punta di astio nascosto.

"Oh, sono certa che ci ha trattate bene," disse Fanny, e la sua voce gli tintinnò lungo la schiena.

"Tanto più che ci ha mandato per iscritto le condizioni, l'ha dimenticato?" aggiunse Kate, facendo da controcanto con i suoi gravi rintocchi alla campana argentina di Fanny.

Accidenti a loro, stava pensando l'editore.

"E poi è improbabile che lei cerchi di imbrogliarci," riprese Fanny, "dato che ai nostri tempi eravamo le migliori agenti nell'ambiente."

"Vero," confermò lui.

Dopo aver lasciato indugiare i denti della forchetta tra il pesce, appoggiarono entrambe la posata e presero contemporaneamente il bicchiere.

"Felicità," disse Fanny, sorbendo lo champagne.

"Felicità doppia," le fece eco Kate.

L'editore guardava un tavolo visibile attraverso un piccolo arco, alle spalle delle sue invitate: vi sedeva, rivolta verso di lui, una giovane donna. Pranzava con un influente editore di New York e non badava all'altro, anche se doveva averlo visto. Era molto attraente, un tipo non dissimile dal Modigliani che tutti conosciamo tanto bene. Il lungo collo era candido e voluttuoso. I capelli neri luccicavano come puro carbone in un taglio che una volta si chiamava a caschetto. Aveva gli occhi verdi e portava un maglione verde erba con una collana di giaietto. La sua pelle era bianca, con la scintillante carnosità dei petali di camelia. Lui non era certo l'unico a guardarla. Ma la ragazza aveva occhi solo per l'uomo che le sedeva davanti, lo accudiva come... be', come un'amante decisa a compiacere. Ammise che il paragone non gli sarebbe venuto in mente se non fosse stato vittima di quelle due vecchie...

Dato che lei continuava a non notarlo, tornò a raddrizzare la schiena, pronto a sopportare di essere messo in imbarazzo.

Le invitate si erano accorte della sua distrazione e sedevano tranquille come due pappagallini viziati, bevendo e riflettendo, sembrava, su cose passate – ricordi piacevoli, perché le loro bocche rugose sorridevano e i loro occhi erano inumiditi dallo champagne.

L'editore cominciò a mangiare la portata principale, mentre loro lo aspettavano, pazientemente ma con indifferenza. Avevano detto che non volevano altro. Quando lui insistette di nuovo perché cambiassero idea, Fanny disse: "Il dolce! È questo che aspetto. Adoro, adoro le cose dolci ormai. Una volta non era così".

"Dolci ai dolci," ribatté Kate, a quanto sembrava facendo un complimento a Fanny per conto dell'ospite, dato che a lui non era venuto in mente. Oppure era un frammento del suo passato?

Adesso erano tutte e due alticce, e Kate in effetti si dondolava un po' e canticchiava con voce incerta un paio di battute di... cosa?

Fanny chinò la testa di lato, con le labbra increspate, e Kate disse trionfalmente: "*I've got You Under my Skin*".

"Quella sì che era una canzone da ballare," commentò Fanny. "Lei balla?" chiese accarezzandolo con la sua vecchia dolce voce.

"No, oggi loro non ballano," rispose Kate. "Noi ballavamo. Loro no, nessuno. Non vero ballare. Saltano su e giù."

"No," ammise lui, facendosi forza con lo champagne. "In verità mi sembra di non riuscire mai a..."

La seconda bottiglia era quasi finita. No, proprio no, che gli venisse un accidente se ne ordinava una terza.

Aveva inghiottito il pranzo senza goderselo.

Fece un cenno – disperato, lo sapeva – al cameriere, il quale evidentemente non aveva dubbi su come trattare con questi *sacrés monstres*. Il giovane si avvicinò con movimenti aggraziati, sorridendo, dedicando la propria attenzione a entrambe, con sguardi cordiali, e si lanciò in una dettagliata illustrazione dei dessert. Era come se stesse descrivendo gioielli, o orchidee. I suoi modi erano pieni di lusinghe e apprezzamento, per il cibo e certo anche per loro. Forse aveva una nonna preferita? Era evidente che i tre stavano flirtando! Come interpretazione era davvero incantevole, questo l'ospite era disposto ad ammetterlo. Quando infine fu stabilito che dovevano assaggiare una certa torta di cioccolato e *crème fraîche*, il cameriere fece notare che non era saggio lasciare lì in qualche modo sulla tovaglia tutti quei graziosi oggetti – perché a questo punto entrambe le donne avevano accumulato accanto a sé un mucchietto di gioielli. Il giovane sorrise, le donne sorrisero e raccolsero i loro valori, lasciandoli cadere nella borsetta.

"Come fate a sapere che non me la darò a gambe portandomeli via?" chiese il cameriere ridendo, mentre si allontanava per andare a prendere il loro dessert.

"Oh, non sia sciocco," gli sospirò dietro Kate.

"È un bocconcino," osservò Fanny. "Sono certa che ci sono in giro più bei ragazzi di una volta."

"È un'impressione," rispose Kate.

Sembrava che avessero dimenticato l'editore o che l'avessero abbandonato, perché sedevano pensierose e non lo avvicinavano nemmeno con lo sguardo.

Mangiarono la loro torta indugiando in morsetti e leccatine entusiaste, ma no, questa esibizione non era destinata a lui, l'ospite, che stava seduto a osservarle cercando di vedere in loro le donne affascinanti che dovevano essere per il cameriere, visto che non appena aveva un momento libero si fermava lì vicino a guardarle sorridente.

La settimana prima un certo impresario aveva osservato che quelle due erano state le donne più appetitose di tutta Londra.

Appetitose. Un bocconcino. Bocconcini. Le più appetitose. Lo champagne era bell'e che finito.

No, nessuna delle due beveva caffè ormai, e il brandy sarebbe stato troppo. Erano contente di andarsene a prendere il treno.

L'editore disse al cameriere che sarebbe tornato a pagare il conto e le accompagnò fuori, dando il braccio a entrambe. Questo contatto lo infastidì, ma non si prefiggeva di analizzarne il motivo. Il cameriere aprì loro la porta: "Au revoir, au revoir," disse. "Venga ancora a trovarci, madame; torni, madame, torni ancora".

E, prima di rientrare, richiamato dai suoi doveri, le seguì con lo sguardo e scrollò impercettibilmente le spalle, con rammarico, filosofia e una buffa tenerezza.

Quasi subito arrivò un taxi. L'ospite le fece salire, tutte e due leggermente malferme, ma padrone di sé. Quando si chinò a salutarle gli venne in mente che in verità quello che stavano pensando, e che si sarebbero dette non appena lui avesse voltato le spalle, era: "Bene, questa è fatta". Uno spettacolo portato a termine. Nell'istante stesso in cui smisero di fargli piccoli cenni di saluto – che gli sembravano come minimo meccanici – si appoggiarono al sedile e lo dimenticarono.

Rientrò nel ristorante. La ragazza Modigliani era sola adesso. Si sedette al suo tavolo, proprio mentre si univa a loro anche un altro collega. I tre lavoravano in reparti diversi della stessa casa editrice.

"Dio," disse lei, "cosa non si fa per dovere." Sorrise cameratescamente all'uno e poi all'altro, trattenendo con gli occhi il loro sguardo. Aveva davanti un bicchiere di Armagnac. Anche lei era un po' sbronza. "Bere a pranzo," si lamentò.

Al tavolo vicino c'era una donna che tutti e tre conoscevano, un'agente americana a Londra. Li salutò, loro ricambiarono il saluto, e lei cominciò a parlare del suo viaggio, informandosi sui nuovi giovani scrittori. La sua voce risuonava, esigeva attenzione, come di frequente accade con le voci delle professioniste americane, voci insistenti, che non concedono un centimetro, che pronunciano ogni sillaba come una pretesa.

La ragazza Modigliani le rispondeva, e la sua voce aveva uno stampo locale tanto quanto quella dell'americana. Da qualche parte in Inghilterra, in una scuola femminile, in un periodo probabilmente verso la fine degli anni Sessanta o l'inizio degli anni Settanta, ci deve essere stata una preside, o anche solo una delle studentesse migliori, di carattere estremamente forte, oppure elegante, o ricca, o bella, ma con almeno una qualità che le abbia permesso di imporre a tutti il proprio stile, rendendola invidiabile, un esempio da imitare... per una classe – poi per una scuola – poi per più scuole. Perché spesso e un po' ovunque tra le professioniste che si sono formate in quegli anni capita di trovare questa voce. È una voce acuta e un po' aspirata, che proviene da una parte circoscritta del corpo delle donne che la usano, non più di dieci centimetri quadrati nella zona alta del petto, di sicuro non risuona né nella cassa toracica né in testa. Oh cielo, povera me, pigolano i loro appelli al mondo crudele: queste giovani donne dure, spesso spietate, che approfittano di ogni minimo vantaggio possibile. A volte in un ristorante questa voce si alza da più di un tavolo, o da più parti a una riunione di consiglio o a una conferenza. Eccole lì sedute, competentemente immerse in una discussione professionale, la fredda donna d'affari americana e la graziosa ragazza inglese, il tesoro, il bocconcino, il visino di bambola, esemplari perfetti del loro genere, una insistente e implacabile, l'altra chiacchierina e sorridente, che girava il lungo, bel collo bianco, curvo e teso, mentre i serici capelli neri le dondolavano sulle guance.

I due uomini guardavano e ascoltavano.

Poi la ragazza, la collega, tornò a rivolgere loro la sua attenzione. "Oggi pomeriggio bigio. Non torno in ufficio," stava quasi sussurrando, e i suoi grandi occhi color smeraldo si allargarono come quelli di una bambina nel buio. "Voglio andare a casa a dar da mangiare al mio piccolo. Mi sono trovata un nuovo amico, è un cucciolo di chow chow, un amorino..."

Il cameriere portò il conto all'ospite delle due donne anziane: lui lo controllò e lo firmò.

Portò il conto alla bella: lei firmò dopo un rapido, freddo esame, che ricordò ai colleghi la sua durezza sul lavoro, a milioni di chilometri di distanza dallo stile sussurrato e confidenziale di poco prima. Intanto pigolava: "La mia vita è cambiata. Quando Bill e io ci siamo separati..." Bill era il marito da cui aveva appena divorziato... "pensavo che fosse proprio finita, sapete, per sempre, che quella fosse davvero la *fine* per me, ma adesso ho il mio amore di cucciolo, ho di nuovo perso la testa. Dorme sul mio letto, io cerco di tenerlo giù, gli ho preparato una cuccettina sul pavimento – è grande come un orsacchiotto di peluche, sapete – ma non c'è niente da fare..." Sorrise ai due uomini, spezzando loro il cuore.

Avrebbero già dovuto essere tutti e tre in ufficio, aver lasciato il ristorante già da una mezz'ora, avrebbero almeno dovuto andarsene subito, ma lei li teneva lì: "Lo porto fuori, tutte le mattine vado con il mio piccolo al parco prima di venire al lavoro, sì, è una disciplina, come avere un bambino vero, e quando lo riporto a casa gli lascio qualcosina con cui giocare mentre non ci sono. Adora giocare con le foglie verdi o con un rametto. Oh, è tanto carino, balla in mezzo all'erba, sembra un leoncino..."

Erano ancora seduti, e seduti sarebbero rimasti finché lei non avesse smesso, finché non si fosse mossa per andarsene, abbandonandoli.

Ma se loro non potevano alzarsi e lasciarla, sembrava che lei non potesse mettere fine alla sua opera incantatrice...

PERSONE CIVILI

La prima volta fu Jody a telefonare a Sebastian, e la conversazione andò così: "Sebastian? Parlo con Sebastian? Sono Jody. *Jody*! Non sai chi sono?"

Una pausa. "Sì, credo di sì. Sei la nuova... di Henry."

"Be', nuova non direi..."

Pausa. "Ah." Pausa.

"Quando hai saputo di me?"

"Ecco... in verità l'ho appena saputo."

Dall'altro capo del telefono l'effetto fu quello di un'esplosione, ma un'esplosione silenziosa. "L'hai appena saputo? Ma... Cristo, sto con Henry da più di due anni."

"Devo ammettere che questo mi sorprende."

"Davvero? Non te l'aveva detto nessuno? Angela non te ne aveva parlato?"

Pausa. "No... senti... non sono... non mi sento... mi dispiace..."

"Non fare tanto l'inglese con me, ci manca solo questo."

"Cosa vuoi?"

"Così va meglio." La voce era americana – com'era ovvio, visto che Jody era americana – forte, insistente, con una presenza latente di pianto, o risa. "Volevo soltanto parlare, tutto qui. *Non mi attaccare il telefono*."

"Non era mia intenzione."

"Io sposerò Henry e tu sposerai Angela. Per come la vedo io, povera stupida, certo, è un legame sufficiente per fare una chiacchierata."

"Senti," ricominciò lui, lasciando volutamente trasparire che la sua affabilità aveva un limite, "sono più che disposto a parlare di quello che vuoi, ma arrivi un po' come una sorpresa."

"Hai detto che Angela non ti ha mai raccontato di me?"

"No, e neanche Henry."

"Henry? Vuoi dire che lo vedi?"

"Be', sì, qualche volta. Tra persone civili, sai come si fa..."

"Non nominarmi quella parola, persone 'civili'," ribatté lei con veemenza. "Mi spiace, ma quella parola è *vietata*."

"Benissimo. Come vuoi. Comunque sì, come succede, Henry e io ci siamo incontrati, sai, per parlare di una cosa e dell'altra."

"Però mai di me."

"Effettivamente, no."

"Santo cielo, no, proprio non... Davvero non posso crederci, tutto qui."

Come per scusarsi, lui disse: "Vedi, l'argomento non è mai saltato fuori".

"Oh, e perché avrebbe dovuto! Sono solo la donna che sposerà Henry, niente di più."

Un silenzio. "Ma... Jody... Jody?"

"Jody. Un nome. Come Mary."

"O come Sebastian," rispose lui, con una risatina conciliante. "Senti, Jody, non capisci? Noi non parliamo... di questo genere di cose. Neanche tu avrai parlato di me con Henry, no? Avrete di meglio di cui chiacchierare."

"No, ma del resto tu sei un fenomeno abbastanza recente, no? Non sei appena arrivato?"

"Non direi, conosco Angela da circa tre anni... e anche più."

"Tre anni," ripeté lei, volendo sembrare stupefatta.

"Sì, più o meno. Henry non ti ha mai detto di me?"

"Il nuovo *tipo* di Angela, ha detto."

"Be'! Oh, be', e allora? Non è questo il punto, ti pare? Il tempo che passo con Angela non lo dedico a parlare della vita sentimentale del suo ex marito."

"Devo dirti che se avessi saputo che *c'eri*, ti avrei telefonato già da un pezzo."

"Sarebbe stato un piacere," rispose lui.

"Oh no," disse lei. "Oh no, no, *no*... non quel tono. Non quel *tono* inglese. Quando lo sento..."

"Prendi la pistola?"

"Se ce l'avessi, sì. Non ho intenzione di farmi *chiudere la bocca.*"

Rabbia improvvisa. La rabbia di un uomo che pretende da se stesso troppa cordiale ragionevolezza. "Stai esagerando," sbottò. "Se vuoi parlare, parla, ma non me ne starò qui seduto a fare da bersaglio al posto di... chissà chi."

"Oddio," gemette lei all'improvviso. "Mi dispiace, oh mi dispiace. Non intendevo... Volevo parlarti, *dovevo* farlo, dovevo scoprire... no, hai ragione tu. Scusa. Ciao Sebastian."

Era solo. Erano le undici di sera ed era pronto per andare a letto. Invece si versò uno scotch, non una sua abitudine a quell'ora, e rimase seduto a guardare lo schermo spento del televisore, come se potesse tutto a un tratto elargirgli informazioni. Era molto più turbato di quanto ritenesse opportuno.

Qualche mese dopo fu lui a telefonarle.

"Jody? Sono Sebastian."

"Ciao Sebastian," disse lei, in tono volutamente disinvolto, ne era certo.

"Spero che non ti secchi," riprese con cautela, "ma mi sono ricordato che una volta tu mi hai chiamato."

"È vero."

"Be', si tratta di questo: Henry mi ha chiesto di telefonarti per dirti che è andato con Angela alla recita scolastica di Connie. Ha cercato di avvisarti ma non c'è riuscito, questo fine settimana non potete vedervi." Silenzio. "Capisci, aveva dimenticato la recita. Connie, sai... la bambina."

Una voce cauta e strozzata, che sembrava sondare, valutare ogni parola. "Vuoi dire che Henry, il *mio* fidanzato ha chiesto a *te*, il fidanzato della sua ex moglie, di telefonare a *me* per dirmi che *noi* non possiamo vederci?"

"Sì, più o meno."

Un verso che avrebbe potuto essere un singhiozzo, un'imprecazione, una preghiera.

"Be'," disse lui, "ecco fatto."

"Scusa, ma come mai ti trovi nella posizione di fare da messaggero a Henry?"

"Caso vuole che ieri sera fossi con Henry e Angela."

"Un triangolo?"

"No, un quadrato in verità. C'era anche mia moglie – o meglio, la mia ex moglie. Olga."

"Senti," disse lei, con una voce smorzata dallo sforzo, "secondo me sono stronzate. Mi spiace."
"Spiace anche a me. Ma a cosa ti riferisci?"
"Henry mi dice che sono una selvaggia. È così che dice. A me non va tutta questa melensaggine, tutta questa leggerezza. Non è naturale. Non è sano. Ed è *stupido*. Non porta altro che dolore per tutti."
"Be', è un punto di vista come un altro."
"*Dio*, se solo sapessi quanto odio questo modo spiritoso di rendere tutto asettico."
"Tutto quello che è *vero*?"
"L'hai detto. Appunto. Proprio così. Tutto quello che è vero."
"E tu non credi che si dovrebbe restare amici dopo un divorzio?"
"Una volta ottenuto il divorzio io ho dichiarato che non volevo più rivederlo. E non l'ho più rivisto. Il mio ex marito. Marcus."
"Ah."
"Un verme."
"Ma pensavo che aveste un figlio, no?"
"Ce l'abbiamo."
"Però non vi vedete mai."
"No."
"Ah."
"Ah anche a te. Bene, messaggio ricevuto, e grazie." Attaccò il ricevitore.
Lui cercò di riderci su, ma di nuovo si trovò a versarsi da bere.
Alcuni mesi dopo Jody gli telefonò. "Cos'è questa storia di noi due che andiamo a passare un bel fine settimana nel cottage di Henry e Angela?"
"Se n'è parlato."
"E tu che cosa hai detto, Sebastian?"
"Ho detto che pensavo fosse prematuro."
"Prematuro," gridò lei. "Senti, no, un attimo... Voglio vederti. Incontriamoci, noi due soli. Voglio parlare."
"Di cosa?"
Lei rise. Sebastian si sentì rincuorato: era una risata sincera. Così va meglio, pensò.
"Quello di cui voglio parlare non sono... questioni pratiche. Non dove mettere i bambini o chi paga una cosa o l'altra. C'è

qualcosa... Non so esattamente come esprimerlo." Lui non disse niente per incoraggiarla, quindi ci fu una pausa piuttosto lunga. Poi Jody chiese, ragionevolmente: "Non ti capita di sentirti come se fossi alle prese con qualcosa – be', qualcosa di intangibile?"

"Qualcosa di che tipo?"

"Con quei due. Henry e Angela." Continuava a non aiutarla, e lei proseguì faticosamente. "Insomma, inadeguata, ecco come mi sento, io non sono all'altezza."

"Oh, si tratta di *questo*," rispose lui, afferrando l'appiglio. "Certo, inadeguata, ma del resto chi non si sente inadeguato?"

"Cristo, *no*, non metterla così."

"Così come?"

"Non minimizzare."

"Non mi pareva di minimizzare."

"Certo che no. Voi non lo fate mai, giusto?"

"Intendi noi inglesi?"

"Sì. Proprio così. Esattamente."

"Eppure mi sembra che tu ne abbia sposato uno."

"È vero. E ho promesso di rifarlo, di diventare la moglie di Henry. Prima Marcus, poi Henry. Mi sto facendo una cultura su come nascondere gli scheletri nell'armadio."

"Direi che non siamo proprio il tuo tipo."

Lei rise. "Hai qualcosa in contrario se ci vediamo? Per una chiacchierata? A cena?"

"Abiti a Manchester?"

"Sì, ma questo fine settimana sono a Londra."

"Vuoi venire da me?"

"Campo neutro. Un ristorante."

"Buon Dio, non mi ero mai considerato un campo minato. O qualcosa del genere."

"O qualcosa del genere. Che tipo di ristorante?"

"Non me ne importa un accidente."

"Davvero? Mi sento ripetere – anche troppo spesso – che Angela è un'ottima cuoca."

"Ci si stufa anche delle cose migliori."

"Oh. D'accordo allora, dove?"

Decisero di arrivare sul tardi al ristorante, in modo da non essere assillati, e in effetti il locale andava svuotandosi. Si sedettero esaminandosi a vicenda con una curiosità dovuta quasi esclusivamente all'assenza di Henry e Angela. Lei si chiedeva: perché Angela si è sbarazzata di uno per prendersene un altro esattamente uguale?

Ma lui pensava: Dio mio, Henry la troverà un osso duro dopo Angela. E si congratulò con se stesso per aver fatto l'affare migliore.

Era un uomo alto, bruno, un po' curvo – come se anche la sua altezza gli sembrasse troppo invadente e cercasse di ridurla. Portava abiti di buon taglio tradizionale. Aveva uno sguardo canzonatorio, indizio – Jody ne era convinta – di quell'umorismo sprezzante che la mandava su tutte le furie. Sebastian sorrideva cortesemente a una bionda, vestita – era la sua decisa sensazione – in modo fin troppo elegante per l'occasione.

Era più sulle difensive di quanto credesse, nonostante prima di arrivare si fosse detto: allora, attento, basta la minima cosa a farla esplodere. Ogni frase che pronunciava annunciava: "Non avvicinarti troppo". Stava appoggiato allo schienale della sedia, inclinandola addirittura all'indietro quando Jody si sporgeva verso di lui. Lei era consapevole che visti insieme dovevano dare l'impressione di una donna che dà la caccia a un uomo, ma non le importava.

Sebastian stava pensando che la sua voce non l'aiutava. Un vero peccato, poi, che gli americani dovessero – come dicevano loro – verbalizzare tutto. Intelligente: su questo non c'era dubbio. Purtroppo però...

Sbarazzatisi delle ordinazioni, in questo caso un particolare irrilevante, lei chiese: "Da quanto tempo stai con Angela?"

Lui devette pensarci. "Quattro anni. Almeno."

"E io sto con Henry da tre."

"Spero che questi anni ti siano piaciuti come sono piaciuti a me."

Questa osservazione, che nelle speranze di Sebastian doveva stabilire il tono della conversazione, la fece sorridere, sarcasticamente. Allora anche lui sorrise.

"Bene," disse , "sono senza dubbio un insensibile zuccone."

"Non ti è mai seccato che ci abbiano messo tanto a divorziare? Era un divorzio semplicissimo."

"No, perché avrebbe dovuto seccarmi?"

"Solo una formalità!"

"Per te è molto di più?"

"Sì. Sulle prime no, ma poi ho cominciato a chiedermi come mai i meccanismi non si mettevano in moto."

"Però ora è fatta. La pratica è stata finalmente chiusa il mese scorso."

"Ma non precipitiamo le cose! Non facciamo niente di prematuro!"

Lui mostrò di riconoscere la battuta con un sorriso appena accennato. Andiamo avanti! – era il suo messaggio.

"Mi sembra sempre che ci sia qualcosa di non detto, qualcosa che non riesco ad afferrare."

"È quello di cui mi hai parlato al telefono." Prima che lei lo interpretasse come un tentativo di scoraggiarla fece un gesto che significava: no, aspetta... Bevve un paio di terapeutici sorsi di vino e cercò di mostrare con il suo sguardo serio che aveva tutte le intenzioni di incontrarla sinceramente. Ma ciò nonostante sembrava imbarazzato e riluttante. "Ho pensato a quello che mi hai detto. Vedi, non credo di aspettarmi tanto quanto apparentemente ti aspetti tu. È naturale che ci siano barriere e difficoltà. Henry e Angela sono stati sposati per... credo siano stati dieci anni. Hanno una figlia... sai, Connie. Tutto questo non scomparirà per via – be', di te e me? E anch'io ho una ex moglie, Olga. Te l'avevo detto? Immagino che ogni tanto per Angela non sia facile. E tu hai il tuo ex marito – certo Henry a volte..."

"No," lo interruppe lei con decisione. "No, assolutamente no. Io ho tagliato con quella storia. È questo il punto. Chiuso! *Finita*! *Basta*!* Non mi piacciono i fantasmi."

Lui sospirò. Non l'aveva fatto apposta e ora aveva l'aria colpevole, così lei dovette sorridergli. Evidentemente Henry si guadagnava quel sorriso abbastanza spesso, perché lei era ben allenata a farlo, pensò Sebastian. "Perché ti aspetti tanto?" chiese. E quella, per come la vedeva lei, era la prima cosa sincera che diceva. Aveva parlato dando voce alla propria natura e non ripetendo quello che credeva di dover dire per autodifesa. "Forse io non sono così difficile da soddisfare come te. Questi quattro anni con Angela sono stati assolutamente splendidi. E spero ce ne siano in serbo molti altri."

"Non ho detto di non aver vissuto anni assolutamente splendidi insieme a Henry," rispose lei dolcemente. E risero. Insieme. Si piacevano persino, per quanto possibile con quelle due presenze invisibili al loro tavolo, Angela e Henry. "Ma non vedo il moti-

* In italiano nel testo [*N.d.T.*].

vo di sposarsi se non vengono scoperte tutte le carte, capisci, *tutte*."

"Ah, be', allora credo che tu sia irragionevole. Vai in cerca di guai."

"Perché prendersi il disturbo di sposarsi?"

"Forse non dovresti... No, davvero – lo dico bonariamente, credimi. Non è bene chiedere troppo. È stato l'errore che ho fatto con Olga."

"Ti sei mai pentito del divorzio? Da Olga..."

Un attimo di esitazione ora. Questo non gli andava. "Sì," rispose, con difficoltà. "Sì, a volte me ne pento. Ma siamo ottimi amici."

"Come Henry e Angela."

"Lo spero."

"E come te e Henry."

"Henry mi piace. Grazie a Henry la mia vita ora è molto migliore. È una delle persone a cui mi rivolgerei se avessi un problema serio."

"Una rarità."

"Credo proprio di sì."

"Immatura," sospirò lei, con fare istrionico. "È questo che sono. Non sono cresciuta." E poi, con una di quelle svolte improvvise, quasi feroci, che lui aveva tanto paventato: "Peccato che queste siano tutte stronzate. Idiozie. Oh, lo so cosa pensi di me. Per anni me lo sono sorbito da Marcus, e adesso da Henry".

"Marcus il verme?" Un tentativo di umorismo che venne respinto.

"Sì, un verme. In una parola."

"Ah."

"Si è comportato... lui sì che era immaturo. Perché dovrei coprire tutto, far finta che non sia mai successo? Se questa è maturità..."

"Io non ho mai usato quella parola!"

"No, ma mettiti una mano sul cuore e giura che non ci avevi pensato."

Fu costretto a ridere. Rise anche lei. Ma la sua non era una risata solida, pensò Sebastian. La cena terminò prima di quanto si aspettassero. Sebastian temeva che lei si mettesse a piangere. E lo temeva anche Jody.

Questa volta passarono settimane, e fu lei a telefonargli per chiedergli: "Cosa ne dici, è davvero una buona idea passare un intimo fine settimana tutti insieme?"

"Perché no? Ci sono delle cose da sistemare e prima o poi dovremo vederci, immagino."

"Mi inchino alla tua saggezza pratica."

"Comunque è un posto molto carino. Sono sicuro che ti piacerà."

Jody rise. Di lui. E Sebastian si unì alla risata.

Era un posto carino. Si misero in viaggio a cinque minuti di distanza, lui da Londra, lei da Manchester, lasciarono la strada principale, imboccando una serie di stradine sempre più strette, finché arrivarono a un vecchio, grande edificio con un arco che conduceva in un cortile in mezzo ad altre costruzioni sparse. Il "cottage" era in realtà una casa malandata ma abbastanza spaziosa, con finestre che davano sul cortile, e dietro una di queste si vedevano Henry e Angela, seduti a un tavolo. Prima Sebastian e poi, più timidamente, Jody avanzarono verso quella finestra, oltrepassando mastelli dentro cui erano piantati i fiori e un collie addormentato, e si presentarono alla coppia che fece loro cenni vigorosi, sorrise e li pregò di entrare. Quando Sebastian fu sulla porta della cucina, Angela corse ad accoglierlo, baci baci abbracci abbracci, oh caro Sebastian, mentre Henry sorrideva affabilmente e si voltava un po'; e quando subito dopo comparve Jody, Henry le andò incontro e la strinse forte. "Tesoro," disse e, con il capo chino accanto a quello di lei, le sussurrò il suo benvenuto. Angela, di fianco a Sebastian (si tenevano ancora abbracciati), osservò la scena senza voltarsi e sul suo viso si disegnò la più tenue ombra di rimpianto.

Poi Angela e Henry si staccarono dai rispettivi innamorati e cominciarono a togliere dalla tavola piatti e bicchieri. Uno a fianco all'altra, con la schiena rivolta al lavandino, sorridevano.

Angela era una donna piccola e graziosa, con una massa di riccioli neri e un'aria vivacemente divertita che non perse mentre diceva con entusiasmo a Jody: "Sono così contenta che tu sia qui. Davvero, è ridicolo, avremmo dovuto conoscerci molto tempo fa. Io continuavo a ripeterlo, non è vero Henry?"

"Sì, è vero, ma non sembrava mai l'occasione opportuna," rispose Henry. Era un tipo robusto, bruno e affabile, dalla faccia rubiconda, ma questo era dovuto al vino che aveva bevuto insieme ad Angela. Visti così, fianco a fianco, facevano una coppia, si appartenevano, erano un tutt'uno, pieni di benessere, pieni di benevolenza.

"Be', grazie," disse Jody, e dato che Sebastian si era seduto al tavolo in mezzo alla grande cucina di campagna, disordinata e gradevole, lei fece altrettanto, prendendo posto proprio dove dalla finestra aveva visto seduta Angela. Si esaminarono tutti a vicenda, senza nasconderlo: era naturale che fossero curiosi, dicevano con franchezza le loro espressioni, i loro atteggiamenti. Ovviamente erano soprattutto le donne a soppesarsi, essendo il loro primo incontro: ma le nuove idee suggerite dalla presenza di tutti loro nella stessa stanza erano infinite. Sebastian, ad esempio, osservava Henry pensando che più di una volta Jody aveva suggerito una somiglianza tra loro due, ma arrivò a concludere, dietro il suo sorriso, che solo una prospettiva tanto lontana dalla sua poteva produrre paragoni simili, e non aveva senso cercare di spiegarli. Provò con questo ragionamento: Angela ha scelto Henry e ora ha scelto me, quindi forse c'è qualcosa che ci accomuna e di cui non siamo consapevoli? Ma d'altra parte il ragionamento analogo – Henry ha scelto Angela e poi Jody – invalidava il primo. La deliziosa Angela (perfetta sotto ogni aspetto) non poteva assolutamente essere accostata alla drammatica Jody, seduta lì nei suoi eleganti vestiti da campagna, i capelli biondi (tinti, supponeva lui), lisci e lucidi, sorridente e aperta, eppure con qualcosa di simile a una sottile lama di affilata intelligenza dietro quegli occhi grigi, furbi e osservatori. Una splendida creatura, questa Jody. Che Henry se la prendesse pure.

"Abbiamo un problema," annunciò Henry. "Connie non si sente bene e abbiamo deciso di portarla all'ospedale locale."

"È per questo che siamo stati tanto maleducati da mangiare prima che arrivaste," confessò Angela. "Ma se vi mettete comodi, noi saremo di ritorno in un lampo."

Il "lampo" sarebbe durato tutto il pomeriggio, come risultava ovvio soltanto a pensarci. Sebastian registrò l'espressione con cui Jody (probabilmente contro la sua stessa volontà) stava gridando che ai genitori doveva *certo* essere venuto in mente che l'indisposizione dell'undicenne Connie era forse da collegarsi a quella situazione traumatica, un intero fine settimana con la presenza contemporanea di papà, mamma e dei loro nuovi compagni. Ma se avevano avuto questo pensiero, i genitori non lo davano a vedere.

"È qualche giorno che sta poco bene," spiegò Angela. "Sono stata lì lì per portarla dal dottore sabato scorso."

"Torniamo in un attimo," disse Henry e lanciò a Jody un'occhiata che la illuminò di piacere, trasformandola improvvisamente in una bambina, confusa e grata. Ma subito dopo il suo viso tornò a quella condizione di sobria ipervigilanza che faceva sentire a disagio Sebastian.

"Sebastian sa dove stanno le cose," disse Angela, dedicandogli uno sguardo speciale.

Henry e Angela .uscirono dalla stanza, e poco dopo gli altri due li videro portare alla macchina la figlia, avvolta in una coperta e accasciata in mezzo a loro. L'auto si allontanò sotto il grande arco, diretta verso il mondo esterno e accompagnata da sorrisi e saluti, e persino da un bacio lanciato da Angela a Sebastian sopra la testa di Connie.

Poi Sebastian si alzò, andò al frigorifero e cominciò a disporre sulla tavola il pranzo che era in verità solo un preludio alla grande cena serale. Paté. Formaggio. Insalata. Frutta. Sebastian e Jody si sedettero insieme in quella gradevole cucina e per un po' mangiarono in silenzio.

"Non ho mai conosciuto una donna abile come te nel far sentire i propri pensieri," osservò Sebastian, ma non con l'aria di apprezzare quella dote.

"Certo di pensieri ne ho in abbondanza."

Lui non rispose e versò dell'altro vino, tornando a riempirle il bicchiere senza chiederglielo.

"Per esempio, quand'è l'ultima volta che sei stato qui?"

"Due settimane fa. No, con Olga. E la bambina naturalmente... nostra figlia. Si chiama Marion. C'era anche Connie."

Lei assimilò la risposta. "Tu e la tua ex moglie passate insieme le vacanze?"

"Be', sì, per la bambina, capisci. Marion è diventata molto amica di Connie, con mia grande gioia. Henry e Angela hanno piacere che si usi la casa." Silenzio. Specificò: "Abbiamo camere separate, Jody".

"Naturalmente, visto che siete divorziati."

"Non perché siamo divorziati, ma perché io amo Angela."

"Sapevi che in primavera Angela e Henry sono stati via insieme per dieci giorni?"

"Insieme a Connie. Sono andati in Svizzera a trovare la nonna – vive lì con il suo terzo marito, sai. La madre di Angela." Aggiunse: "In realtà, Henry è rimasto solo un paio di giorni. Credevo dovesse incontrarti da qualche parte".

"Lo credevo anch'io, ma poi ha dovuto lavorare - in Germania."

"Lavora molto. Molto più di me."

Henry si occupava dell'amministrazione di una qualche fondazione artistica ed era sempre in viaggio. Sebastian era un uomo d'affari, e anche lui viaggiava spesso.

Mangiarono i formaggi e bevvero altro vino. Poi Sebastian, scegliendo le parole, ed esprimendo al contempo con i suoi modi che si sentiva di doverle dire tutto questo, ma avrebbe preferito non fosse necessario, riprese: "Sapevi che Henry e Angela si conoscono da sempre? Sono cresciuti insieme".

"Sì, Henry me l'ha raccontato."

"Fratello e sorella. Ecco cosa sono. Mi ci è voluto un po' per capirlo, lo ammetto."

La guardava, per valutare se ci fosse bisogno di specificare.

Lei disse secca: "Non sono gelosa dell'aspetto sessuale". E infantilmente aggiunse: "Non ne ho motivo". Dopo di che arrossì per il proprio modo di vantarsi, tornando per un attimo una bambina.

Ora Sebastian rideva di lei. Era un po' alticcio e rubicondo, proprio come Henry, rilassato e disinvolto. A proprio agio, come se fosse stato nella sua cucina. "Be', buon per te," disse. "Io invece so essere terribilmente geloso. Ma non di Henry. Non hanno rapporti da anni. Non riescono. Non funziona. Il sesso non è mai stato importante per loro."

"Così dice Henry."

"E allora?" Adesso le sembrava ostile, la fronteggiava con il volto arrossato, senza traccia della sua consueta cautela, del suo ritegno. Tutte cose di cui il vino lo aveva liberato! O forse era stata l'antipatia che provava per lei... Continuò: "La gelosia! Se vuoi un consiglio, lascia perdere. Non mettertici neanche. Non lasciarcela entrare. Io lo so. L'ho fatto. E me ne pento".

"Con Olga?"

"Sì, e non solo con Olga. Con le altre. Essere geloso è il mio guaio. E adesso faccio un sacco di sforzi per evitarlo. Con la gelosia non si vince, mai."

Sparatole dritto addosso questo ammonimento, si alzò.

"Non credo di essere gelosa."

"Ah no? A me pare di sì."

Ma prima che lei potesse ribattere, Sebastian, incamminandosi verso la porta, disse: “Sono un po’ sbronzo. Vado a riposarmi. Non lavoro la metà di quello che lavora Henry, però mi piace fare una piccola siesta quando sono qui”. Sulla porta si fermò. “Certo, tu non sai qual è la tua camera.”

“Presumibilmente quella di Henry.”

“Naturale. In cima alle scale prendi il corridoio che ti trovi davanti, è quella in fondo.” Era quasi uscito quando si girò per aggiungere: “Angela e io siamo dalla parte opposta, nel caso te lo stessi chiedendo. Ci sono almeno cinque stanze a separarci”.

“Alla faccia del cottage,” rispose Jody, ma lui se n’era già andato.

Rimase seduta da sola nella cucina silenziosa. Sentiva i passi di Sebastian di sopra, ed era contenta di sentirli. Il pallido sole inglese là fuori, la gente che passava davanti alla casa, il rumore di una macchina che percorreva la stradina, l’ombra di un uccello sulle pietre del cortile – tutto questo le ispirava un’atmosfera di frammentazione, cambiamento, perdita. Cominciò a sentirsi fuori posto, lì impettita come una sentinella, con le dita intorno al gambo del bicchiere vuoto. Forse anche lei doveva andare a riposare un po’. Perché no?

La camera in fondo al corridoio era spaziosa, arredata in modo adeguato alle visite in campagna, con tappeti sul pavimento e un antiquato piumino sull’ampio letto matrimoniale. Dalle finestre guardò le case ben distanziate tra i campi verdi. Si infilò nel grande letto e pensò che lì, quella notte, lei e Henry... be’, meglio stare a vedere come sarebbero andate le cose! Jody e Sebastian scesero al piano di sotto a distanza di cinque minuti l’una dall’altro: era già tardo pomeriggio. Henry aveva telefonato per dire che lui e Angela avevano fatto tardi all’ospedale. Perché non cominciavano loro a cucinare?

Sebastian, a proprio agio in quella cucina, dirigeva le operazioni, mentre Jody obbedientemente tagliava e mescolava, poi insieme prepararono un dolce che lei sapeva fare bene. Il cortile fuori dalle finestre conteneva ora come una piscina l’ultima luce del sole, e le piante, il cane che sonnecchiava sul selciato, un albero, una panchina, sembravano remoti, lo scenario di una canzone o di un racconto. Sebastian ragguagliò Jody sulla storia di quel “cottage” e dei suoi dintorni, una storia lunga, che risaliva a secoli prima, piena di eventi, ma di cui solo l’ultima parte spiegava quello che avevano davanti agli occhi. Tutta quell’area un tempo era stata un'unica grande proprietà e sotto il grande arco erano passati carri, carrozze e gruppi di cavalli diretti alle costruzioni che ospitavano una decina di piccole botteghe artigiane. Ora però il forno, la fucina del fabbro, la bottega del maniscalco, la conceria, la baracca del falegname, il cortile dello scalpellino erano stati trasformati in studi per artisti e studenti che partecipavano a corsi organizzati durante tutto l'anno. Erano queste le persone, soprattutto giovani, che passavano lentamente davanti alle finestre, come pesci pigri, indugiando a guardare il cielo ventoso della sera, fermandosi a osservare il cane, o - per un attimo, prima che la buona educazione facesse loro distogliere lo sguardo - a fissare la finestra attraverso cui si vedevano Jody e Sebastian al lavoro. Poi, mentre il buio riempiva il cortile, con la cena affidata al forno, i due passarono in salotto. La stanza, come tutta la casa, era spaziosa, disordinata e confortevole. Lì i vestiti eleganti di Jody sembravano fuori luogo, ma i suoi modi dicevano che non era disposta a scusarsi per questo.

Bevvero un aperitivo. Poi un altro. Infine si misero a giocare a Scarabeo.

Era completamente buio quando la coppia tornò, entrando in casa con Connie ancora accasciata tra loro. Gridarono un saluto a Sebastian e Jody e indirizzarono loro sorrisi di scusa dalla porta, prima di portare di sopra la bambina per metterla a letto.

Tornarono giù in fretta, perché a quanto pareva Connie era esausta e più che pronta per addormentarsi. Angela e Henry spiegarono che c'erano stati dei ritardi, il dottore aveva sempre troppo da fare... avevano portato Connie all'ospedale più grande, a una quindicina di chilometri di distanza... lì avevano dovuto aspettare ancora. Forse le avrebbero dovuto togliere le tonsille, ma ovviamente oggigiorno sono restii a operare. Angela e Henry erano uno accanto all'altra sul vecchio divano davanti al caminetto, che adesso era spento ma in inverno doveva fare tanto intimo. Raccontavano animatamente la loro storia a Sebastian, seduto in una grande poltrona alla loro destra, e a Jody, nella sua poltrona alla loro sinistra. Si voltavano da una parte all'altra, dall'uno all'altra, come per distribuire coscienziosamente la loro attenzione. Poi, dato che era ora di cena, i quattro andarono in cucina e lì mangiarono, Henry a capotavola da un lato, Angela dall'altro. Angela sbadigliava e ciondolava, scusandosi graziosamente: era arrivata quella mattina in macchina dalla Svizzera con Connie, dopo aver fatto visita a sua madre. La notte prima non aveva quasi dormito. "Povera cara," disse Henry, prima di Sebastian. Lei gli indirizzò un sorriso di gratitudine, e poi voltò in direzione di Sebastian il viso tondo, in genere roseo ma ora pallido ed esausto, scosse il capo e fece un sorriso indifeso, incapace di far altro che ironizzare sulla propria condizione. Il caffè fu servito in salotto, ma Angela si era già addormentata sul divano. Scoppiarono tutti a ridere, e questa volta Sebastian arrivò in tempo per svegliarla e accompagnarla di sopra, a letto, sostenendola mentre lei si voltava a sorridere le sue scuse e mandare baci a tutti, compresa Jody che ormai sicuramente sarebbe stata felice di riceverne uno.

Poco dopo Sebastian tornò giù, attento a fare rumore in anticamera prima di entrare in salotto. Henry, seduto al posto di Angela, sbatteva le palpebre e sbadigliava, e Jody, di fianco a lui, gli teneva la mano. Stava seduta accanto all'uomo mezzo sdraiato, dritta, con i piedi calzati in scarpe costose appoggiati compostamente davanti a sé, i capelli biondi e lucidi.

"Oddio," disse Henry, "scusate tanto, ma non riesco a star sveglio." E a Jody: "Mi dispiace tesoro, proprio non..." La abbracciò cameratescamente, la baciò sulla bocca, e salutandoli con un cenno della mano andò di sopra.

Sebastian e Jody non si guardarono. Dopo il caffè ripresero a giocare a Scarabeo, accumulando tutti e due punteggi altissimi, accusandosi a vicenda di barare e ridendo un sacco. Dato che nel pomeriggio avevano dormito a lungo, fu a mezzanotte passata che Sebastian raggiunse Angela da un lato della casa e Jody si unì a Henry dall'altro. Angela ed Henry erano entrambi profondamente addormentati, e quando la domenica mattina Sebastian si svegliò, alle nove suonate, si trovò da solo nella stanza, mentre Jody, scesa di sotto in vestaglia, venne accolta da Henry e Angela che bevevano un caffè. Avevano in programma di portare Connie, che si era già alzata e apparentemente stava di nuovo bene, a passare la giornata con degli amici che abitavano a un chilometro da lì. Perché intanto Sebastian e Jody non facevano colazione? Così fecero, e quello che Jody non disse sembrò riempire non solo la cucina, ma anche il salotto quando ci si trasferirono.

Angela e Henry tornarono, tutti esuberanti, suggerendo una bella passeggiata: nón c'era da preoccuparsi per il pranzo, erano stati invitati a casa degli amici da cui avevano portato Connie. Uscirono tutti e quattro insieme, questa volta divisi nel modo giusto: davanti Henry e Jody, che si tenevano per mano e facevano dondolare le braccia ridendo, e dietro Sebastian e Angela, mantenendo una certa distanza per permettere alle coppie di scambiarsi parole d'amore, nel caso. Ma se così fu non durò per molto, perché dopo una breve sosta ad ammirare un panorama di alte colline tondeggianti sui cui pendii le nubi correvano vivaci, spinte dal vento, Angela e Jody fecero coppia e restarono indietro, ben distanziate dagli uomini che procedevano a passo spedito. Che Angela e Jody avessero l'occasione di stringere amicizia era una delle ragioni di quel (per come la vedeva Jody) rischioso fine settimana, e l'argomento della loro conversazione furono i figli. Le preoccupazioni di Angela per Connie erano di ordine generico. La bambina si era dimostrata intelligente e coraggiosa davanti alla separazione e poi al divorzio dei genitori, ma la cosa era successa durante quattro anni di importanza vitale, e sebbene lei e Henry avessero fatto di tutto – "Tutto quello che potevamo," gemette Angela nel vento –, aveva l'impressione che Connie la stesse prendendo molto male, anche se secondo Henry lei esagerava. A questo punto Jody le raccontò di quanto si sentiva in colpa per Stephen, suo figlio, che aveva dieci anni. Mentre era ancora sposata con Marcus, il padre di Stephen, era riuscita a rimandare il momento in cui il bambino sarebbe stato mandato in collegio, secondo l'usanza inglese, ma con il divorzio la sua influenza era cessata. Stephen era stato confinato, vittima di tutta la crudeltà della sua gente, nella scuola scelta da suo padre. Durante le vacanze lei cercava di tenerlo con sé quando poteva, però aveva il lavoro, occupava una posizione ottima ma molto impegnativa nel reparto pubblicità di una grande azienda. Solo una volta all'anno poteva esigere di passare una vera vacanza con Stephen. Sapeva che il bambino si stava allontanando – si era già allontanato; ai suoi occhi lei appariva sempre più stravagante, lo sapeva. Voleva portare Stephen a trascorrere una lunga vacanza nel Colorado, dove la sua famiglia aveva un ranch, ed era certa che anche Stephen avrebbe voluto andarci, ma il padre sosteneva che una cosa simile avrebbe gravemente scombussolato un bambino che aveva già i suoi problemi. Lei era un'egoista, diceva. Secondo Jody l'egoista era lui. "Litighiamo tutte le volte che ci vediamo." Ma aggiunse: "In verità non ci vediamo, non voglio mai più trovarmelo davanti. Però parliamo al telefono e finiamo sempre per urlare".

Angela ascoltò tutto questo con serietà, inclinando di tanto in tanto il capo verso Jody, mentre il vento spezzettava e trascinava via quei messaggi di insoddisfazione. "Grazie al cielo Henry e io siamo rimasti buoni amici," gridò. "Almeno questo problema non c'è."

Presto arrivarono a un pub, la meta di quella camminata, nonché apparentemente di tutte le loro passeggiate in campagna. Un edificio bianco e tozzo fronteggiava con dignità i venti che battevano il versante aperto della collina. All'esterno, su un'area spianata e lastricata, c'erano cinque o sei tavoli dipinti di bianco e alcune sedie, ma sembrava che da un momento all'altro sarebbero scivolati via nei campi, andando a sparpagliarsi tra i cespugli di ginestra. In quella giornata fredda c'erano poche persone lì fuori, per la maggior parte bambini, sullo sfondo di alberi scossi dal vento, cieli in rapido movimento e il luccichio degli steli d'erba che si piegavano a inseguirsi a vicenda. L'interno del pub non concedeva nulla all'estate. Un locale piuttosto cupo, non ben illuminato dalle lampade a muro rosse e giallastre, e una trentina di persone in piedi o appollaiate sugli sgabelli lungo il bancone. Henry, Angela e Sebastian trovarono il proprio posto in questa scena, come facendolo per la millesima volta, e Jody fu accolta con cortesia. Evidentemente tutti lì conoscevano quei visitatori che tanto spesso arrivavano da Londra, e in men che non si dica furono coinvolti nella conversazione comunque incomprensibile per Jody, dato che si trattava di pettegolezzi e notizie su gente, avvenimenti e animali del posto. Erano chiacchiere scambiate ad alta voce, in tono sicuro e scherzoso, e – a giudicare dalla varietà di accenti – accomunavano una varietà di classi, non solo un paio: le voci dei londinesi aggiungevano note a un diapason. Non per la prima volta, alla straniera venne fatto di pensare che le famose divisioni di ceto di quell'isola si ricomponevano facilmente – come in quel pub, per esempio, dove un gruppo eterogeneo di persone si godeva il rito preliminare al pranzo della domenica, bevendo in un locale cupo quasi simile a una grotta, amalgamato dalla luce morbida che, come diretta da un pittore, sottolineava volti animati, che si rivolgevano l'uno verso l'altro o si aprivano con un luccichio di denti a lanciare battute lungo la curva del bancone. Si aveva l'impressione che sarebbe bastato proporre una definizione chiave, che andasse alle radici, un elemento primordiale, perché tutti lì dentro si trovassero immediatamente d'accordo; ma queste parole non erano state né sarebbero mai state pronunciate, non ce n'era bisogno. In quella scena c'era qualcosa di segreto, di intimo e profondamente condiviso, un che di avventato e addirittura pericoloso, e il volto di Henry, quello di Sebastian, erano ben lontani dall'esprimere la loro consueta divertita disapprovazione. Quanto ad Angela, in piedi tra i due uomini, non era più immersa nelle pene rivelate durante la passeggiata e il suo incantevole visino sorrideva spesso e con facilità a un gran numero di persone che evidentemente le erano molto affezionate. Non c'era da stupirsi che quella coppia – ancora una coppia – non avesse alcuna intenzione di abbandonare la presa su quell'angolo di mondo così tipicamente inglese, e Jody vedeva che anche Sebastian era deciso a prendervi parte. È qui che vive Henry, pensò, è qui che vive veramente, non nella sua casa di Londra! La sua "gente" viene da queste parti, eppure non me n'ero resa conto... Prima o poi tornerà qui. E io? Era in piedi tra Sebastian e una donna bionda, corpulenta e sfatta, che gestiva un maneggio: lui stava concordando lezioni di equitazione per sua figlia Marion. La conversazione, seguendo il proprio corso, si spostò sulle notizie del locale club della caccia e i problemi che avevano con i cani... Henry era a favore della caccia? Non le era mai venuto in mente di chiederglielo... C'era la storia della recente indisposizione di Mabel, la femmina pointer del padrone del pub, e dei diritti di pesca in un fiume del posto ceduti a un giapponese – la somma pagata ovviamente dava a tutti il massimo della soddisfazione. Poi le chiacchiere si indirizzarono verso le probabili nozze della moglie di un agricoltore, vedova da poco, con il proprietario belga di una fattoria vicina: il matrimonio non riscuoteva l'approvazione della compagnia. Non sarebbe durato, sembrava che su questo fossero tutti d'accordo, nonostante si mostrassero generosamente comprensivi per quanto riguardava gli aspetti erotici della relazione. Lei non era mica male, altroché, proclamò il tipo dietro il bancone (non il padrone del pub e della femmina pointer, suo cognato). Era senz'altro una buona scelta, riprese questo personaggio smilzo e divertente ("Foxy"), che portava un gilè a scacchi oggetto dello scherno generale, un tributo accolto con il sorriso significativo e gli occhi sagacemente sollevati al cielo di chi riconosce a prima vista le cose belle. Non c'era da stupirsi che questo Gervais come-si-chiamava la volesse, avrebbe dovuto farsi controllare il cervello se non l'avesse voluta... ma a questo punto per il pub si diffuse un'eloquente risata: il tipo dal gilè vivace non doveva aver disdegnato quella buona scelta. Accettò la risata annuendo assennatamente: d'accordo! – ma ribadì il concetto e insistette che il matrimonio è una decisione su cui riflettere, quei due stavano facendo le cose di fretta, non poteva finire bene.

Forse il commento era diretto a lei e Henry? – si chiese Jody, perché era chiaro che le progettate nozze con un'americana sarebbero state inevitabilmente discusse in quel tribunale dell'opinione pubblica. La sua presenza non stava passando inosservata: e che Henry se ne fosse accorto era dimostrato dal fatto che si andò a mettere di fianco a lei, tenendo il bicchiere in una mano e appoggiandole l'altra sul gomito. Un attimo dopo riprese a parlare, in apparenza senza rivolgersi a nessuno in particolare, ma osservando che aveva bisogno di far fare delle riparazioni al tetto.

La conversazione andò avanti in questo modo per un'ora e più, con gente che entrava e usciva, ma soprattutto entrava: il pub era affollatissimo. Al momento di andarsene i quattro furono accompagnati da saluti del tipo: "A presto", "Tornate? Allora ci vediamo!" Fuori si rimisero in cammino con il vento alle spalle, tutti insieme questa volta, Henry a una estremità della fila, tenendo per mano Jody, Angela all'altra, per mano a Sebastian; ma erano Angela e Henry, interrompendosi a vicenda tra molte risate, a raccontare la storia di un episodio successo in paese. In un orto era cresciuta una zucca selvatica, arrivata dal giardino dei vicini. Dato che non l'aveva mai assaggiata, il padrone dell'orto invaso ne aveva tagliato una fetta tanto grande che avrebbe potuto far da carrozza a Cenerentola, e il risultato era stato che si era sentito male... Non tornarono al "cottage", andarono invece direttamente a casa degli amici da cui si trovava Connie. Una piccola folla aveva già preso posto intorno a un ampio tavolo di legno in un altro cortile, di dimensioni più modeste ma al riparo dal vento. Il giallo intenso della luce del sole lo riempiva, attirando il profumo dalle rose bianche che drappeggiavano un muro di mattoni. Connie era lì, seduta insieme alla sua amica Jane. Vista alla luce del giorno era una bambina alta e snella, dai lisci capelli corvini – come quelli di Henry – e occhi neri da cerbiatta – come quelli di Angela. Entrambi questi particolari spiccavano in contrasto con il colorito cereo della malattia, che apparentemente si era rifatta viva. Jody (se non Sebastian, dato che ormai lui probabilmente c'era abituato) provò l'immancabile disorientamento di quando si trovano sembianze intimamente conosciute sul viso di un estraneo. Le bambine facevano coppia, isolandosi dagli adulti, e gli adulti riconoscevano unanimemente il bisogno di permettere a Connie e a Jane di fissarli con occhi carichi delle critiche nate dai segreti condivisi e affinate dalla sdegnosa pedanteria della loro età.

Jane era la figlia di Briony, che gestiva quella proprietà: era una energica donna di campagna, di mezza età, con corti capelli color paglia, guance piene di salute, occhi azzurri osservatori e mani forti, risultato di tutto il lavoro legato a campi, boschi, giardini, edifici e relativa manutenzione, nonché una colonia di artisti in erba che richiedevano la sua supervisione. Venne fuori che era la moglie divorziata del proprietario di quei terreni e aveva un figlio quasi ventunenne, il fratello di Jane, più piccola di una decina d'anni. Si era occupata lei di gestire il posto perché "il povero Oliver non saprebbe da dove cominciare, non ne ha mai avuto idea, povero caro", ma non vedeva l'ora di abbandonare il fardello non appena suo figlio l'avesse sostituita. Allora sarebbe tornata alla sua vera natura e a fare quello per cui era portata, ovvero fabbricare finestre di vetro colorato. Jody ascoltò tutto questo provando qualcosa che andava oltre la solita sensazione di estraneità. Non riusciva nemmeno lontanamente a comprendere perché quella donna avesse accettato di passare la vita a fare più o meno da custode per un marito da cui aveva divorziato. E senza grandi ricompense, sembrava, perché Briony aveva osservato che la proprietà non poteva permettersi di pagarle un granché di salario, non se si voleva che a Paul (il figlio quasi ventunenne) restasse qualcosa di decente da ereditare.

Jody, che era seduta dalla parte opposta del tavolo rispetto alla sua ospite – presto destinata a diventare, almeno saltuariamente, una vicina – le chiese (sebbene con la sensazione che tutti l'avrebbero interpretata come una domanda che ci si poteva aspettare soltanto da lei) che cosa ne aveva ricavato.

Briony spezzò tranquillamente un po' di pane con le dita della mano sinistra, mentre nella destra stringeva un bicchiere di vino, e sorrise. Elargì a Jody la considerazione dovuta al mondo esterno (esterno a quelle isole), *noblesse oblige*, e disse: "È un bel posto in cui vivere. Mi è piaciuto. Mi piace. È una soddisfazione". E rimase seduta a guardare oltre il varco oblungo tra le grigie costruzioni di pietra i campi che salivano verso un bosco in un ripido pendio di luccicante terreno bruno, già arato per le colture invernali.

"Insomma," rispose Jody testardamente, fronteggiando Briony che le piaceva molto nonostante fossero tanto diverse, una così elegante e raffinata, l'altra così casalinga e abituata al lavoro, "io al tuo posto mi sentirei usata. Tu invece no. Il tuo... ex marito non avrebbe potuto provvedere a far gestire la tenuta? Quando te ne andrai da qui, che cosa ti resterà?"

Con un cenno del capo Briony confermò l'esattezza di quel ragionamento. "Be', Paul ha avuto un bellissimo posto in cui passare le vacanze. E tutti i suoi amici. Jane lo adora – e anche le sue amiche..." A questo punto sorrise affettuosamente a Jane e la bambina le restituì un sorriso di controvoglia, che riconosceva di dover ammettere la verità, nonostante la necessità di criticare gli adulti. "Non si può avere tutto," riassunse infine Briony. "So che avrei potuto essere un'ottima professionista nel mio campo, il vetro colorato, ma me la caverò lo stesso. E tutto quello che ho fatto qui mi è piaciuto."

Di nuovo era ricomparsa quell'espressione, "mi è piaciuto".

Fu un pranzo gradevole, lunghissimo, con buoni cibi di campagna, parecchio vino e il sole che si riversava nel cortile circondato dai muri a ridosso dei quali, disse Briony, ogni estate crescevano le pesche più squisite. Il mese prima ce n'erano a centinaia. Gli alberi distendevano i rami ormai alleggeriti tra i cavi che correvano orizzontalmente contro i muri, e Jody si vide spingere davanti una ciotola di vetro contenente un intruglio roseo: le pesche in questione, conservate con miele e vino.

Erano quasi le cinque quando finirono di mangiare. Erano tutti un po' sbronzi e perfettamente appagati, persino Jody. I quattro tornarono al cottage, lasciando Connie da Jane. Aveva confidato a sua madre che si sentiva ancora un po' strana, e Angela le aveva detto che se le cose peggioravano avrebbe dovuto telefonare immediatamente e i suoi genitori sarebbero arrivati da lei nel giro di cinque minuti.

Un peccato perdersi l'ultimo sole, con una luce non altrettanto densa e gialla lì nel grande cortile, ma comunque piacevole, quindi si sedettero fuori a bere un tè davanti alle finestre della cucina. I rondoni volteggiavano e stridevano nel cielo azzurro pallido. Il cane, beatamente allungato sulle pietre calde, batteva la coda quando se ne ricordava. Le api continuarono a darsi un gran da fare anche dopo che la luce fu scivolata via, lasciando il posto a un tranquillo, intimo crepuscolo. I quattro non parlarono molto. Naturale, Angela e Henry erano stanchi essendosi svegliati tanto presto. A un certo punto Jody disse qualcosa che avrebbe potuto avviare una bella conversazione, il che le sembrava fosse il punto di quel fine settimana, ma né Henry né Angela raccolsero la palla. Pensò che in fondo era d'accordo con loro: un sera come quella era troppo rara per non essere assaporata un minuto perfetto dopo l'altro.

"Non avremo bisogno di molto per cena," annunciò Angela quando si alzarono nel cortile ormai buio, con solo le chiazze di luce proiettate da una finestra al piano superiore della casa di fronte.

"No," rispose Henry, "non di molto, ma di qualcosa sì. Farò la mia minestra di patate. Ci vuole un attimo ed è deliziosa." Andò in cucina e gli altri stavano per entrare in salotto quando suonò il telefono. Angela si precipitò a rispondere come se se lo fosse aspettato. Connie diceva di sentirsi peggio. Angela chiamò Henry dalla cucina e i due uscirono per raggiungere la figlia. Sebastian assicurò che sapeva fare una minestra buona quanto quella di Henry, e di nuovo lui e Jody si assunsero la responsabilità della cucina. Ma Jody si mise a sedere al tavolo e cominciò a piangere, senza cercare di trattenersi. Se ne stava lì, in lacrime, attingendo a un vecchio o quanto meno ben consolidato pozzo di dolore, con i grandi occhi grigi spalancati e le lacrime che scorrevano, lo sguardo fisso oltre Sebastian, fuori, nel buio in cui ora la finestra gialla dall'alto riversava un unico raggio di luce. Sebastian, in piedi, affettava in una pentola patate e cipolle e ogni tanto la guardava, facendole cenni comprensivi, ma continuando a badare al proprio compito.

Il pianto di Jody non esigeva niente da lui, né dal mondo. A un certo punto Sebastian le porse una scatola di fazzoletti di carta. Dopo un po' spinse verso di lei un bicchiere di vino – come se non avessero già bevuto abbastanza. Poi chiese: "Tuo figlio?" Lei fece segno di sì.

"L'ho perso, capisci..." rispose.

Lui le rivolse una lunga occhiata penetrante, per controllare che non stesse esagerando, quindi emise un borbottio di assenso. Disse: "Mi dispiace, Jody. Be', non dev'essere facile vedere come si comportano Henry e Angela".

Con un sospiro lei riprese: "Nel modo migliore possibile, immagino. E tua figlia... Marion?"

"Per fortuna ha la stessa età di Connie."

"C'è anche tua moglie, non ci sono solo Henry e Angela."

Lui annuì. "Vero. Ma Olga e io abbiamo stabilito di non coinvolgere la povera Marion nei nostri disaccordi. Non arriviamo al punto di Henry e Angela – secondo me loro esagerano, Marion però sta bene." Davanti allo sguardo di Jody, insistette: "Sì, davvero, sta bene. Va bene a scuola – e questa è un'indicazione, no? Le piace venire qui con Olga – sono venute non più di un mese fa, tutte e due".

"La tua ex moglie, Olga, e tua figlia, con Henry, Angela, Connie e te?"

"C'era anche altra gente. Una festa. Una vera festa in campagna. No, io non ho potuto venire, lavoravo. Io lavoro, sai?"

"Anch'io," insistette lei. "Lavoro sodo."

"Tutti lavoriamo sodo. Siamo le dure classi lavoratrici."

Jody aveva smesso di piangere. Stava seduta dritta, come faceva lei, con le spalle ben indietro, come se dopo aver imparato a sedersi a un qualche corso salutista non fosse più scesa a compromessi. Ma le sue mani, appoggiate sul tavolo davanti a lei, erano strette a pugno per la tensione dell'infelicità.

"Il tuo ex marito sa come ti senti?" E prima che Jody potesse esplodergli contro, cosa che ovviamente Sebastian aveva l'impressione fosse lì lì per succedere, lui riprese con fermezza, fissandola dritta in faccia come per impartirle amichevolmente una raccomandazione o un'esortazione: "Voglio dire, non credo che avrei mai immaginato quello che provava Olga se non ne avessimo parlato tanto. Parlato e riparlato..." continuò, in tono quasi frivolo, ma con una risata dolorosa. "Secondo me, si può parlare anche troppo".

"Così mi è parso di capire."

"Olga però ha sempre insistito. Tutto quello che riguarda Marion, tutto, lo discutiamo. E aveva ragione."

Dai grandi occhi di Jody cadevano di nuovo le lacrime. "Sono certa che Olga non si rende conto di quanto è fortunata. E neanche Angela."

"Hai cercato di parlare con lui... con Marcus?"

"Credo che forse, all'inizio... ma no, adesso è troppo tardi."

"Si è risposato?"

"Sì, l'inverno scorso."

"Ah."

"Esattamente. Ah. Ma ci sono cose... situazioni per cui non si può fare nulla."

"Be', credo di non essere disposto ad ammetterlo." Quella risposta aveva la stessa nota quasi frivola che, Jody se ne rendeva conto, era un tentativo di alleggerire la tragicità della scena. Perché era una scena tragica, lo sapevano tutti e due.

La porta d'ingresso e poi la porta della cucina si spalancarono e comparvero Henry e Angela, esuberanti dopo la corsa tra una casa e l'altra nella penombra dei vicoli e dei sentieri e poi sotto il grande arco e attraverso il cortile. Piove, esclamarono; no, non forte, ma gocce belle grosse, dissero. Era come star sotto una doccia. In piedi nella cucina parlavano a voce alta, spiegavano, invadevano la stanza con la loro vivacità.

Jody poté allontanarsi in silenzio, senza farsi notare, per asciugarsi gli occhi e truccarsi.

Durante la cena a base di minestra e pane, bevvero altro vino. Angela e Henry ricominciarono a sbadigliare. Si erano alzati prima delle sei, dissero; ma Sebastian, per Jody, rispose che avrebbero dovuto stare svegli perché prima o poi bisognava fare quella famosa chiacchierata.

"Ma certo," disse Angela. "Però saremo tutti qui anche domani e non mi sembra che ci sia molto da discutere. Non siamo tutte persone perfettamente ragionevoli?"

Dopo cena Henry e Angela andarono in salotto, mentre Sebastian faceva il caffè. Jody rimase a fargli compagnia e poi, dato che lui disse che voleva lavare i piatti - no, lei non doveva preoccuparsi -, raggiunse gli altri. Quando Sebastian entrò in salotto con il vassoio, Jody era seduta nella grande poltrona di fronte al divano, scelta in modo da avere la luce alle spalle. Gli altri due chiacchieravano di Briony, di Oliver, che sarebbe presto tornato dalla Nuova Zelanda, di Jane e della possibilità che andasse a trovare Connie a Londra, di un fine settimana del mese seguente, quando sarebbe stato carino ritrovarsi di nuovo tutti lì.

Erano seduti vicini e, rivolti l'uno verso l'altra, si guardavano in faccia. Appena uno aveva finito di dire o suggerire qualcosa, l'altra interveniva in tono brillante. Di nuovo era impossibile non notare che coppia formavano, fisicamente simili, tutti e due nel loro comodo abbigliamento da campagna... e Angela non portava sopra ai pantaloni la camicia di Henry, con le maniche arrotolate, che la faceva apparire una cosina vulnerabile a confronto della vasta e rassicurante rotondità di Henry? Due visi arrossati, con la somiglianza misteriosa delle coppie sposate da lungo tempo, i loro occhi che si cercavano nella consuetudine di riprendere i punti che l'altro aveva lasciato cadere... Mentre conversavano, si voltarono ancor di più, fino a trovarsi uno di fronte all'altra. Mezz'ora dopo erano ancora lì, tra i progetti della nonna per un Natale in Svizzera e le lezioni di musica di cui Connie aveva bisogno...

"Credo che dovremmo parlare di come coinvolgere Stephen -

il figlio di Jody," intervenne Sebastian. "Dovrebbe stringere amicizia con le nostre ragazze."

Questo mise fine allo scambio. Lentamente Henry e Angela tornarono a voltarsi e ad allontanarsi l'uno dall'altra, e tutti e due si appoggiarono allo schienale fissando Sebastian e Jody – il cui volto però era in ombra, come lei si era premurata che fosse.

"Ma certo," disse Henry. "Non ne abbiamo discusso, cara? Di sicuro ne abbiamo discusso," rivolto a Jody.

"Sì, è capitato di accennarne."

"Forse dovrebbe venire qui quando ci sono anche Marion e Olga, magari intorno a Natale?" Era Henry.

"È un po' spartano in inverno, per dire la verità, ma anche bellissimo." Era Angela.

"Ai disagi l'avranno di sicuro abituato," osservò Jody. Stephen frequentava una scuola famosa, ma non per le sue comodità.

"È un peccato che Stephen sia un maschio," disse Henry.

"Già. Se avessi una femmina sarebbe facile. Marion e Connie vanno d'accordissimo. E Jane ha legato anche con Marion," rispose Angela.

Jody riprese: "In quella scuola non gli insegnano esattamente come trattare con le ragazze". Parlava con voce asciutta, non lasciava trapelare niente di quello che sentiva. Stava seduta con la mano che reggeva la tazza del caffè appoggiata sul bracciolo della poltrona, una mano lunga, elegante e ben curata. Spinto dal costante tintinnio della tazza sul piattino, Sebastian si sporse in avanti, come per portargliela via, o per aiutarla in qualche modo. Poi tornò ad appoggiarsi allo schienale, incrociando le gambe. Lei mise giù la tazza.

"Tutti questi collegi sono meglio di quello che erano una volta," osservò Henry.

"Il padre di Stephen gli permetterebbe di passare qualche giorno qui con noi?"

"Non so mai quello che Marcus permetterà," rispose Jody. "Ma se queste tre bambine sono tanto amiche, saranno contente di vedersi imporre all'improvviso un ragazzo che non conoscono?"

"Dovremmo provare," disse Angela con entusiasmo.

"Ne stiamo parlando dando per scontato che Connie non andrà a sciare da tua madre," intervenne Henry. "Forse sarebbe meglio Pasqua?"

"Quando ci sposiamo tutti quanti?" domandò Angela a Henry.

"Dovresti chiederlo a Sebastian. Io e Jody pensavamo a ottobre."

Il collegamento tra lui e Jody risultò sorprendente, tanto poco i due erano stati una coppia durante quel fine settimana.

"Ottobre mi andrebbe bene," disse Jody.

Angela si rivolse a Sebastian: "Anche tu avevi suggerito ottobre, no? Ma forse novembre? C'è la gita scolastica di Connie. Va in Francia con la sua classe," spiegò agli altri. "Ci vorrà tempo per i vestiti, cose del genere."

"Non sapevo che aveste in mente un matrimonio in piena regola," osservò Henry, seccato. "Se facessimo tutti una cosa veloce in comune potremmo infilarlo in qualsiasi momento."

"Cosa intendi per un matrimonio in piena regola?" protestò Angela. "Non come il *nostro*, ma pur sempre un matrimonio. Voglio che Connie e Marion ci facciano da damigelle."

"Damigelle!" esclamò Henry ridendo.

"Perché no, ne sarebbero felicissime."

"Non credo che il mio Stephen sarà felicissimo del mio matrimonio con Henry," disse Jody. "Per adesso si limita a cambiare argomento."

"Come ha preso il matrimonio del tuo ex... voglio dire, di Marcus?" domandò Sebastian.

"Quando gliel'ho chiesto, ha detto che era andato tutto bene." rispose Jody.

Henry rise. Rise anche Angela. Poi, per riguardo a Jody, disse seriamente: "Ma è terribile. I maschi sono proprio più difficili".

"Soprattutto con quell'odioso, ridicolo, imperdonabile atteggiamento verso le emozioni che gli inculcano," commentò Jody. La sua voce adesso era tutt'altro che distaccata, e Henry si sporse a prenderle la mano e gliela strinse. Le due mani rimasero allacciate, sospese tra il divano e la poltrona, ma la scomodità le separò.

Sebastian riprese: "Dovremmo discutere anche dell'aspetto finanziario. Io uso questo posto insieme a Olga. Vorrei contribuire".

"Ne possiamo parlare," rispose Angela, e sbadigliò.

"C'è anche la faccenda della retta di Connie," disse Henry ad Angela. "L'hai pagata puntualmente?" E rivolto agli altri aggiunse: "Scusate, ma abbiamo un sacco di cose da sistemare".

"Non ci vediamo da... quanto tempo è passato, Henry?"

"Settimane," ribatté lui.

Di nuovo si girarono l'uno verso l'altra. E cominciarono un'altra volta a parlare di questioni pratiche, rette, vacanze, date comode per entrambi. Forse era meglio che Connie cambiasse scuola? Nel nuovo appartamento di Sebastian e Angela doveva esserci una camera per lei, oltre che una per Marion. E anche nell'appartamento di Henry e di Jody. E così via... Ancora una volta sembrava aspettassero che uno tirasse la palla perché l'altra potesse rispondere, in uno scambio serrato, come se le parole fossero un oggetto tangibile, un prolungamento di chi le pronunciava.

Per tutto il fine settimana Sebastian e Jody non avevano lasciato che i loro sguardi si incrociassero in un commento, ma ora Jody guardava fisso Sebastian, e lui – lentamente, come deciso a non evadere una responsabilità o un impegno – permise ai propri occhi di incontrare quelli di lei. Fu un lungo sguardo grave.

Di nuovo passò una mezz'ora. Henry e Angela non riuscivano a mettere fine alla loro conversazione, che proseguiva animatamente, con esclamazioni, accordi e disaccordi, suggerimenti... poi dall'anticamera un orologio batté le ore e Angela balzò in piedi. "Oh cielo, io vado a letto, casco dal sonno. Sebastian, caro, vieni su presto..." Uscì, salutandoli tutti e tre con la mano. Ma Henry la seguì e i due si avviarono su per i gradini, parlando fitto. Di nuovo i due rimasti in salotto si guardarono e continuarono a guardarsi mentre ascoltavano Henry e Angela che chiacchieravano vivacemente in cima alle scale, finché una buona volta Henry si diresse verso la camera che divideva con Jody e Angela verso l'altra stanza, in cui Sebastian poco dopo l'avrebbe trovata sprofondata nel sonno.

Un silenzio.

Jody deliberatamente disse: "Parlano così, *devono*, perché non possono fare l'amore".

Lui arrossì, ma non si sottrasse. "Devo dire che in questo fine settimana ho visto cose..."

"*Sì*," incalzò Jody.

"Bevo qualcosa," riprese Sebastian, ed era evidente che era un modo per poter voltare le spalle a lei e all'assoluta determinazione con cui lo aveva scelto per condividere quello che provava e vedeva. Senza chiederglielo, le versò un po' di whisky e le mise in mano il bicchiere. Fu sul punto di non fermarsi, ma poi si obbligò a rimettersi seduto: Jody ne aveva così bisogno che lui doveva restare.

"Credo che partirò domattina presto," annunciò lei. "Forse stasera dormirò addirittura di sotto."

Sebastian ne rimase senza dubbio sorpreso. Poi, ancora come facendo uno sforzo per andarle incontro, osservò: "Ieri sera penso che Angela non si sia nemmeno accorta della mia presenza. Era esausta, povera cara".

"Be', certo," rispose Jody, volendo fargli capire che lo prendeva come un diverso punto di vista. "Comunque, io non credo di poterlo sopportare," riprese, con le lacrime che minacciavano di strozzarle la voce. Ma scosse il capo, bevve un sorso di whisky e si obbligò a sorridere.

"Una cosa la so, stai prendendo una decisione mentre sei molto turbata. È sempre un errore."

"Non ho detto di aver preso una decisione, ho detto che parto... oh, d'accordo allora, è una decisione. Ma non credo che le decisioni prese su due piedi siano sempre sbagliate."

Lui disse: "Forse non è sempre un vantaggio essere tanto inesorabilmente perspicaci". La frase suonò velenosa, e Sebastian si affrettò ad aggiungere: "Oh, non voglio dire che tu non abbia ragione – ma a cosa ti serve? No, cerca di seguirmi, ci ho pensato – sei stata tu a farmi pensare. Ci guadagno qualcosa a vedere ogni piccola sfumatura?" L'espressione di Jody diceva con sarcasmo: *alla faccia delle sfumature*, e lui annuì spazientito. "Ma forse, senza saperlo, io avevo deciso di *non* voler vedere tutto... in fondo, sposerò Angela e saremo felici..." La sua voce si affievolì, era un brutto momento: gli stava venendo in mente (e a lei doveva essere venuto in mente molto prima, *naturalmente*, stava pensando con rabbia) che se Henry non sposava Jody, ci sarebbe stata tutta una serie di nuovi assestamenti, complicazioni, nuovi equilibri.

"C'è una cosa che a quanto pare non vedi," disse lei. "Olga."

"Olga?"

"Tu hai Olga, *la tua migliore amica*."

Lui considerò quell'affermazione, per quello che era. "Sì, la mia migliore amica, e sì, hai ragione, senza Olga... sì, senza di lei troverei tutto..."

"E io ho Marcus. Se tu non avessi la tua *migliore amica* – a proposito, si è risposata?"

"No. Non ancora. Sono certo che vorrebbe, ma per il momento..."

"E tu non la risposeresti?"
"Senti, a quanto pare tu non... Io amo Angela. So che questo fine settimana non è stato... ma secondo me non ti stai dando abbastanza tempo. Di certo io non mi sento come te in questa faccenda."
Una pausa. "Certo che vi divertite, voi."
"Cooosa?"
Jody lo osservò, seduto lì con il suo bicchiere in mano. Le tornarono alla memoria varie piccole scene dei due giorni precedenti, ed esaminò anche quelle, prendendosi tutto il tempo necessario. Il suo sorriso, quando infine parlò, era carico di biasimo. "Siete così compiaciuti di voi stessi! Così... soddisfatti!"
"Soddisfatti? Lo dici come se fosse un delitto! Be', sì, credo di essere soddisfatto. La mia vita mi piace." La guardò, questa volta non a lungo e intensamente, solo una rapida occhiata, incapace di sopportare il vivo bagliore della sua infelicità.
"Ho perso l'occasione," disse lei. "È questo che ho imparato da voi. Ho perso il rapporto migliore di tutti. Non ho il mio migliore amico – l'ex marito, la ex moglie." La sua risata era uno stridio di dolore.
Sebastian annuì, con un sorriso, riconoscendo la sua arguzia.
"Mi dispiace," disse. Si alzò. "Se fossi in te ci penserei su. Henry è un tipo a posto, sai. Ormai lo conosco bene. È in gamba."
"Già, un altro buon amico."
"Be'," riprese lui, "non so cosa dire se non che..."
"Ti dispiace", concluse Jody. "E dispiace anche a me."
Sebastian uscì dalla stanza e salì di sopra per andare a letto; lei rimase seduta dov'era.

INDICE